Zu diesem Buch

Ein Psychiater rät dem jungen Doktor, der in den Fängen der Krankenkassenpraxis und einer enttäuschten Liebesaffäre zappelt, eine Seereise zu unternehmen. So läßt er sich denn als Schiffsarzt auf einem Südamerika-Frachter anheuern. Ein Geheimnis umwittert das Schicksal des letzten Schiffsarztes. Unter Kapitän Hogg ist das Leben an Bord der «Lotus» keine ärztliche Sinekure. Es ist auch keine leichte Sache, einem Bootsmaat den Zahn zu ziehen oder dem Kapitän über seine Verdauungsbeschwerden hinwegzuhelfen. Ob an Bord oder an Land, immer kommt es anders, als man denkt, und selbst die Freuden des Nachtlebens in Buenos Aires haben ihre Schattenseiten. Auch hier wieder schildert der schreibende Mediziner zwischen Übermut und Selbstironie nach dem Rezept: «Wer Witze macht, hat nichts zu lachen», die groteske Seite eines Arztlebens auf hoher See.

Richard Gordon ist der Autor des unter dem Titel «Aber Herr Doktor!» (rororo Nr. 176) verfilmten Weltbestsellers «Der lachende Mediziner». Dieses Buch erreichte allein in der englischen Originalausgabe rasch eine Auflage von über 400 000 Exemplaren. Inzwischen hat der zweiunddreißigjährige Autor, der im bürgerlichen Leben Dr. med. Gordon Ostlere heißt und der, bis er zur Feder griff, zunächst praktischer Arzt in Oxford und London war, dann Schiffsarzt, seine medizinische Laufbahn aufgegeben und weitere heitere Bücher geschrieben, von denen das hier unter dem Filmtitel «Doktor ahoi!» vorliegende «Aber Herr Doktor! – Auf hoher See» ebenfalls erfolgreich auf die Leinwand kam. Es ist gewissermaßen eine Fortsetzung des ersten tolldreisten Romans aus der Welt der Medizin.

Auch die folgenden Bücher von Richard Gordon: «Hilfe! Der Doktor kommt» (rororo Nr. 233), «Käpt'n Ebbs – Seebär und Salonlöwe» (rororo Nr. 295), «Dr. Gordon verliebt» (rororo Nr. 358), «Dr. Gordon wird Vater» (rororo Nr. 470), «Doktor im Glück» (rororo Nr. 567), «Eine Braut für alle» (rororo Nr. 648), «Doktor auf Draht» (rororo Nr. 742), «Onkel Horatios 1000 Sünden» (rororo Nr. 953), «Sir Lancelot und die Liebe» (rororo Nr. 1191) und «Der Schönheitschirurg» (rororo Nr. 1346/1347), zeichnen sich durch den gleichen herzerfrischenden Humor aus, so daß es nicht verwunderlich ist, wenn Richard Gordons Einnahmen unterdessen so stattlich sind, daß er zu ihrer Verwaltung eine Familien-GmbH gründete.

Gesamtauflage der Werke von Richard Gordon in den rororo-Taschenbüchern: Über 1,1 Millionen Exemplare.

RICHARD GORDON

DOKTOR AHOI!

ABER HERR DOKTOR! –
AUF HOHER SEE

Ein tolldreister Roman

rororo

ROWOHLT

ANMERKUNG: *Die «*LOTUS*» und ihre Besatzung sind genauso erdichtet wie der «*FLIEGENDE HOLLÄNDER*» und seine Gespenstermannschaft*

1.– 50.	Tausend	Oktober 1965
51.– 63.	Tausend	September 1957
64.– 75.	Tausend	Januar 1958
76.–100.	Tausend	Juni 1958
101.–113.	Tausend	Dezember 1959
114.–123.	Tausend	Januar 1961
124.–130.	Tausend	Dezember 1961
131.–140.	Tausend	Januar 1963
141.–150.	Tausend	Juli 1964
151.–158.	Tausend	Februar 1966
159.–165.	Tausend	November 1967
166.–173.	Tausend	Juni 1969
174.–180.	Tausend	April 1971

Übertragen ins Deutsche von LUISE WASSERTHAL-ZUCCARI
Umschlagentwurf Karl Gröning jr. / Gisela Pferdmenges
Als Buchausgabe unter dem Titel
‹Aber Herr Doktor! – Auf hoher See› erschienen
Ungekürzte Ausgabe
Veröffentlicht im Rowohlt Taschenbuch Verlag GmbH,
Hamburg, Oktober 1956,
mit Genehmigung des
Paul Zsolnay Verlages GmbH, Hamburg/Wien
Gesetzt aus der Linotype-Cornelia
Gesamtherstellung Clausen & Bosse, Leck/Schleswig
Printed in Germany
ISBN 3 499 10213 7

Ich widme dieses Buch

DER BRITISCHEN HANDELSMARINE

– sie muß sich eine Menge

darin gefallen lassen

I

ES WÄRE UNGERECHT, WOLLTE MAN DIE «LOTUS» ALS EIN UNGLÜCKS-schiff bezeichnen. Sie zeigte nur – wie manche täppische große Schulmädel – eine seltsame Bereitschaft dafür, Pech zu haben.

Schon ihr Embryonalstadium in der Werft war voll von Mißgeschick. Sie wurde 1929 in Wallsend auf Stapel gelegt und war bereits bis zur Gestalt eines riesigen Poulards gediehen, da blies der eisige Wind der Depression gar bitter durch die Tyneside. Während der darauffolgenden vier Jahre rostete sie unangetastet hinter versperrten Gittern, und als man die Arbeit an ihr wieder aufnahm, änderte man ihre Konstruktion auf dem Reißbrett; man machte aus ihr statt eines Nordatlantik-Dampfers ein Handelsschiff für den Fernen Osten. Kurz darauf ging die Gesellschaft, die sie in Auftrag gegeben hatte, pleite, und sie wurde auf Vorrat von einer anderen erworben, die sie zu einem Walfänger umzubauen begann. Auch diese schlitterte rapid dem Bankrott entgegen und überließ sie einem vierten Unternehmen, der «Fathom»-Dampfschiffahrtsgesellschaft in St. Mary Axe. Diesem Konzern endlich glückte es, sie vom Stapel zu lassen, nachdem sie ebensoviele nutzlose Wandlungen in ihrer Konstruktion durchgemacht hatte wie ein menschlicher Embryo.

Beim Stapellauf durchbohrte und versenkte sie fast einen kleinen Schlepper, und auf ihrer Jungfernfahrt als Fracht- und Passagierschiff verlor sie während eines Sturms im Australgolf eine Schraube. Zu Kriegsbeginn kehrte sie, grau gestrichen, aus Neuseeland zurück und war eines der ersten Schiffe, das der Admiralität die Wirksamkeit der Magnetminen vor Augen führen sollte. Sie verlor den Großteil ihres Bugs in der Themsemündung, hielt sich jedoch lange genug über Wasser, um zur Reparatur auf Dock genommen zu werden. Nach ein paar Monaten stach sie wieder in See, um sich einem Konvoi anzuschließen, und fünfundzwanzig Minuten nach Verlassen des Hafens sprengte ihr eine Bombe das Heck weg.

Das Heck wurde zusammengeflickt, und sie brachte es zustande, die folgenden feindlichen Angriffe zu überstehen, ohne in eine gefährliche Aktion verwickelt zu werden, wenn man davon absieht, daß sie im Jahre 1945 mit ihren Bordgeschützen irrtümlicherweise einen amerikanischen Jagdflieger herunterschoß. Nach Kriegsende wurde sie überholt und wandte sich wieder friedlich der Handelsschiffahrt zu, die nur dadurch eine Abwechslung erfuhr, daß in der Karibischen See eine Explosion im Maschinenraum stattfand und daß an einem unerträglich heißen Nachmittag im Roten Meer die Koch plötzlich überschnappte und auf seine Kameraden mit der Fleischaxt losging.

Die Schäden, die bei beiden Unglücksfällen entstanden waren, wurden großenteils wieder repariert, die wiederholten Konstruktionsänderungen hatten jedoch die Lotus in eine vorzeitige Senilität versetzt, in einen Zustand chronischer Invalidität. In höheren Breitengraden erwies sie sich als zu kalt, in den Tropen als zu heiß, und bei Unwettern krachte sie mitleiderregend in allen Fugen. Aber die Fathom-Dampfschiffahrtsgesellschaft sandte sie unerbittlich überallhin, wo sie den Aktionären von Nutzen sein konnte. Sie führte Zinn und Zitronen, Rohre und Roggen, Kopra und Kühe. Sie brachte Stahl von Baltimore nach Brisbane, Wolle von Auckland nach Archangelsk, Kohle von Swansea nach Singapore. Sie war einer der Einkaufskörbe der Welt.

An Bord gab es Platz für dreißig Passagiere, doch führte sie selten mehr als ein Dutzend und oft überhaupt keinen mit. Sie setzten sich aus Leuten zusammen, die ausgefallene Ziele hatten, oder solchen, die zu arm waren, um sich einen Passagierdampfer zu leisten, oder aus erfahrenen Reisenden, die dem familiären Treiben und der tödlichen, mit Gin und Sex geladenen Atmosphäre an Bord eines fashionablen Überseeriesen ausweichen wollten. Die Gesellschaft verhielt sich ihnen gegenüber uninteressiert: von Passagieren hatte man fast nur Klagen zu erwarten, Frachten hingegen bedeuteten Geld.

In den Augen der Schiffsmannschaft stellte das schwerste Übel, das die Lotus nach dem Kriege heimgesucht hatte, ihr Kommandant, Kapitän Vincent Hogg, dar, der, sobald einmal das Schiff auf See war, als einziger Vertreter der Fathom, des Königs und des lieben Gottes seines Amtes waltete – seine Person ersetzte in großartiger Überparteilichkeit jeweils alle drei. Seine Offiziere nahmen ihn hin, wie Farmer anhaltende Dürre hinnehmen: sie beteten täglich zu Gott um Abwendung des Übels. Am schwersten wuchtete die Last seiner Existenz auf dem Ersten Maat, Mr. Hornbeam, der vor zwanzig Jahren seine Kapitänsprüfung abgelegt hatte und mit der erbarmungslosen Geduld eines verarmten erblustigen Verwandten auf ein Kommando wartete. In der Gesellschaft kam eine Beförderung nur bei Todesfällen in Frage. Hornbeam hatte in einer Schublade seiner Kabine eine alphabetische Liste der Kapitäne der Fathom liegen, auf der genaue Angaben über deren Alter und Vorliebe für Alkohol, lockere Mädchen und ähnliche Dinge, denen eine lebenkürzende Wirkung nachgesagt wird, angeführt waren, doch die Kapitäne erfreuten sich alle in aufreizender Weise einer andauernden guten Gesundheit. Hornbeam besaß die volle Sympathie des Chefingenieurs, Mister McDougalls, dem der Kapitän ein rotes Tuch war; der Kapitän seinerseits haßte den Chefingenieur wie den Nebel vor einer Sandbank. Für McDougall war das Schiff nichts anderes als eine Emballage zum Transport seiner Maschinen, und er führte täglich Klage, wenn die auf der Brücke beobachtete Position um einige Meilen hinter der von ihm nach der Umdrehungszahl errechneten zurückblieb. Tatsächlich hätten, dem Chefingenieur zufolge, die Maschinen und Kessel der Lotus in jedem Hafen mehrere Tage vor dem übrigen Schiff eintreffen müssen.

Es gab noch zwei andere Steuermänner, einen Stab Ingenieure, einen Funker und – da die Lotus mehr als neunundneunzig Mann führte, wenn sie voll besetzt war – einen Arzt.

Der Arzt stellte, laut Bestimmung des Verkehrsministeriums, jene kompromißlose Autorität dar, die die Vorschriften in allen lebenerhaltenden Belangen eines Seemannsdaseins zu machen hat: angefangen von der Anzahl der Rettungsboote, die für den Notfall bereitzuhalten sind, bis zur Anzahl der Frühstücke, bei denen Eier zugeteilt werden. *Acht*undneunzig Mann können auf dem Weltmeer segeln, bis sie von einer jener mysteriösen Seefahrerkrankheiten hinweggerafft werden, die die Kameraden vom «Alten Seemann» Coleridges befiel: für ihre Gesundheit sorgt nur eine Flasche schwarze Tinktur, der «Medizinische Ratgeber des Schiffskapitäns» und ein Skalpell, das auch zum Spitzen des Bleistiftes im Navigationsraum benützt wird. Der Zweite Maat oder auch der Chefsteward hütet den Schlüssel zum Medikamentenkästchen und praktiziert täglich nach dem Frühstück. Sämtliche Beschwerden unterhalb des Nabels werden mit einem starken Abführmittel, sämtliche Leiden darüber mit Hustensaft, und schmerzhafte Stellen des übrigen Körpers mit Terpentinsalbe behandelt. Von Zeit zu Zeit kommen natürlich auch beunruhigendere Fälle vor; diese überantwortet der Kapitän vom Salontisch aus durch eine telephonische Instruktion einem chirurgischen Eingriff, und sowohl Patient als auch Arzt nehmen Brandy in einer Menge zu sich, die ausreicht, einander das Vertrauen einzuflößen, daß beide Teile die Operation überstehen werden.

Aber ein einziger Mann mehr an Bord führt bereits für alle die Segnungen der medizinischen Wissenschaft herbei – oder soviel davon, als der Doktor in seinem Gedächtnis aufbewahrt hat, denn Schiffsärzte sind bekanntlich in dieser Hinsicht recht vergeßlich. Das Meer verführt zu einer angenehm uninteressierten Einstellung Problemen gegenüber, die das Hirn des Arztes auf dem festen Land erfüllen, einschließlich denen der Diagnose und der Krankengeschichte, und der Doktor hat außerdem wenige Berufspflichten, die ihn aus seinen Mußestunden herausreißen oder ihn mit Erfahrungen bereichern könnten. Aus diesem Grunde scheuen natürlich die Schiffahrtsgesellschaften die Kosten, die mit seiner Aufnahme verbunden sind – doch schließlich hätte die Fathom auch Einwendungen gegen die Anschaffung von Rettungsbooten erhoben.

Als ich bei der Lotus eintraf, lag sie in Liverpool, mit der Bestimmung, eine Fracht von Maschinen und Autos nach Santos in Brasilien zu bringen. Seit vier Tagen hatte es auf die Merseyside niedergeregnet. Der feuchte Novemberwind schuf sich flußabwärts freie Bahn, brauste gegen die uferwärts stehenden Häuser und blies in die dahinterliegenden kalten Straßen. Die steinernen Vögel auf dem Liver-Haus, von denen die Liverpooler Seefahrer gemeinerweise behaupten, sie schlügen mit den Flügeln, wenn eine makellos tugendsame Frau vorüberginge, troffen unaufhörlich auf den verlassenen Kai herab. Die Birkenhead-Fähre bahnte sich kläglich ihren Weg durch den kabbeligen Hafen, die Landungsstelle sah so öde aus wie ein Musikpavillon im Winterschnee, und selbst das Mauerwerk von St. George's Hall stand in Gefahr, hinter seinen Rußkrusten kenntlich zu werden.

Es war ungefähr acht Uhr abends, die Stunde, da die Reeder im Adelphi abgefüttert werden. Während sie düster blickend in der kleinen Bar ihre Martinis kippten, berechneten sie untereinander, wie teuer sie infolge des Aufschubs der Frachtarbeiten der Regen zu stehen käme. Draußen in der Lime Street klebten die Hürchen schon hoffnungsvoll in den feuchten Haustoren. Triefende Omnibusse führten die letzten blaßgesichtigen Angestellten der Schiffsagenturen nach Hause, die Hochbahn ratterte ihre groteske Trasse entlang, und die Hafenpolizei stand dampfend vor den Öfen in ihren Häuschen. Die Lotus lag menschenleer an ihrem Kai, geteertes Segeltuch über ihre Luken gebreitet, und quietschte leise an ihren Halteleinen wie ein altes Bett bei einem bösen Traum.

Ich stand im Regen auf dem Kai und las ein riesiges Flugblatt mit Anweisungen für Wiederbelebungsversuche Ertrunkener. Dies war die einzige Information, die man hier überhaupt erhalten konnte. Der Anlegeplatz lag verlassen da. Kräne kuschelten sich, in einer Reihe stehend, aneinander, ein paar Güterwagen kauerten zwischen ihren Gestellen; die Lagerhäuser waren geschlossen, versperrt und selbst von den Katzen geräumt; die Lotus sah mit ihren wenigen trüben Lichtern so uneinladend aus wie ein Wirtshaus am Ruhetag.

Ich war ein frischgebackener Doktor mit einem nicht gerade glänzenden Diplom und befand mich in jenem schwierigen Stadium beruflichen Anfängertums, da man entdeckt, daß einem die medizinischen Schulen über die Heilkunde ebensowenig beizubringen wissen, wie die Mittelschulen über das Leben. Meine Kenntnisse in der Seefahrt basierten lediglich auf Stevensons «Schatzinsel», Bildern in Cooks Schaufenstern und einer Statistenrolle, die ich in einer Studentenaufführung von «Die Hundewache» hatte spielen dürfen. Trotzdem war ich nun ein behördlich anerkannter Seemann. In meiner Tasche trug ich einen mit meinen Fingerabdrücken versehenen neuen Seemanns-Identitätsausweis, ein Dokument, das mich zu einem Berufskollegen und -nachfolger Drakes und Cabots stempelte, mich unter den Schutz eines ganzen

Stoßes von Parlamentsakten stellte, zur Zielscheibe der guten Absichten der Missionare und der bösen diverser Mädchen machte und mich berechtigte, im Heim für Seeleute unterzuschlüpfen, wenn ich wollte und wenn dort Platz für mich war.

Das erste Problem, das mir das Seemannsleben stellte, war die Frage, wie ich an Bord des Schiffes gelangen sollte. Eine schlüpfrige Laufplanke verband den Landungsplatz mit dem Hinterdeck der Lotus, doch niemand stand oben, um mich zu empfangen. Nach ein paar sehr feuchten Minuten erklomm ich nervös den Laufsteg und blickte um mich. Ich befand mich auf einem schmutzigen, mit Eisenplatten beschlagenen Deck, das mit Bauholzstücken, Tauenden und Drahtrollen besät war wie der Trödelraum eines Schiffslieferanten. Eine schwere Holztüre führte in die oberen Regionen, und da der Regen unentwegt meinen Hals hinunterlief, öffnete ich sie und trat ein.

Finsternis umgab mich feindselig von allen Seiten; ich nahm den schwachen, bittermandelartigen Geruch von Zyankali wahr. Unheimliche Seefahrergeschichten spukten durch mein Hirn wie ein plötzlicher kalter Luftzug durch ein kaltes Haus. Ich hatte die Vorstellung, daß die Lotus, ähnlich wie die *Marie Céleste*, soeben von ihrer Mannschaft panikartig verlassen oder daß sie mit den verwunschenen Seelen des «Fliegenden Holländers» bemannt worden sei. Ein Schauer lief mir über den Rücken.

Das Licht einer Petroleumlaterne sprang mir mitten ins Gesicht. Eine Stimme dahinter schnappte:

«Weg da!»

Ich machte einen Satz nach hinten und schlug mit meinem Kopf an die Türe.

«Schau, daß du zur Hölle kommst, Charlie», sprach die Stimme weiter und näherte sich.

«Ich . . . ich gehöre zur Besatzung», brachte ich endlich heraus.

Das Licht rückte näher. Zwei Augen starrten mich voll konzentrierten Verdachts an.

«Ich bin der neue Arzt», erklärte ich demütig.

Die Stimme nahm sofort eine freundlichere Tonfärbung an.

«Tut mir leid, Doc! Ich dachte, Sie wollten was klauen.»

«O nein . . . ich bin grade erst an Bord gekommen. Es war weit und breit niemand zu sehn. Hoffentlich war es gestattet?»

«Natürlich, hier auf diesem Kahn ist alles gestattet. Tun Sie, als ob Sie zu Hause wären. Spucken Sie aufs Deck und nennen Sie die Katze einen dreckigen Bastard.»

«Danke vielmals.»

«Freut mich, daß Sie da sind, Doc», fuhr der andere herzlich fort. «Hab' mich scheint's ein bißchen erkältet.» Er nieste, um dieser Bemerkung Nachdruck zu verleihen. «Könnten Sie uns vielleicht was Kräftiges dagegen verordnen?»

«Gewiß . . . Aber dürfte es etwas später sein? Ich bin durch und durch naß. Ich hätte unter anderem gern meine Kabine gesehen.»

«Natürlich, Doc. Folgen Sie mir. Ich führe Sie zum Maat.»

Er setzte sich in Bewegung und schwenkte die Lampe hoch. Ich schritt ängstlich hinter ihm drein, durch schmale Laufgänge, um scharfe Ecken herum, unkenntliche Leitern empor.

«Tut mir leid, daß nicht viel Licht da ist», entschuldigte er sich über seine Schulter hinweg. «Aber die Ingenieure haben heut abend die Jennys abgetakelt.»

«Ach nein . . .?»

Das klang ja noch beängstigender als alles andere.

Vor einer Kabinentüre angekommen, öffnete er.

«Der neue Doktor», kündigte er an, als hätte er mich eben aus einem Hut herausmaterialisiert.

In der Kabine befanden sich drei Personen – der Maat, Archer, der Zweite, und Trail, der Dritte Steuermann. Hornbeam saß auf dem einzigen Stuhl, die Bluse aufgeknöpft, die bestrumpften Beine auf dem Waschbecken. Die Kabine war klein und wie ein Kreuzworträtsel angelegt; die Besucher mußten sich in die noch unbesetzten Zwischenräume einfügen. Archer, ein blasser, hochgeschossener Bursche vom Aussehen eines Pfarrers, der gerade Schulden zu machen beginnt, hatte sich wie ein menschliches Fragezeichen zwischen die Koje und das darüber befindliche Bücherregal eingezwängt, wobei seine Beine herabbaumelten. Trail, der zwischen dem Schrank und dem Schreibpult auf dem Boden hockte, war ein dicker Jüngling, dessen Gesicht eben unter einer heftigen Akne-Attacke erblühte.

«Wenn man den Teufel nennt . . .», rief Hornbeam sofort.

«Wir fragten uns schon, wann Sie auftauchen würden», sagte Archer. «Hier ist eine Flasche Bier für Sie.»

«Rück weiter, Zweiter, und laß den Doktor parken», sagte Hornbeam. Er stellte sich und die anderen vor. «Gib uns noch eine Flasche her, Dritter. Macht's Ihnen was, wenn Sie aus einem Zahnputzglas trinken?»

«O nein, durchaus nicht.»

Der Empfang war ja herzlich genug, doch er irritierte mich. Unter Seeleuten herrscht der Brauch, sich mit jedem Neuankömmling auf vertrauten Fuß zu stellen, aber ich als frischgebackener Doktor war stolz auf die Würde, die mir mein Beruf verlieh, so stolz wie ein Mädel auf ihre ersten Schuhe mit hohen Absätzen.

«Hoffentlich störe ich nicht in der Unterhaltung», bemerkte ich steif.

«Überhaupt nicht! Schmeißen Sie Ihren Mantel ruhig da auf den Haken. Wir haben uns nur zu einem schnellen Schlückchen niedergesetzt.»

Ich kletterte ohne Enthusiasmus zu Archer auf die Koje hinauf.

Es war ebenso bequem, wie wenn ich versucht hätte, zur Hauptverkehrszeit in einem Omnibus einen Trunk zu tun.

«Sie haben gerade die medizinische Schule verlassen?» fragte Archer.

«Keineswegs! Ich praktiziere schon seit... einigen Jahren.»

«Oh, Verzeihung. Waren Sie schon auf See?»

«Leider nein.»

«Sie werden sich bald zurechtfinden. Hoffentlich haben Sie die Krankheiten heraus, die die Matrosen gerne kriegen!»

Bei diesen Worten begannen die zwei anderen in ein brüllendes Gelächter auszubrechen.

«Wir Ärzte müssen sehr viele Dinge ‹heraus› haben», sagte ich. Ich lächelte überlegen. Seit meiner Graduierung war ich gewohnt, mich in der Achtung meines Berufs zu sonnen, und ich fand die Konversation einigermaßen aufreizend.

«Bei St. Georg, wir haben schon ein paar komische Doktoren auf See erlebt», sagte Trail und reichte mir ein Glas Bier. «Nicht wahr, Mr. Hornbeam? Meist reißen sie vor ihren Weibern oder vor der Polizei aus, manchmal auch vor beiden. Oder sie saufen. Das ist das Häufigste. Kommt aber auch vor, daß sie für Rauschgift was übrig haben.»

«Ich trinke sehr wenig.»

Trail nahm von meinen Worten keine Notiz. «Ich erinnere mich noch an den alten Doc Parsons, mit dem ich zu meiner Lehrzeit gefahren bin», fuhr er aufgeräumt fort. «Der war richtig zum Totlachen. Angesoffen wie ein Zeck von früh bis abends. Wir rechneten uns aus, daß er täglich leicht ein paar Flaschen Gin bewältigte. Begann jeden Morgen schon vor dem Frühstück zu saufen. Meinte, die Welt sei so gottserbärmlich scheußlich, daß er sie nicht einmal in ihrer besten Zeit anschaun könnte, sondern nur mit seinem Kater vom Vortag. Da riß sich eines Tags im Roten Meer der Maat seinen Arm auf, und der alte Parsons sagte, daß er ihn operieren würde. Es war zum Schießen! Fast alle gingen hinunter ins Lazarett, um zuzusehen. Ich wälzte mich vor Lachen. Er hatte besonders tief in die Flasche geguckt und war stockblind. Ließ andauernd das Messer fallen und brach über dem Tisch zusammen. Schließlich gab ihm der Maat einen Fußtritt und ließ es den Chefsteward machen.»

Archer beugte sich vor.

«Erinnert ihr euch an den alten Doc Hamilton von der ‹Mariesta›?» fragte er.

Die beiden anderen begannen wiederum zu lachen.

«Das war wirklich ein komisches Huhn», erklärte er mir. «Begann mit dem Grog noch vor der Ausfahrt – wir mußten ihn die Laufplanke hinaufschieben. Als wir nach Gibraltar kamen, sperrte ihm unser Alter den Hahn zu – will sagen, daß er nichts mehr zu saufen bekam. So ging er in die Apotheke hinunter und trank den ganzen Wundalkohol aus. Als er den erledigt hatte, schnorrte er die Ingenieure um Methyl an. Sie schmissen ihn daraufhin natürlich hinaus und wollten ihm nichts geben. Schließlich trank er die Säure aus den Funkbatterien.»

«Die Polizei kam ihn holen, als wir heimfuhren», fügte Hornbeam hinzu. «Weiß nicht mehr, warum. Wegen einer Abtreibungsgeschichte, glaub' ich.»

«Ich erinnere mich, wie wir einen alten Doktor bei Teneriffa begruben», sagte Archer nachdenklich. «Der hatte sich erhängt. Mit seinem Gürtel», fügte er, zu mir gewandt, hinzu.

Ich begann zu erfassen, daß der ärztliche Beruf auf See nicht gerade im höchsten Ansehen stand.

«Ich versichere Ihnen, daß bei mir solche Dinge nicht unterlaufen werden», sagte ich.

«Die Fahrt hat noch nicht begonnen», bemerkte Archer. «Sehen Sie doch, was dem alten Doc Flowerday passiert ist.»

«Ja, das war wohl eine Schande», sagte Trail und nickte bekümmert. «Der war mehr als verrückt. Aber eigentlich hat er mir leid getan.»

Hornbeam stimmte zu.

«Netter alter Knabe. Ich vermute, Sie haben schon alles über ihn gehört, Doc?»

«Nein. Wieso? Wie sollte ich?»

Er sah plötzlich sehr verlegen drein.

«Ich dachte, man hat Ihnen im Büro was darüber erzählt», sagte er vag. «Er war Ihr unmittelbarer Vorgänger.»

Leise seufzte er in sein Bier hinein.

«Ein Jammer», fuhr er fort. «Irgendwie war's schon ein Jammer.»

Ich wetzte nervös auf der Koje hin und her.

«Was war ein Jammer?»

Hornbeam leerte sein Glas.

«Sein ... nun, sein Ende, oder wie man's nennen soll.»

Schweigend saßen sie eine Weile da. Die Erwähnung Dr. Flowerdays hatte sie in eine trübe Stimmung versetzt, und niemand schien das Gespräch wieder aufnehmen zu wollen. Ich saß da und erwog voll Gruseln alle Möglichkeiten seiner Todesart, für die ich nun schon eine schöne Zahl annehmbarer Theorien aufstellen konnte.

2

ALS ICH AN DIESEM ABEND ZU BETT GING, WAR MIR WIE AN MEINEM ersten Schultag zumute, als mir ein Mitschüler mein Frühstücksbrot geklaut hatte. Doch am Morgen hatte es zu regnen aufgehört, und die Sonne blickte schon frühzeitig mit blutunterlaufenen Augen auf die Merseyside nieder. Über Nacht war das Schiff zu neuem Leben erwacht. Es rasselte vom Lärm der Dampfwinden, die die Frachten verluden, und die Gespenster des vergangenen Abends waren durch Personen von Fleisch und Blut ersetzt worden, die brüllten, husteten und einander auf eine beruhigend menschliche Weise mit unfeinen Ausdrücken bewarfen.

Ich frühstückte im Salon mit Hornbeam und den anderen Maaten. Ihre Konversation erschien mir so mysteriös, wie ihnen wohl der Tratsch am Mittagstisch des Spitals vorgekommen wäre: sie enthielt Ausdrücke wie Mitteldeck und Stauraum, Buschholz und Leckage, Koffertank und Fangdamm. Das einzige Faktum, das ich alldem entnehmen konnte, war, daß der Abfahrtstermin der Lotus ebenso unbestimmbar war wie der Jüngste Tag.

Nach dem Frühstück ging ich in meine Kabine, setzte mich auf die schmale Sitzbank und schlug die erste Seite von Tolstojs «Krieg und Frieden» auf. Dieses Werk hatte ich in einer dreibändigen Ausgabe bei einem Buchhändler der Euston-Untergrundstation erhandelt, bevor ich den Zug nach Liverpool bestieg. Ich war der Meinung, daß ich auf der Seereise endlich die Muße finden würde, meinen zehn Jahre alten Ehrgeiz, das Ding auszulesen, zu befriedigen; überdies war ich entschlossen, die Zeit, die ich unbeschäftigt auf See verbringen mußte, nutzbringend für meine Bildung zu verwerten. Und die langen und geruhsamen Kapitel würden meine Kopfschmerzen zu lindern beginnen.

Vor vierzehn Tagen war ich noch Assistent eines praktischen Arztes gewesen – das medizinische Äquivalent zu einem armen Pfarrhelfer, einem Rechtsanwaltssubstituten oder einem neu aufgenommenen kleinen Beamten –, hatte in einer Atmosphäre von Dettol und nassen Überziehern gelebt und die Kriegsbeute der Staatlichen Krankenkasse mit der Besessenheit der Patronesse eines Wohlfahrtskomitees ausgeteilt. Mein Chef wußte mit Patienten gut umzugehen und verfügte über zwei Stammheilmittel, denen er in seinem Wirkungskreis den Ruf der Unfehlbarkeit verdankte, und wir teilten uns in die Arbeit. Er suchte die Privatpatienten auf, die bei jedem Zahlungstermin an Zahl abnahmen, und ich hielt vormittags Sprechstunde; mir oblagen die Nachtbesuche und die Abendklinik. Da diese passenderweise nach dem Ende der Arbeits- und Schulzeit sowie nach der Vesperstunde angesetzt war, wurde sie von jedermann aufgesucht, der ein ärztliches Zeugnis, ein neues Gebiß, ein Haarwuchsmittel oder Brillen benötigte oder einfach nur die Zeit totschlagen wollte. Die Patienten brachten ihre Beschwerden mit und ließen sie auf meiner Türschwelle wie unerwünschte Babys liegen. Sie quetschten sich auf den unbequemen und unhygienisch aussehenden Sofas unseres Wartezimmers aneinander, blätterten lustlos im *Punch* und warfen verstohlene Blicke auf ihre Nachbarn, um zu erkunden, was ihnen fehlte und ob sie ansteckend wären. Ihrer waren so viele, daß sie sich gemütlich um die trübseligen Abendstunden zu Hause drücken konnten. Es war hier billiger als im Wirthaus und interessanter.

Dafür erhielt ich dieselbe Entlöhnung wie ein Lokomotivführer; in zehn bis fünfzehn Jahren jedoch würde ich, vorausgesetzt, daß ich mich gut aufführte, Partner werden und an der Ausbeute beteiligt sein. Doch inzwischen wurde mein Leben durch einen unmittelbaren Anreiz bereichert: ich stand im Begriff, mich zu verheiraten.

Die Ehe ist für einen jungen Arzt eine ebenso bindende Verpflichtung wie das Zölibat für den römisch-katholischen Priester. Ein lediger Arzt ist bei seinen Patienten nicht gut angeschrieben, außer er macht Visiten bei ihren heiratsfähigen Töchtern, und da sogar diese jetzt von der Krankenkasse zugeteilt werden, hat er der Praxis gegenüber Verpflichtungen. Mein Chef hatte keineswegs die Absicht, wegen der mangelnden Ehebereitschaft seines jungen Assistenten die Patienten zu verlieren, und nachdem er mir das eindeutig klargemacht hatte, beauftragte er seine Frau, dieses Problem mit ihrem gesunden weiblichen Hausverstand anzupacken und nach einer Braut für mich Umschau zu halten.

Diese schaffte die Tochter eines Stadtrats herbei. Wendy hieß das Mädel; sie war eine Blondine, aber eine von der dürren Sorte: sie sah eher wie eine Weizenstoppel nach einem heißen Herbst aus. Ihre gesellschaftliche Position machte es mir unmöglich, auszukneifen: sowie die Stadt einmal erfaßt hatte, daß die Gattin meines Chefs die Sache befürwortete, waren Wendy und ich so sicher ein Paar wie zwei Ratten, die man im biologischen Laboratorium in denselben Käfig gesperrt hat.

Wir verlobten uns. Die Hochzeit rückte immer näher, unaufhaltsam wie ein früh hereinbrechender Winter.

Wenn ich jetzt Rückschau halte, glaube ich, daß mein Unterbewußtsein gute Gründe hatte, in Unordnung zu geraten wie der zerrüttete Getriebekasten eines ausgeleierten Autos. Wendy war ja ein nettes Mädel. Sie war gut erzogen und konnte über Dinge wie Trigonometrie und Volkswirtschaft sprechen. Doch sie hatte auch ihre Fehler. Ihre Stimme war so eintönig und durchdringend wie die Trompete der Heilsarmee, sie bewegte sich wie ein überbelasteter Schubkarren, und ihre Figur glich der eines Garbenbündels. Eine Attacke von *terror coelebans* oder Junggesellenpanik befiel mich.

Robustere Naturen als meine hätten dieser standgehalten: sie ist ein allgemein verbreitetes voreheliches Leiden. Ich aber hielt nicht stand. Ich legte mir Kopfschmerzen zu. Ich diagnostizierte sofort auf Gehirntumor und eilte nach London, um einen Kopfspezialisten aufzusuchen; unterwegs genoß ich alles noch mit einem zärtlich-erlesenen Abschiedsschmerz, sogar den Fisch, den mir die Britische Eisenbahngesellschaft zum Lunch servierte.

Der Kopfspezialist hörte mich fünf Minuten an und verfrachtete mich zu einem Psychiater. Der Psychiater war ein bedeutender und vielbeschäftigter Mann; doch ließ er mich, obwohl ich erst gegen Abend kam, eine Viertelstunde erzählen, während er ein paar Briefe unterzeichnete und seinen Autoschlüssel suchte.

«Sie brauchen einen langen Urlaub», sagte er streng, während er seinen Überzieher anlegte. «Warum machen Sie nicht auf einem Schiff Dienst? Dort haben Sie überhaupt nichts zu tun. In Ihrem Alter machte ich das. Ließ mich von einem Viehtransporter, der nach Murmansk ging, anheuern. Die halben Matrosen wurden eines Nachts über Bord geschwemmt, und ich mußte mit den übrigen zur Schiffsarbeit antreten. War ein Heidenspaß.»

«Ich glaube nicht, daß ich mich als Matrose gut machen würde.»

«Jedenfalls brauchen Sie dringend Urlaub. Ziehen Sie Ihren besten Anzug an und schauen Sie sich in der Leadenhall Street um. Man kann nie wissen, woher das Glück kommt.»

«Nun gut, Sir», sagte ich zweifelnd. «Wenn Sie mir's raten ...»

So wurde meine Ehre von der modernen Psychologie gerettet.

Am nächsten Nachmittag trottete ich die Leadenhall Street entlang und versuchte in jedem großen Schiffahrtsbüro und versehentlich auch in einer Zweigstelle der Barclay's Bank einen Posten zu ergattern. Es war einer jener unfreundlichen Novembertage, an denen sich Finsternis und Schlechtwetter innig verschworen auf den Mittagstisch herabsenken. Regen rieselte auf das schmutzige Pflaster nieder, drang durch meinen Mantel und durch meine Schuhnähte, und meine Niedergeschlagenheit wuchs mit zunehmender Dämmerung. Es hatte ganz den Anschein, als wollte mich das Meer verschmähen.

Als die Büros zu schließen begannen und die gewichtigen Persönlichkeiten der Schiffahrtsbranche bereits westwärts eilten, schleppte ich mich die krachenden Treppen im Gebäude der Fathom hinauf, entschlossen, wenn es sein mußte, auch mit Captain Bligh in See zu stechen. Dort wurde ich zu einem Mr. Cozens geführt, einem glatzköpfigen Männchen, das in einem hohen Lehnstuhl kauerte. Er war geradezu verdächtig erfreut, mich zu sehen.

«Unsere Lotus, Doktor», sagte er, «braucht einen Schiffsarzt. Wir wären entzückt, Sie aufzunehmen. Vierzig Pfund monatlich, kein Uniformzwang, bloß die Dienstmütze unserer Gesellschaft. Können Sie Montag die Fahrt nach Santos antreten?»

Nun hatte mir einst ein seefahrender Freund ans Herz gelegt, ein unbekanntes Schiff wie eine künftige Braut anzusehen und das genaue Alter sowie die exakte Tonnenzahl zu erkunden, bevor ich mich band. Und diesbezüglich war ich sowieso schon empfindlich.

Cozens entwarf schnell ein Bild der Lotus. «Kein *großes* Schiff», schloß er. «Auch kein *schnelles* Schiff, um genau zu sein.» Er lächelte wie ein Häuseragent. «Aber ein sehr *nettes* Schiff.»

Ich fragte mich, was ich tun sollte. Da stellte man mir das Ansinnen, auf einem Schiff zu fahren, das ich noch nie gesehen, an einen Ort zu reisen, von dem ich noch nie gehört hatte, und dies alles in einer Verwendung, von der ich nichts verstand. Furchterfüllt blickte ich durch das dunkle Fenster, an dem der englische Regen beruhigend herabrieselte. Offenbar war es viel gescheiter, zu Wendy zurückzukehren und mich noch für vierzehn Tage in Sidmouth niederzulassen.

«Nun gut», sagte ich. «Einverstanden.»

«Ausgezeichnet!» rief Mr. Cozens, sichtlich erleichtert. «Ich bin überzeugt, daß Sie sich wohlfühlen werden, Doktor. Wirklich ein sehr nettes Schiff – direkt damenhaft.»

Ich nickte. «Wohin habe ich mich jetzt zu wenden?»

«Leider müssen Sie sich noch ein paar Formalitäten unterziehen, Doktor. Vorschriften etcetera, Sie verstehen schon. Zuallererst muß ich Sie mit einer Anstellungsbescheinigung versehen. Wenn Sie noch eine Minute warten können, gebe ich sie einem Mädel zum Tippen.»

Heutzutage ist das Durchbrennen an die See bedeutend schwieriger als in jenen unkomplizierten Zeiten, da der verlorene Sohn bei Anbruch der Nacht zum Hafen hinunterschlüpfte, sich in einer Kneipe an einen Bos'n[1] anbiederte und bei Morgengrauen auf einem Ostindienfahrer absegelte. Heutzutage müssen Formulare ausgefüllt, Urkunden ausgestellt, Passierscheine nach einem Rattenschwanz ausführlicher Personalien ausgefolgt werden. Am nächsten Morgen schickte man mich in das Handelsmarineamt, das eine Kreuzung zwischen einem Verkehrsbüro und der Wachstube eines Polizeikommissariats an einem Samstagabend war. Hier schob ich meine Anstellungsbescheinigung nervös durch ein kleines Fenster einem Beamten zu, der sie mit dem unverhohlenen Abscheu durchsah, mit dem ein Postfräulein die Hintergedanken aus einem Telegramm herausliest.

«Haben Sie schon Ihren Rettungsboot-Schein?» fragte er drohend, und seine Stahlfeder stach in die Luft.

«Meinen was?» Eine Sekunde lang entrollte sich vor mir das Bild, wie ich mich schaudernd an ein sinkendes Schiff anklammerte und kein Rettungsboot besteigen durfte, weil ich nicht am zuständigen Schalter um meinen Ausweis eingekommen war. «Wo kann ich den kaufen?» fragte ich wild.

Der Mann blickte mich mitleidig an. «Heutzutage kommt wirklich schon allerhand Grünzeug her», bemerkte er müde. «Ein Rettungsboot-Schein», wiederholte er, indem er die Worte artikulierte, als spräche er zu einem tauben Idioten, «ist ein Schiffszertifikat. Kapiert?»

«Nein», gestand ich. «Ich hab keins.»

«Besitzen Sie irgendwelche besondere Kennzeichen?» fragte er und gab mir hiermit eine Chance, meine Scharte auszuwetzen. «Oder Gebrechen? Weisen Sie Tätowierungen auf?»

«Nein. Nichts dergleichen. Soviel ich weiß.»

[1] Bos'n: Bootsmaat

Er nickte und gab mir einen Bon für ein Gratisfoto im Laden vis-a-vis. Ich reihte mich in die Schlange davor ein und stand zwischen einem riesigen Neger mit einem Rock, der ihm bis zu den halben Schenkeln herunterreichte, und einem Mann in einem scharfe Dünste ausströmenden Rollkragen-Sweater, der mit einer Sicherheitsnadel in seinen Zähnen stocherte. Als ich an die Reihe kam, mußte ich meine in Holz gerahmte Nummer unters Kinn halten und die Kamera fixieren; ich hatte das Gefühl, daß ich meinen nächsten Weg in Handschellen antreten würde.

Wie ich so in meiner Kabine saß, «Krieg und Frieden» auf den Knien, die Dienstmütze auf dem Haken über mir, erkannte ich, daß Mister Cozens unrecht hatte. Die Lotus war keineswegs ein nettes Schiff. Sie war ein schwimmendes Lagerhaus, mit so viel Bequemlichkeiten ausgestattet, wie sie etwa die Kammer eines Nachtwächters zu bieten hat. Die Kabinen waren durchweg klein, und die meine glich einem Eisenbahnabteil, das zu einem Viertel mit Rohren ausgefüllt ist. Ich fragte mich, von woher die kamen, und entdeckte später, daß ich mich unmittelbar unter dem Waschraum des Kapitäns befand.

Meine Betrachtung über die Lotus wurde durch ein Klopfen an die Jalousietür unterbrochen. Es war Easter, der Steward des Schiffsarztes. Er war ein kugelförmiges Männchen und vertrat die Ansicht, seine Stellung sei keine rein dienende, sondern die leicht beruflich gefärbte eines Gentleman. Um seine Überlegenheit über die Tischgenossen zu betonen, ließ er einen Kehlkopfspiegel und ein Thermometer aus der Brusttasche seines Rocks hervorlugen, und mir gegenüber verwendete er oft die Worte «Wir von der ärztlichen Brüderschaft». Stets war er bereit, seine Kameraden in Problemen medizinischer oder sozialer Natur zu beraten, die sie den Ohren des Doktors anzuvertrauen abgeneigt waren, und er hatte die aufreizende Gewohnheit, ihnen zuzureden, im Interesse ihrer Gesundheit die Arzneifläschchen, die ihnen ihr ärztlicher Betreuer gerade in die Hand gedrückt hatte, ins Meer zu werfen.

«Guten Morgen, Doktor», sagte er. «Ich bringe einen Auftrag von Väterchen.»

«Väterchen?»

«Vom Kapitän.»

«Oh.»

«Er läßt sagen, er braucht per sofort eine Flasche seiner üblichen Magenmedizin.»

«Seine übliche Magenmedizin?» Ich nahm meine Brille ab und runzelte die Brauen. «Wie soll ich wissen, woraus die besteht? Hat er ein Rezept, oder was Ähnliches?»

«Dr. Flowerday pflegte ihm speziell eine zu bereiten.»

«Aha.»

Das Problem wurde immer bedeutsamer, je länger ich darüber nachdachte.

«Der Kapitän leidet ziemlich oft unter Magenschmerzen, was?»
«Na, und wie, Sir. 's ist was Chronisches.»
«Hm.»
«Wenn er unter einem seiner Anfälle leidet, läßt er's alle noch schlimmer als sonst fühlen. Für die Matrosen ist dann das Leben wirklich nicht mehr lebenswert. Das einzige, was seine Innereien wieder auf gleich bringt, ist die Spezialmedizin von Dr. Flowerday. Die läßt ihn den Wind nach oben blasen, Doktor. Oder, wie wir Mediziner sagen, rülpsen.»
«Soso. Sie wissen vermutlich nicht, was in der Medizin drin ist?»
«Nicht den blassesten Dunst, Doktor.»
«Können Sie sich wirklich nicht erinnern? Sie arbeiteten doch eine Zeitlang mit Dr. Flowerday zusammen?»
«Hab mehrere Reisen mit ihm gemacht, Doktor. Und er war sehr zufrieden mit mir, wenn ich das erwähnen darf.»
Mir fiel ein, daß ich dies zum Anlaß nehmen könnte, endgültig das Geheimnis um Flowerday zu lüften.
«Sagen Sie mir, Easter», fragte ich scharf, «was ist eigentlich mit Dr. Flowerday passiert?»
Bekümmert kratzte er sich die Nase.
«Nichts für ungut, Sir», erwiderte er würdevoll, «aber ich möchte lieber nicht darüber sprechen.»
Ich gab es auf. Es war zwecklos, Easter wegen des Schicksals meines Vorgängers oder wegen des Balsams für die Magenbeschwerden des Kapitäns zu sondieren.
Es gab achtern eine Kabine, deren Türe den mit Bleistift geschriebenen Vermerk AMTLICH GEPRÜFTES SCHIFFSLAZARETT trug. Es war eine ziemlich große Räumlichkeit, in der es wie in einem unterirdischen Kerker roch, der einige Zeit nicht benützt worden war. Sie enthielt übereinandergeschichtet vier Liegestätten. Das eine Schott war mit einem großen Schrank versehen, auf dessen rotem Schild GIFT geschrieben stand; einer der Türflügel lag, aus seinen Angeln gerissen, auf dem Boden.
Im Innern des Schranks befanden sich ein halb Dutzend Reihen viereckiger, stämmiger Flaschen; sie bildeten den Arzneivorrat des Schiffes. Sie waren — ebenso wie der Arzt — vom Verkehrsministerium angeordnet. Unglücklicherweise hält dieses, ganz in der Art jener eleganten ältlichen Ärzte, die einmal monatlich aus ihrer Zurückgezogenheit auftauchen, um die Zusammenkünfte der *Royal Society of Medicine* mit ihrer Anwesenheit zu zieren, vertrauensvoll an den altüberlieferten Heilmitteln und ehrenwerten Rezepten vergangener Dezennien fest. Da standen Drogen im Kasten, die mir nur aus verjährten Pharmakologiebüchern bekannt waren. Ich griff wahllos eine Flasche heraus: *Amylum* stand darauf. Was, um Himmels willen, fing man mit Amylum an? Dann gab es da ein Pfund Dover-Puder und eine Tonne mit Rizinusöl, groß genug, die Eingeweide der ganzen Welt in Aufruhr zu ver-

setzen. Im Hintergrund fand ich eine leere Ginflasche, etwas Worcestersauce, einen Tennisschläger mit zerrissener Bespannung, ein Paar schmutzige schwarze Uniformsocken, zwei Eier, ein Exemplar des *Brisbane Telegraph* und ein Schild mit der Aufschrift No Fumare.

Dies alles warf ich durch das Bullauge, wobei ich bei den Eiern Vorsicht walten ließ. Unterhalb der Flaschenregale befand sich ein anderes Abteil. Ich warf einen Blick hinein. Da stand eine schwere Mahagonikassette, die als Instrumentenkiste gekennzeichnet war; sie enthielt den linken Löffel einer Geburtszange, eine Säge, einen Korkzieher und ein Paket Zahnstocher; doch es waren auch noch fünf Gros Augenschirme aus grauem Pappendeckel vorrätig – auf jeden Mann kamen demnach mehr als sieben Stück.

Ich erkannte, daß das Verordnen hier schwieriger vor sich gehen würde als in der allgemeinen Praxis, wo ich ein Rezept auf meinem Schreibblock kritzelte, das der Patient zum Apotheker trug; der entzifferte mein Geschreibsel und bereitete die Medizin wie geschmiert. Auf der medizinischen Schule waren wir verpflichtet gewesen, eine Reihe von Vorträgen über Pharmazie und Pharmakologie anzuhören; diese wurden jedoch immer Samstag vormittag abgehalten, wenn die meisten Studenten bereits zum Rugbyplatz unterwegs waren. Aus diesem Grund war im Lehrgang folgende inoffizielle Order ausgegeben worden: man hatte die Unterschriften der Kollegen auf der Präsenzliste zu fälschen, bevor man leise davonschlich, sobald sich der Vortragende umdrehte, um eine pharmakologische Unklarheit auf der Tafel zu erläutern. Da ich einen Großteil meiner Pharmazie-Vorlesungen auf diese Weise durch einen Stellvertreter absolviert hatte, war mir nun wie einer frischgebackenen Hausfrau zumute, die zum erstenmal in ihrer Küche steht.

Hoffnungsvoll nahm ich die eine und die andre Flasche zur Hand und erkannte beglückt, daß mein Vorgänger, Dr. Flowerday, seine Pharmazie-Vorlesungen ebenfalls an Samstagvormittagen gehabt hatte. Auf der Rückseite jeder Flasche gab ein Schildchen in zittriger Handschrift Anleitungen wie «Gut für Diarrhöe», «Das da, gemischt mit Tinct. Ipecac., scheint ganz gut für Erkältungen zu sein» oder «Nicht sehr wirksam». Es fand sich auch ein Stück Karton, auf dem Dr. Flowerday drei Fragen ins Portugiesische, Spanische, Französische und Hindustanische übersetzt hatte, die er zur Untersuchung seiner Patienten besonders angebracht fand: «Husten Sie?», «Wo haben Sie Schmerzen?» und «Waren Sie in letzter Zeit mit einem dreckigen Weibsbild beisammen?»

Ich entdeckte eine alte Apothekerwaage und ein Glas, dessen Skala in Drachmen eingeteilt war, und begann die Medizin für den Kapitän zu bereiten. Der erste Versuch lieferte einen rosafarbenen Kitt und wurde aufgegeben (späterhin erwies sich dieser bei kleineren Infektionen an den Füßen der Mannschaft als nutzbringend). Das zweite Erzeugnis roch stark nach Pfefferminz, schien jedoch geeignet zu sein. Ich korkte es zu und trug es in die Kabine des Kapitäns hinauf.

Ich hatte noch nicht die Bekanntschaft Kapitän Hoggs gemacht. Die vergangene Nacht hatte er an Land verbracht, und zum Frühstück erschien er nie. Als ich mich bei Hornbeam nach ihm erkundigte, hatte dieser wenig überzeugend geantwortet: «Er hat auch seine guten Seiten.»

«Wo?» fragte Trail düster.

Ich forschte danach, wie sich Kapitän Hoggs schlechte Seiten zu äußern pflegten.

«Oh, er glaubt, die Sonne scheint ihm zum Hintern hinaus», erklärte Trail. «Alle werden sie so. Das kommt davon, wenn man zuviel allein ist. Sie sollten ihre Weiber mitführen dürfen, damit die sie unter Kontrolle halten.»

«Der Alte ist nicht verheiratet», sagte Hornbeam zu ihm.

«Sein Vater war's auch nicht», erwiderte Trail.

Ich klopfte an die Kabinentüre.

«Herein!»

Ich trat ein.

Kapitän Hogg hatte eine merkwürdige Gestalt. Er glich einer riesigen Birne. Von der scharfen Spitze seines Kahlkopfes an nahm er bis zur Region seines Nabels allmählich an Umfang zu, worauf er sich unvermittelt in alle Richtungen ausbreitete. Er saß in Hemdsärmeln in einem Lehnstuhl, sein Gesicht war durch das Buch, in dem er las, beschattet. Es war ein Roman aus der Fortsetzungsreihe «Wahre Schauergeschichten»; auf der Vorderseite des Umschlags kämpfte eine temperamentvolle Blondine mit einem beängstigenden Busen erfolglos gegen einen Gorilla, gegen einen Mann mit schwarzer Maske und gegen ihre Dessous.

Das Buch bewegte sich nicht. Ich stand mitten in der Tür und hielt die Medizinflasche wie einen Talisman vor mich hin. Er sprach:

«Na?»

Ich rieb meinen rechten Schuh langsam an meiner linken Wade.

«Ich bin der Doktor, Sir», sagte ich.

Das Buch senkte sich. Einen Augenblick lang starrten wir einander voll Interesse an. Er machte mir einen so freundlichen Eindruck wie ein Exekutionskommando.

«Ah!» rief er.

Ich hielt ihm die Flasche hin.

«Ihre Magenmedizin, Sir.»

Entweder war mein Rezept oder Dr. Flowerdays Anweisung falsch; vielleicht hatten sich auch die Drogen an Bord im Lauf der Zeit zersetzt. Irgendeine unvorhergesehene Reaktion trat im Innern der Flasche ein. Mit einem lauten Knall sprang der Kork in die Luft.

«Vielleicht werden Sie sie ein wenig stark finden», sagte ich, indem ich schnell den Stöpsel aufhob. «Ich empfehle Ihnen, sie gut verdünnt einzunehmen.»

Er nahm die Flasche schweigend entgegen und stellte sie nebenan aufs Pult.

«Ihre Mütze?» forschte er. «Haben Sie keine Mütze?»

«Doch, Sir. Die Dienstmütze der Gesellschaft.»

«Warum tragen Sie sie nicht?»

«Verzeihung, Sir, ich ...»

«Die Mütze ist bei allen offiziellen Visiten beim Kapitän zu tragen. Wenn ich Sie zu einem Drink einlade, ist das etwas anderes. Aber das ist jetzt nicht der Fall. Jetzt müssen Sie sich nach der Dienstvorschrift richten. Dieses Schiff ist kein Schiff für Landstreicher. Das ist mein Schiff, verstanden, Doktor? *Mein* Schiff. Wenn wir das einmal klargestellt haben, werden wir miteinander glänzend auskommen.»

«Ja, Sir.»

Ich war wieder zum Medizinstudenten geworden, der vor den Dean zitiert ward, weil er die Gummistiefel des Chefchirurgen mit Eiswasser angefüllt hatte.

«Gut. Sie waren noch nicht auf See?»

«Nein, Sir.»

«Sie werden die Tageseinteilung ziemlich einfach finden, was Ihre Person betrifft. Um neun Uhr morgens haben Sie Sprechstunde zu halten, und um zehn bringen Sie mir eine Liste der Kranken an Bord und schreiben dazu, was ihnen fehlt. Auf See gibt's nicht diesen verdammten Unsinn mit der ärztlichen Schweigepflicht. Ich möchte alles wissen. Ich muß den Dingen auf den Grund gehen, verstanden?»

«Ja, Sir.»

«Gut. Um elf Uhr inspizieren wir dann das Schiff – Sie haben dabei wieder Ihre Dienstmütze zu tragen. Das Mittagessen ist um zwölf Uhr dreißig, das Abendessen um sechs. Spielen Sie Cribbage?»

«Nein, Sir.»

Er blickte enttäuscht drein.

«Schade. Der letzte Doktor war ein guter Spieler. Vertreibt einem die Langeweile an den Abenden auf See.» Er deutete auf das Buch. «Ich bin zwar ein großer Leser, aber dann und wann spiel' ich gern Crib.»

Von einem plötzlichen Gedanken erleuchtet, beugte er sich vor und kramte in seinem Schreibpult.

«Ich hab' hier ein Buch drüber. Lesen Sie's durch, dann können wir schon ein paarmal miteinander spielen.»

«Danke, Sir.»

Er zögerte einen Augenblick und starrte auf die eckigen Kappen seiner Schuhe.

«Kannten Sie Dr. Flowerday?» fragte er.

«Nein, Sir.»

«Er war der letzte Schiffsarzt. Ein ausgezeichneter Bursche. Wir mochten ihn alle sehr. Leider wußte er nicht, wann er aufzuhören hatte. Möchte nicht, daß Sie denselben Weg einschlagen. Die Gesellschaft würde sonst glauben, daß irgend etwas mit meinem Schiff nicht in Ordnung ist.»

Mein Mund wurde trocken.

«Was... was ist eigentlich mit ihm passiert, Sir?»

Kapitän Hogg blickte mich an, dann wandte er sich wieder der Inspektion seiner Schuhkappen zu.

«Natürlich steht jedermann das Recht zu, zu glauben, was er will», sagte er mit Nachdruck. «Ich respektiere jedermanns Meinung. Aber es gibt gewisse Grenzen, Doktor. Gewisse Grenzen.»

«Ja, Sir.»

«Ist Ihnen zum Beispiel noch niemals der Gedanke gekommen, daß Sie jemand anderer wären, Doktor?»

«Nein, Sir. Ich... ich kann mich nicht entsinnen, daß dies je der Fall war.»

«Na, da haben Sie's! Auf See kommt das manchmal vor. Hab' die besten Kerle drunter leiden gesehn. Kann mich erinnern, daß, wie ich zum erstenmal als Maat Dienst machte, der Dritte glaubte, er sei die Kleopatra. Peinliche Sache für die Matrosen.»

«Das kann ich mir vorstellen, Sir.»

«Aber Dr. Flowerday hatte eine schwache Seite. Ich erzähle Ihnen das unter dem Siegel der tiefsten Verschwiegenheit, Doktor.»

«Selbstverständlich, Sir.»

Es stellte sich heraus, daß mein Vorgänger, nachdem er als Schiffsarzt der Lotus mehrere Jahre hindurch zwei Flaschen Gin täglich geleert hatte, kurz nach Singapore von religiösem Wahnsinn befallen wurde und sich eines Nachts im Indischen Ozean ersäufte; er litt unter der irreführenden Vorstellung, daß er die Fähigkeit besäße, auf den Wassern zu schreiten.

3

DREI TAGE SPÄTER SEGELTE DIE LOTUS, ZUR ÜBERRASCHUNG IHRER BEsatzung, ab. In der Zwischenzeit waren wir an den Kai festgenagelt gewesen und hatten die schweren Kisten aus den Güterwagen verladen. Das war ein interessantes Schauspiel. Die Kisten wurden bis zur Höhe des Schiffsdecks hinaufgehoben, horizontal hereingezogen und in den Laderaum hinuntergelassen. Dies geschah mittels Ladebäumen und Dampfwinden, bemannt mit je einem Trupp Liverpooler Löscher, die ihrer Arbeit mit dem müßig-nachlässigen Anstand von Mitgliedern des Oberhauses oblagen, welche an einem heißen Nachmittag einen unwichtigen Gesetzesentwurf beraten.

An jeder Winde stand ein Arbeiter, und die übrigen betätigten sich entweder unten im Laderaum oder auf dem Kai. Jeder Trupp stand unter der Aufsicht eines Mannes mit langem Überzieher und steifem Hut, der ihre Handgriffe mit den sparsamen Bewegungen eines erfahrenen Auktionators dirigierte. Ein Winken mit dem kleinen Finger, ein Neigen des Kopfes, ein Augenzwinkern genügte, und schon sausten vier Tonnen Maschinen so exakt durch die Luft und die Luken wie ein Golfball.

Die Verstauung der Frachten wurde von den Maaten überwacht, denen Archer Anweisungen gab. Seine Koje war mit Frachtbriefen, Ladelisten und Schiffsplänen besät, auf denen die verschiedenen Waren mit Farbstift eingezeichnet waren.

«Als Zweiter hat man nichts zu lachen», sagte er. «Da hat man immer mit den Frachten zu tun. Viel Arbeit für mich.»

«Aber es schaut doch ziemlich einfach aus? Sie tun doch eigentlich nichts anderes als Zeugs hineinstopfen, bis das Schiff voll ist?»

«Haben Sie denn noch nie einen Urlaubskoffer gepackt? Die Sachen, die Sie zuerst brauchen, liegen immer zuunterst. Wenn das auf einem Schiff passierte, würde eine schöne Wirtschaft entstehen. Da kann man nicht alles herausbeuteln.»

«Ich verstehe schon, was Sie meinen.»

«Überdies muß man die Gleichgewichtslage berücksichtigen. An so einer Verfrachtung ist mehr dran, als man glaubt.»

Er besah sich den Plan. «Nummer 1 und 4 sind schon voll, aber in 2 und 3 gibt's noch massenhaft Platz. Wir werden noch eine Woche hier sein, darauf können Sie Gift nehmen.»

Doch da traf, auf Grund irgendeiner mystischen Berechnung der Fathom-Leute, die Abfahr-Order ein. Vierundzwanzig Stunden später startete die Lotus am Morgen.

Eine aufgeregte Stimmung bemächtigte sich des Schiffs vor der Abfahrt, da sich jedermann noch eifriger mit seinen Aufgaben befaßte. Ich war von dem bevorstehenden Aufbruch besonders betroffen, da ich mich in den vergangenen Tagen schon ganz daran gewöhnt hatte, rund um den Hafen zu leben, und gelegentlich sogar gezweifelt hatte, daß wir überhaupt je absegeln würden. Die Dockarbeiter, die sich an Bord als Herren gebärdet hatten, wurden über die Laufplanke hinuntergeworfen und ließen einen Haufen von zertrampelten Zeitungen, Zigarettenpäckchen und Streichhölzern auf dem rostigen Stahlbelag zurück. Die breiten Ladeluken wurden mit schweren Holzplatten verschalt und quadratische Segelleinenstücke darüber festgebunden. Am Kopf des Laufstegs brachte der Quartermeister eine Tafel mit der vertraulichen Mitteilung DIE SS LOTUS SEGELT UM 10 UHR NACH SANTOS AB KEIN LANDURLAUB an, und ein dünner schwarzer Rauchstrahl schoß heftig aus dem Schornstein empor. Die nackten Masten wurden mit Flaggen geschmückt: die rote Schiffsflagge flatterte am Heck; das Hauszeichen der Gesellschaft – ein rotes F auf weißem Grund, von einem Anker gekrönt – wurde am Großmast gehißt, und küstenwärts verkündete am Fockmast das blau-weiße P unsere Absichten.

«Das ist wenigstens eine Flagge, die ich kenne», sagte ich zu Trail. «Der blaue Peter.»

«Ja, wir werden bald unterwegs sein, Doktor. Mir verflucht unangenehm. War grade heute nacht knapp daran, mir ein nettes kleines Ding beizubiegen. Immer dieselbe Geschichte!»

«Ich hingegen muß gestehen, daß ich froh bin, auf die hohe See zu kommen. Von Liverpool hab' ich nun genug gesehen.»

«Ihnen wird die hohe See noch zum Hals heraushängen, keine Angst. Und bändigen Sie Ihr Reisefieber. Die können sich's immer noch anders überlegen und uns nach Cardiff schicken, wenn wir in die Irische See hinauskommen. An sich kein schlechter Platz, Cardiff, aber mir wäre Middlesbrough lieber. Dort gibt's bessere Wirtshäuser.»

Kurz danach erschien Trail wieder auf Deck, diesmal mit seiner Dienstmütze; er sah recht energiegeladen und um zehn Jahre älter aus.

«Muß jetzt testen gehn», erklärte er kurz. «Die Schlepper können jede Minute da sein.»

Ich hörte ihn mit den Telegraphenapparaten auf der Brücke klingeln und die Schiffssirene betätigen; diese ließ ein paar Sekunden lang schweigend eine lange Dampffahne in die Luft steigen, bevor sie ihr Signal gab. Die Zollbeamten nahmen voll Mißtrauen eine letzte Untersuchung vor und gingen an Land, die Taschen mit den Stöbergeräten drohend geschultert. Männer in gelben Regenmänteln und verbeulten Schlapphüten eilten mit den letzten verzweifelten Aufträgen für Kapitän Hogg an Bord und stürzten wieder weg, ängstlich auf ihre Uhren blickend. Ein Mr. Swithinbank, ein blasser Jüngling mit stahlgefaßter Brille aus dem Liverpooler Büro, kam atemlos das Deck herunter auf mich zugeschossen, einen Zettel in der Hand schwingend.

«Da ist der Gesundheitspaß, Doktor!» rief er. «Gott sei Dank! Einen Moment lang dachte ich schon, Sie wären verkommen! Ohne den Wisch können Sie nicht abfahren!»

«Danke vielmals», sagte ich, das Dokument ehrfurchtsvoll entgegennehmend.

«Alles in Ordnung?» fragte er hastig auf dem Weg zur Laufplanke. «Das Heilmittellager O. K.? Wäre jetzt übrigens schon zu spät. Gute Fahrt! Viel Glück!»

«Auf Wiedersehen!» rief ich ihm flehend nach. «An Sulfonamiden scheinen wir ein bißchen knapp zu sein.»

«Vergessen Sie nicht, uns aus Brasilien einen Schinken mitzubringen», rief er mir über seine Schulter zu. «Denken Sie an uns arme hungernde Engländer!»

Er verlor sich eilends zwischen den Güterwagen und Loren am Kai. Es ging knapp auf zehn. Zwei Matrosen, die es zustande gebracht hatten, zu dieser Tageszeit stockbesoffen zu sein, torkelten die Laufplanke herauf und blieben auf Deck liegen.

«Schaff sie hinunter», rief Hornbeam dem Bos'n zu; die Situation schien ihm durchaus nicht unvertraut zu sein. «Morgen früh werden sie ins Logbuch eingetragen. Ist Smiley schon aufgetaucht?»

«Hat noch nichts von sich blicken lassen, Mr. Hornbeam.»

«Weiß der Teufel», sagte Hornbeam schicksalsergeben. «Selbst wenn ein Schiff in der Hölle anlegte, gäb's noch Deserteure. Stell Wache für mich aus, Bos'n. Ich geh' auf die Station.»

«Ay ay, Sir.»

Zwei Schleppboote schmiegten sich unten an Bug und Heck, ihre Lenker standen unbeweglich in ihrem Ölzeug am Steuerrad wie wartende Taxichauffeure. Der Lotse kam an Bord – ein beängstigend zivil aussehender Mann mit Tweedmantel und steifem Hut, Regenschirm und Reisetasche. Ich sah, wie Trail an die Tür des Kapitäns klopfte, salutierte und meldete: «Schlepper angelegt, Lotse an Bord, Sir.» Er trat zur Seite, als Kapitän Hogg im vollen Glanze seiner Goldtressen erschien und feierlich zur Brücke hinaufstieg. Die Laufplanke wurde eingezogen, die beiden Schleppboote zerrten das Schiff vom Kai weg, und die Leinen fielen mit einem lang anhaltenden Klatsch ins Wasser. Die Lotus wurde mit einem Mal aus dem rostigen Anhängsel eines dreckigen Liverpooler Hafens in ein selbständiges Wesen verwandelt.

Ich beugte mich an der Seite Easters über die Reling und betrachtete den immer größer werdenden Abstand zwischen uns und dem Ufer. Ich hatte mich noch nie vorher auf einem fahrenden Schiff befunden – abgesehen von einer kurzen Überfahrt auf einem Raddampfer, von Margate nach Southend – und war aufgeregt und ängstlich. Mir erschien die Vorstellung, daß nun die Lotus uns alle von Liverpool in die Tropen bringen würde, zu ausgefallen, als daß man sie ernstnehmen konnte.

«Wir fahren», war alles, was ich über die Lippen brachte.

«Ja, Sir. In ungefähr einer Stunde werden wir schon ganz schön draußen im Strom sein.»

«Wissen Sie, Easter, mir erscheint es fast ausgeschlossen, daß dieses kleine Schiff die ganze Strecke nach Südamerika mit uns zurücklegt.»

«Manchmal, Sir», antwortete er düster, «glaub' ich, daß es ein verdammtes Wunder ist, wenn es überhaupt fährt.»

Ein leises Zittern erschütterte uns, als die Maschinen die Geschwindigkeit vergrößerten; wir glitten durch das trübe Wasser des Mersey-Kanals an den Heulbojen und dem Licht der Hafenbarre vorbei in die Irische See hinaus. Nachmittags blies ein scharfer Seewind übers Deck, und die walisischen Berge duckten sich am Horizont. Ich schlenderte köstlich erregt auf dem Schiff umher, das nun mit dem Wind musizierte, und sah mir alles mit den Augen eines Schulbuben im Naturhistorischen Museum an.

In meiner Tasche steckte ein Brief Wendys, den ich absichtlich bis zur Abfahrt uneröffnet gelassen hatte. Er bestand aus ein paar kurzen, steifen Zeilen, in denen sie mir eine gute Reise wünschte, der Hoffnung Ausdruck verlieh, daß sich meine Kopfschmerzen gebessert hätten, und erwähnte, daß wir uns nicht länger als Verlobte zu betrachten brauchten. Ich gewann den Eindruck, daß sie sich in den Sohn eines Tuchhändlers verliebt hatte. Ich zerriß den Brief und streute ihn über Bord: die Schnitzel breiteten sich auf dem Wasser aus und blieben zurück. Ich lachte. Ich kam mir wie ein gemeiner, ein niederträchtig gemeiner Kerl vor. Aber nun durfte ich es ja sein: ich war ein Seemann. In jedem Hafen wartete ein Mädchen auf mich, dachte ich. Nehmt euch in acht, Mädels, nehmt euch in acht vor dem ausgelassenen Seemann, der ich nun bin! Den Refrain eines Matrosenlieds trällernd, stieg ich hinunter, um eine Tasse Tee zu trinken, dumpf bewußt, daß ich nicht ganz bei Sinnen war.

Meine heitere Losgelöstheit dauerte kaum einen Tag. Am nächsten Morgen war mit totenübel.

Die Lotus ächzte und stöhnte auf ihrem Wasserweg wie eine alte Dame bei einem Okkasionsverkauf. Sie erkletterte einen Wellenberg, machte eine Atempause, schüttelte sich und glitt hilflos in das Tal der nächsten Woge hinab. Ich lag auf meiner Koje, sah zu, wie der Horizont munter um das Bullauge hüpfte, und versuchte, an vorzugsweise mit dem festen Land verbundene Objekte zu denken, zum Beispiel an die Albert Hall.

Easter steckte den Kopf zur Türe herein. In den Händen trug er eine Tasse Tee und eine kleine Gießkanne ohne Brause, wie sie in den englischen Landgasthäusern zum Transport von lauwarmem Wasser verwendet wird.

«Guten Morgen, Doktor», sagte er flüchtig. «Kommen Sie nicht zum Frühstück?»

Ich rollte meinen Kopf auf dem Polster hin und her.

«Sie scheinen nicht ganz beisammen zu sein, Doktor?»

«Ich glaub', mit mir geht's zu Ende.»

Er nickte, ernst das Ergebnis seines klinischen Befundes abschätzend.

«Speien Sie viel?» fragte er dann in munterem Ton.

«Alles.»

«Wenn ich so frei sein darf – Sie brauchen eine ordentliche Mahlzeit. Eine Pfanne Spiegeleier mit Schinken, und Sie fühlen sich wieder pudelwohl. Das wirkt Wunder. Halten Sie das einen Augenblick, Doktor, ich hole nur eine Schüssel.»

Ich umklammerte die Schüssel wie eine Mutter ihr Neugeborenes.

«Ist's jetzt besser, wo Sie alles draußen haben?» fragte er besorgt.

«Ein bißchen.»

Da kam ihm wieder eine Idee.

«Möchten Sie nicht ein Stück kaltes Beefsteak mit ein paar Pickles? Auch die wären jetzt glänzend.»

«Nein, um Gottes willen, nein! Ich will gar nichts. Ich möchte nur Ruhe haben.»

«Gut, Doktor, wie Sie wünschen. Vielleicht werden Sie Lust haben, beim Lunch einen Bissen zu sich zu nehmen?»

«Das bezweifle ich sehr.»

Er überließ mich den Verzückungen des Alleinseins. Ich lag starr auf der Koje und fixierte meine Augen auf die Worte, die, im Auftrag des Verkehrsministeriums, unmittelbar über mir angebracht waren: ZUR UNTERBRINGUNG VON 1 SEEMANN GEEIGNET. Seemann, bei Gott! Nichts wollte ich sehen außer einem Baum.

Es war wichtig, meinen Geist auf etwas zu konzentrieren, was jenseits der mich spiralenförmig umkreisenden Wolken von Übelsein lag, und so begann ich die Nietnägel an der Decke zu zählen. Ich war bei Nummer 98 angelangt, da trat Hornbeam ein. Er rauchte Pfeife.

«Hallo, Doc! Höre, daß Sie Farbe gelassen haben. Wo fehlt's?»

«Ich bin seekrank.»

Er blickte überrascht drein.

«Ja, mir scheint, sie stampft ein bißchen», gab er zu und warf einen Blick durch das Bullauge. «Darf ich eins Ihrer Streichhölzer nehmen?»

Er paffte ein paar Rauchwolken in die Kabine.

«Besser draußen als drinnen», bemerkte er, als ich die Schüssel wieder niederstellte.

«Möglich.»

«Wissen Sie was, Doc? Ich sage Ihnen das einzig wahre Mittel gegen Seekrankheit. Komme nicht oft dazu, einen Arzt zu behandeln, aber heut ist die Gelegenheit da. Wollen Sie's versuchen?»

«Was ist es denn?»

«Ein Schoppen Meerwasser. Alte Seemannskur. Als ich noch angelernt wurde, hat mir das als einziges Mittel auf meiner ersten Fahrt geholfen. Wenn uns übel war, wurden wir mit einem Fußtritt auf den Brückensteg befördert, und der Maat gab uns ein Glas direkt aus der Pütze zu saufen. Soll ich Ihnen eins bringen lassen?»

Ich erhob die Hand.

«Ich möchte im Augenblick lieber gar nichts zu mir nehmen, danke.»

«Wie Sie wollen, Doc. Hab' ja schließlich nur einen Vorschlag gemacht. Haben Sie schon versucht, ein Auge zuzudecken?»

«Hat nicht viel geholfen.»

«Glaub's. Verteufelt nochmal! Kann ich noch ein Streichholz haben? Meine Pfeife ist schon wieder ausgegangen.»

«Könnten Sie sie bitte draußen anzünden? Sie ist mir augenblicklich ein bißchen ... ein bißchen zu stark.»

«Oh, tut mir leid! Hab' nicht daran gedacht.»

Ich rief ihm schwach zur Türe nach:

«Wie lang hält so was an?»

Er rechnete ein paar Sekunden nach.

«Nicht sehr lang. Schätze, daß wir in fünf bis sechs Tagen in ziemlich ruhigem Wasser sind.»

«Fünf bis sechs Tage!»

Ich stöhnte.

Hingestreckt lag ich da und versuchte meinen Zustand wie der sterbende Arzt John Hunter zu analysieren. Vom rein wissenschaftlichen Standpunkt aus betrachtet, war's natürlich ein lächerlich simples Leiden. Die Endolymphe in meinen Canales semicirculares übte einen Reiz auf die Enden meines Cochlearnervs aus, der wieder auf mein Hirn ausstrahlte und den Reflexbogen des Erbrechens herstellte. Es sollte mir mit ein wenig Willenskraft nicht schwerfallen, den Reflex zu inhibieren. Schließlich war das Hirn das höchste der Organe ... Ich trainierte in Willenskraft.

«Guten Morgen!» rief Trail von der Türe aus. «Sobald Sie Ihren Kopf aus der Schüssel draußen haben, sage ich Ihnen ein totsicheres Heilmittel gegen Seekrankheit.»

Ich ließ mich in die Kissen zurückfallen. Ich hatte aufgegeben. Wenn der Todesengel herannahte, wollte ich ihm herzlich die Hand schütteln.

Trail kam auf die Koje zu. Er steckte die Hände in die Hosentaschen und zog zwei Flaschen Bier heraus.

«Guinness!» sagte er stolz. «Trinken Sie das aus, und Sie werden sich bis Mittag sauwohl fühlen. Wirkt Wunder.»

«O Gott!» stöhnte ich. «Ogottogott!»

Trail blickte verdutzt drein.

«Was ist los? Mögen Sie kein Bier? Na, Kopf hoch! Das wäre fast über meine Uniform gegangen.»

Er verließ mich, und ich fragte mich schicksalsergeben, wie lange es noch dauern würde, bis Easter hereinkäme und vom Lunch zu sprechen begänne.

Irish Stew würde es bestimmt geben.

Nach drei Tagen schlossen die See und ich ein Kompromiß. Die Sonne kam wieder zum Vorschein, der Wind ließ nach und verlor seine Bösartigkeit, das Wasser wurde ausgeputzt wie ein Zimmer nach einem wilden Gelage. Ich hingegen lernte es, mich gegen das Schwanken des Schiffs zu stemmen, und fühlte mich soweit wohl, um das Wagnis zu unternehmen, im Salon zu lunchen.

Es war meine erste Mahlzeit auf See. Ich saß mit dem Kapitän, dem Chefingenieur, Hornbeam, Archer und dem Chefsteward, einem mageren mausgesichtigen Männchen namens Whimble, an einem Tisch. Sobald das Glockenzeichen ertönte, wandten wir uns mit der Schnelligkeit von Hilfskreuzern dem Speisesalon zu: Kapitän Hogg haßte es, wenn man zu spät kam.

Ich saß rechterhand vom Kapitän, der Maat linkerhand, der Chefingenieur ihm gegenüber, und die beiden anderen dazwischen.

«Ah, der Doktor!» sagte Kapitän Hogg ausgesprochen leutselig. «Haben Sie sich endlich doch entschlossen, mit uns zu speisen?»

«Ja, Sir.»

Er entfaltete seine Serviette und steckte sie bedächtig unterm Kinn fest.

«Die Seekrankheit», erklärte er langsam, «ist reine Einbildung. Man redet sie sich ein.»

Ich zuckte die Achseln.

«Nun», sagte ich in berufsmäßigem Tonfall, «sie hat wohl auch kompliziertere Ursachen als diese. Ich gebe zu, daß ein psychologischer Faktor mitspielen mag. Doch die Schuld liegt offenbar an einem Mangel des Gleichgewichtsapparates in den Ohren und wahrscheinlich auch an den Magennerven.»

Der Kapitän brach ein Brötchen entzwei.

«Nein», sagte er mit Entschiedenheit. «Sie ist reine Einbildung.»

Laut begann er seine Suppe zu schlürfen.

Niemand sprach ein Wort, bevor er damit fertig war.

«Mr. McDougall», sagte er, indem er ein halbes Brötchen in den Mund stopfte, «haben Sie das Buch mitgebracht, das Sie mir gestern beim Abendessen borgen wollten?»

Der Chefingenieur blickte auf. Er war ein magerer, verrunzelter Schotte; sein Gesicht wurde von einem dichten Strähn sandfarbener Brauen beherrscht, unter denen seine Augen hervorspähten wie Förster im Hochland, die Wilddiebe im Dickicht beobachten.

«Ay», erwiderte er. «Sie meinen wohl den ‹Würger›?»

Der Kapitän nickte.

«Ja, den. Ab und zu lese ich gern etwas von Peter Cheyney.»

«Aber», unterbrach ich, «der ‹Würger› ist doch von Edgar Wallace? Er hat ihn vor ungefähr zwanzig Jahren geschrieben.»

«Nein», sagte der Kapitän. «Er ist von Peter Cheyney.»

«Sir, ich bin dessen vollkommen sicher, daß . . .»

«Von Peter Cheyney», wiederholte er und schloß die Debatte nachdrücklich mit einem Punkt ab. Danach fiel er über einen Teller mit Hammelkoteletten her, welche in seinem Munde verschwanden wie die Menge auf einer Rolltreppe der Untergrundbahn zu den Hauptverkehrszeiten.

Wir aßen schweigend weiter.

Kapitän Hogg beendete sein Gericht und legte Gabel und Messer weit ausholend beiseite.

«Mr. Whimble!» rief er.

«Sir?»

Der Chefsteward sprang auf, fast an einem Hammelknochen erstickend.

«Mir sind zwar noch schlechtere Hammelkoteletten untergekommen als diese – vielleicht in einem fünftklassigen Kaffeehaus an der mexikanischen Küste. Warum werfen Sie den Koch nicht über Bord? Wenn in meiner Ausbildungszeit der Schiffskoch dem Kapitän einen solchen Fraß vorgesetzt hätte, wäre er mit Fußtritten rund ums Deck gejagt worden.»

«Tut mir leid, Kapitän», murmelte Whimble. «Ich werde dafür sorgen, daß so etwas nicht wieder passiert.»

«Möchte ich mir auch ausgebeten haben. Man kriegt das Essen nie so, wie man's gewohnt ist. Heutzutage haben die Leute nur Vitamine und Kalorien und ähnlichen Unsinn im Kopf. Was soll der Mensch damit anfangen? Das Ganze ist nichts als eine Modelaune. Wir brauchen keine Vitamine oder Kalorien», sagte er angeekelt. «Was, Doktor?»

«Nun, die beiden sind Faktoren, die nichts miteinander zu tun haben. Aber die Vitamine sind riesig wichtig.»

«Blödsinn! Ich bin kein Doktor – und gebe es auch nicht vor, einer zu sein. Aber wenn man tagtäglich seinen Bauch ordentlich mit Fleisch und Kartoffeln vollstopft, bleibt man gesund.»

«Vitamine sind notwendig», verteidigte ich, wenn auch schwächlich, meinen Standpunkt.

«Vitamine sind Blödsinn, Doktor. Reinster Blödsinn!»

Ich begann einzusehen, daß das Äußern von Meinungen, selbst beruflicher Natur, verboten war. Unsere Mahlzeiten würden ja heiter werden!

4

AM NÄCHSTEN MORGEN SUCHTE ICH NACH DEM FRÜHSTÜCK MEINE KAbine auf, balancierte auf der Sitzbank und schlug neuerlich «Krieg und Frieden» auf Seite eins auf. Seit unserer Abfahrt hatte ich mich nicht wohl genug dazu gefühlt, nun aber sehnte ich mich danach, während der weiteren Reise mit Muße durch seine Seiten zu bummeln. Ich war fast bis zum Ende des ersten Abschnitts vorgedrungen, als draußen im Gang vor meiner Kabine ein Gespräch ertönte.

Da ich die Ventilationsklappe der Türe geöffnet hatte, konnte ich es deutlich vernehmen. Zwei Leute sprachen miteinander in jenen gutturalen Schnarrtönen, die den Bürgern Liverpools als Verständigungsmittel dienen.

«Hallo!» sagte der erste. «Was machste da, Mensch?»

«Will bloß zum Quacksalber hinein.»

«Ja so. Wo brennt's denn, Mensch?»
«Weiß nicht genau. Hab' mir wahrscheinlich was zugelegt.»
«Wo? In Liverpool?»
«Klar. War ein verteufelt netter Unterrock.»
«Na, man kann nie wissen, Mensch.»
«Wird schon so sein.»
Kurzes Schweigen.
«Was für einer ist denn unser Quacksalber?»
«Oh, er ist ein junger ...»
«Glaubste, daß er was kann?»
«Kommt mir vor wie ein grüner Medizinstudent.»
«Wenn wir auf der Heimfahrt wären, würd' ich warten und dann zu einem richtigen Arzt gehn», sagte der Patient. Ich öffnete die Türe. «Guten Morgen, Doc!» fügte er strahlend hinzu. «Können Sie uns für eine Sekunde sozusagen privat drannehmen?»
«Gehen Sie ins Lazarett hinunter», sagte ich kühl. «In ein paar Minuten komme ich nach.»
«Gut, gut, Doktor.»
Als ich ins Lazarett kam, sah ich, daß Easter bereits den Fall mit einer Sicherheit diagnostiziert und behandelt hatte, die auf langdauernde Erfahrung gegründet schien.
«Nimm das, mein Bester», sagte er, indem er ihm ein Fläschchen mit Sulfoxyl-Salvarsan einhändigte, «und in ein paar Tagen wirst du so munter sein wie ein Vogelhäuschen – wie man in Neuseeland sagt.»
Der Patient stopfte das Heilmittel in seinen Hosenbund und zog beschwingten Schrittes ab.
«Glauben Sie nicht, daß ich ihm eine kleine Lektion hätte erteilen sollen?» meinte ich.
Easter schien darüber belustigt zu sein.
«Wir haben ja doch alle mal gedankenlose Momente, Doktor, oder nicht? Ziehen Sie eine Karte», sagte er und förderte plötzlich ein Paket Spielkarten aus seiner Rocktasche ans Tageslicht. «Irgendeine. Ohne daß ich sie sehen kann.»
Automatisch griff ich mir eine heraus.
«Gut so», sagte er. «Nun mische ich das Spiel, sehen Sie? Kein Schwindel. Sie hätten jede Karte aus dem Spiel nehmen können. Gestatten Sie, daß ich mich jetzt konzentriere.» Sein Gesicht verzerrte sich unter der Anstrengung tiefsten Nachdenkens. «Karo vier», erklärte er sodann.
«Stimmt auffallend. Doch ich glaube kaum, daß wir recht daran tun, solche Dinge in einer Zeit zu unternehmen, in der wir Patienten behandeln sollen.»
Easter ließ die Karten mit einer Miene beherrschten Triumphes wieder in seine obere Rocktasche gleiten.
«Dr. Flowerday hat es immer sehr gern gesehn, wenn ich ihm ein paar Kunststückchen zeigte. Hat ihn manchmal direkt in Form

gehalten. Hielt sich doppelt so lange wach, wenn er nicht draufkommen konnte, wie ich sie fertigbrachte.»

«Und wie haben Sie dieses fertiggebracht, wenn ich fragen darf?»

«In Wirklichkeit sind's lauter Karo vier», sagte Easter schlicht, indem er auf seine Rocktasche klopfte.

«Sie scheinen ja ein Spezialist in derlei Dingen zu sein.»

«Drei Jahre lang war ich daheim als Pin Hung, der berühmte chinesische Zauberer, tätig. Bin von einem Rummelplatz zum andern gezogen, meistens im Norden – Barrow, Carlisle, Sunderland. Am liebsten war mir Grimsby. Hab' in Grimsby immer beim Pokerspielen gewonnen. Drunten hab' ich ein Buch mit Zeitungsausschnitten...»

«Gut, gut. Später einmal, vielleicht.»

Er schüttelte drei Karten aus dem Ärmel und baute sie geschickt auf dem Deckel einer Verbandschachtel auf.

«Los, Doktor! Versuchen Sie Ihr Glück! Wette mit Ihnen um einen Dollar, daß Sie der Dame nicht beikommen können.»

«Easter», fragte ich voll Interesse, «wie kommt es, daß Sie in Ihrer jetzigen Position gelandet sind? Ein Mann mit Ihren besonderen Gaben wäre auf der Rennbahn weitaus besser am Platz denn in einem Schiffslazarett.»

«Das ist's ja, Doktor. War jahrelang beim Rennpersonal. Aber dann hab' ich's gründlich satt bekommen. Man kann dabei zu oft eingelocht werden.»

Ich starrte ihn an.

«Sie meinen doch nicht... Sie wollen damit doch nicht sagen, daß Sie im Gefängnis saßen?»

Ich war beunruhigt. In der Praxis zu Lande waren solche Fälle in der Kollegenschaft zumindest ungewöhnlich.

«Na gewiß!» erwiderte er mit der Miene jemandes, der zugibt, daß er sich in Brighton oder Scarborough ziemlich gut auskennt. «War mir aber recht zuwider. Ist im Winter verflucht kalt.»

«Und so kamen Sie auf See?»

«So ist's, Doktor. Bin jahrelang auf den großen Passagierdampfern der West-Atlantik-Strecke tätig gewesen. Das heißt, als ich noch ein junger Bursche war und ein bißchen besser laufen konnte. Und so kam ich wieder zur See zurück. Nahm den Posten eines Stewards an. Man hat dabei ein angenehmes Leben und regelmäßige Mahlzeiten. In die jetzige Verwendung stieg ich hinein, als ein Kamerad von mir in Sydney abhaute und ich auf der Heimfahrt im Lazarett aushalf. Mir ist das lieber, als im Salon zu servieren. Verleiht einem ja doch weitaus mehr Würde. Dr. Flowerday überließ es mir außerdem, die überschüssigen Instrumente und Heilmittel an Land zu verkaufen, wenn's mir möglich war. Penicillin und ähnliches Zeugs, das man bis vor kurzem nur in den USA bekommen konnte. Das wird bei Ihnen doch auch so sein, Doktor? Dr. Flowerday und ich pflegten bezüglich des Reinertrags ein Übereinkommen zu treffen.»

«Ich denke, darüber werden wir uns ein andermal unterhalten.»

«Einverstanden, Doktor. Ein Mann liegt krank in seiner Kabine.»

«Ja, warum haben Sie mir das in drei Teufels Namen nicht früher gesagt? Anstatt mich mit Ihren verdammten Kartenkunststücken hier zum Narren zu halten?»

«Es ist nicht so eilig, Doktor. Es ist bloß Chippy, der Schiffszimmermann.»

«Was fehlt ihm denn?»

«Er hat wieder einmal einen seiner Anfälle.»

Argwohn erfaßte mich. Die Diagnose «Anfälle», denen mehr als die Hälfte der Landbevölkerung in den mittleren Jahren ausgeliefert zu sein scheint, kann auf jede Art von Beschwerden, angefangen von Blähungen bis zu ausgewachsener Epilepsie, angewandt werden.

«Gehen wir lieber ihn uns gleich ansehen.»

«Gut, Doktor.»

Ich folgte Easter nach achtern in die Mannschaftsunterkünfte am Heck. Wir stiegen auf einer eisernen Leiter zu einer Tür empor, auf der in Bleistift ZIMMERMANN UND LAMPEN-TRIMMER geschrieben stand. Es war eine kahle kleine Kabine mit grün gestrichenen Stahlschotten und ein paar übereinanderliegenden Kojen. Ihr einziger Schmuck bestand aus der Photographie eines rechteckigen Grabsteins, «Mutters Grab» beschriftet.

In der obersten Koje lag der Patient unter einer grauen Schiffsdecke zusammengekauert. Ich schüttelte ihn. Er steckte den Kopf heraus, und ich erkannte den Mann mit der Lampe wieder, der mich seinerzeit am Ende der Laufplanke abgefangen hatte. Seine Bartstoppeln bedurften schon dringend einer Rasur, trockener Speichel stand in seinen Mundwinkeln, und seine Augen sahen aus wie die Kirschen auf einer Mandelcreme.

Er knurrte mich an.

«Nun, wo fehlt's denn, mein Lieber?» begann ich aufgeräumt.

Er achtete nicht auf meine Worte. Seine Augen waren auf irgend etwas hinter meinem Rücken geheftet.

«Fort mit euch, dreckige Bastarde!» heulte er.

Ich machte einen Satz.

«Regen Sie sich doch nicht so auf . . .», sagte ich nervös.

Er verkroch sich in eine Ecke der Koje und zog die Decke fest um sich.

«Fort mit euch!» schrie er. «Laßt mich los!»

Er fegte irgend etwas vom Rand der Koje weg.

«Was ist denn los?» fragte ich. «Was bringt Sie so auf?»

Der Mann begann etwas zu murmeln, und ich beugte mich vor, um ihn besser hören zu können.

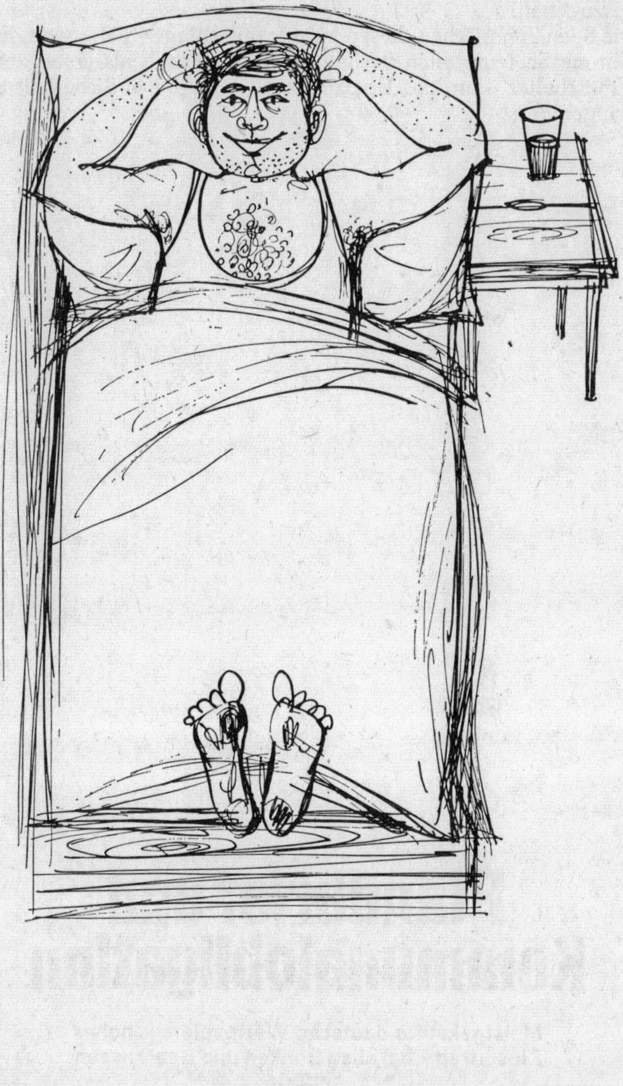

Die hohe See verleitet zu mancherlei . . .

... übrigens auch zum Sparen. In der Tat: Ozeane haben eine günstige Wirkung auf die Vermögensbildung. Nichts stärkt nämlich den Sparwillen so sehr, wie der Mangel an Gelegenheit, Geld auszugeben.
Die Seehäfen machen diesen Mangel allerdings wieder wett. Erfahrene Seeleute eilen deshalb bei Landurlaub als erstes zum Bankschalter – um das Ersparte vor sich selbst in Sicherheit zu bringen.

«Diese Hunde!» sagte er. «Diese verdammten großen Wolfshunde! Diese verdammten großen grünen Biester! Da! Schauen Sie! Gleich fünf auf einmal!»

Ich machte eine scharfe Wendung zu Easter.

«Der Mann hat Delirium tremens», stellte ich fest.

«Ja, ja», sagte Easter, der sich nicht von der Schwelle rührte, leichthin. «Das hat er schon seit Jahren. Solang ich mich erinnern kann, jedenfalls.»

«Aber wir müssen doch etwas dagegen tun! Sie erfassen doch hoffentlich, daß das ein ernster Fall ist? Sie scheinen das sehr auf die leichte Schulter zu nehmen.»

«Er kriegt's immer am Anfang einer Reise. Jetzt wird er dann wochenlang wieder in Ordnung sein. Hat seit der Abfahrt nichts getan als sich vollgesoffen. Sagt, daß er immer traurig wird, wenn er Liverpool verlassen muß.»

Der Patient rüttelte an seiner Koje.

«Weg mit euren Pfoten aus meinem Gesicht!» brüllte er.

«Wenn ich mir einen Rat erlauben darf, Doktor», äußerte Easter, noch immer an der Türe lehnend, «möchte ich sagen, daß jetzt die richtige Gelegenheit wäre, zu den Tröstungen der Medizin zu greifen.»

«Tröstungen der Medizin? Wovon reden Sie, um Himmels willen?»

«'ne Flasche Brandy», erklärte er. «Wird für solche Fälle im Lazarett gratis ausgegeben. Sie können noch eine vom Chefsteward kriegen, wenn Sie sie bestellen.»

«Aber mir ist von diesem Brandy noch nichts untergekommen.»

«Ich bewahre ihn für gewöhnlich in meiner Kabine auf, Doktor. Dr. Flowerday und ich hatten diesbezüglich ein Übereinkommen.»

«Ist noch einer übrig?»

«Fast die Hälfte, Doktor», sagte er stolz. «Dr. Flowerday pflegte ihm ein Gläschen zu geben und ihm dabei sanft wie einem Baby zuzusprechen. Das hat Wunder gewirkt. Soll ich die Flasche holen?»

«Da kommen sie wieder!» schrie der Patient.

«Vielleicht», sagte ich.

Ich reichte ihm ein Wasserglas voll Brandy und erklärte ihm im beruhigenden Tonfall einer Amme, die auf ein verschrecktes Kind einspricht, daß die fünf grünen Wolfshunde in Wirklichkeit gar nicht da seien. Nach ein paar Gläsern und einer halben Stunde Überredungskunst hatte ich die Eindringlinge auf drei Stück reduziert, und auf Terriers von normaler Farbe. Auf dieses Resultat durfte ich ehrlich stolz sein. Ich verließ den Patienten, nachdem er, das leere Glas in der Hand, auf seiner Koje eingeschlafen war, und ging zu meiner Kabine zurück.

«Haben Sie zu Lande schon viele solche Fälle erlebt?» fragte Easter voll Interesse, den restlichen Brandy an sich nehmend.

«Nein. Es scheint ein großer Unterschied zwischen der Praxis zu Lande und zur See zu bestehen, Easter.»

«Komisch, das von Ihnen zu hören. Genau dasselbe fällt mir immer bei den Ärzten auf.»

5

ES IST BEMERKENSWERT, WELCH REIN GEISTIGE BEFRIEDIGUNG EINEM das Waschen der eigenen Socken gewährt. Ich seifte ein Paar im Waschbecken ein und hängte sie zum Trocknen an eine Leine, die Easter quer durch meine Kabine gespannt hatte. Ich erglühte sanft im Hochgefühl, eine Großtat vollbracht zu haben. Zum ersten Mal sah ich mich genötigt, etwas zu waschen – eine Tätigkeit, auf die ich bisher herabgeblickt hatte und die mir als eine ausschließlich weibliche Funktion, wie etwa das Kinderkriegen, erschienen war.

Die Besatzung der Lotus besorgte das Waschen eigenhändig – sogar Kapitän Hogg erschien am frühen Nachmittag, ein Bündel weißer Uniformstücke und einen Korb mit Wäscheklammern unterm Arm, auf dem Deckstreifen rund um seine Kabine. Die übrigen Offiziere hängten ihre Hemden über die Kojen und plätteten sie nachher im Baderaum mit dem Reisebügeleisen des Dritten Maats. Nach achtern zu errichtete an den Sonntagnachmittagen die Mannschaft ihre Großwäscherei; da konnte man gewöhnlich riesige Heizer und Matrosen sehen, wie sie, nur mit Unterhosen und Tätowierungen bekleidet, ihre Hemden in den Löscheimern schrubbten. Die gewaschenen Stücke wurden dann dicht aneinander auf den Winden und Ventilatoren aufgereiht und flatterten um das Heck des Schiffes wie ein phantastisches Signalzeichen.

Das Trocknen war eine einfache Sache, denn nunmehr hatten wir die tropische Zone erreicht, und der Offiziersstab des Schiffes trug weiße Uniformen. Ich brauchte nur einen weißen Überzug auf meiner Dienstmütze zu befestigen, die Offiziere jedoch erschienen eines Morgens unerwartet in weißen Shorts und Hemden, wie ein Sträußchen Schneeglöckchen. Die übrige Besatzung war weniger von dieser Order betroffen. Easter tauschte zwar seine blaue Sergejacke gegen eine weiße aus, die anderen jedoch durften weiterhin die zwanglose Uniform tragen, die im Dienst der Handelsmarine üblich ist; sie rollten bloß ihre Baumwollhosen bis zu den halben Waden hinauf und legten die Hemden ab.

«Wir hätten schon vor zwei Tagen in Weiß sein können», grollte Hornbeam. «Daran ist der Alte schuld.»

«Warum? Was hat er denn schon wieder angestellt?»

«Der alte Bastard nimmt jeden Nachmittag ein Sonnenbad und läßt uns so lange in Blau herumlaufen, bis seine Knie braun sind.»

Ich hatte das Gefühl, daß aus mir ein richtiger Seemann wurde.

Vom Alltagsgetriebe des Schiffs mitgerissen, strichen meine Tage sorglos dahin. Auf einem Schiff scheint jedermann ständig aufzustehen oder zu Bett zu gehen. Die Wache wird alle vier Stunden abgelöst, und das hat zur Folge, daß einer der Maate noch bettwarm auf der Brücke erscheint, während zwei Ingenieure die kompliziert angelegten Leitern zum Maschinen- und Heizraum hinunterklappern. Ebenso wie die Offiziere gehen auch zwei Vollmatrosen auf die Brücke, um das Steuerrad abwechselnd zu bedienen, und ein Trupp Schmierer und Heizer trottet hinab. All diese Bewegungen werden durch die Schiffsglocke auf der Brücke ausgelöst, welche während jeder Wache halbstundenweise ihre Töne in arithmetischer Progression erhöht.

Jene Mitglieder der Schiffsbesatzung, die keine Wache zu halten brauchten – also Leute wie Whimble, Easter und ich –, bauten ihre Tageseinteilung rund um das Nachmittagsschläfchen auf. Nach Mittag war das Schiff wie ausgestorben. Das ganze Personal, mit Ausnahme jener Leute, die zur Bedienung des Schiffes unumgänglich notwendig waren, verließ schwankend den Salontisch und ließ sich, von einer gehaltvollen Mahlzeit und dem Mittagsschnäpschen beflügelt, selig in die Kojen plumpsen. Das war eine Einführung, die ich verdammenswert, aber unwiderstehlich fand. Auf der medizinischen Schule und während meiner Praxis war der Nachmittag meine geschäftigste Zeit gewesen, und ich war entschlossen, die Stunden zwischen eins und vier mit der Lektüre von «Krieg und Frieden» zu verbringen. Anfangs trank ich nie vor der Mahlzeit und ging dem Spezial-Nierenfettpudding des Kochs aus dem Weg, von dem der Kapitän auf seinen Fahrten wohl schon einige Zentner verzehrt hatte. Aber – war ich nun das Opfer einer Massensuggestion, oder enthielt die Meeresluft irgendein sanftes Einschläferungsmittel – ich war bewußtlos, bevor noch der Geschmack des Schiffskäses in meinem Mund vergangen war, und ich schlief so lange, bis Easter mich um vier mit einer Tasse Tee und einem Stückchen Zuckerwerk, das in den Kreisen der Handelsmarine allgemein mit der Bezeichnung «Plombenbrecher» versehen wurde, wachrüttelte. Ich sah diese Angewohnheit voll Nervosität als das erste Anzeichen sittlicher Erschlaffung an.

Jeden Abend um sechs bereitete mir Boswell, der Badesteward, ein Bad. Boswell hatte wie Easter einst bessere Tage gesehen, und die höflichen Manieren, die er sich auf den großen Cunard-Dampfern angeeignet hatte, waren ihm treu geblieben. Bei jeder Temperatur trug er eine blendend weiße Jacke, einen steifen Kragen und eine schwarze Masche. Er pflegte Schlag halb sechs zu meiner Kabinentüre zu kommen, ein reines, blau-weiß gemustertes Badetuch über seinen Arm gefaltet, und die ankündenden Worte «Ihr Bad erwartet Sie, Doktor» zu sprechen, als stände er an der Spitze einer wichtigen Delegation. Er folgte mir in den Baderaum der Offiziere, in dem es wie in einer Meeresgrotte zur Ebbezeit roch, breitete das Tuch über den Sessel und rührte das Wasser mit seiner knochigen Hand um. Er tauchte ein riesiges Thermometer, das an einem Ende mit einem kleinen metallenen Griff versehen war, ein, prüfte ängstlich die Temperatur und hantierte bedachtsam an den Hähnen (später hörte ich, daß das Thermometer seit mehreren Jahren nicht mehr funktionierte). Dann goß er aus einer großen, glänzenden Kupferkanne heißes Wasser in eine kleine Fußbadewanne ein und legte auf das weißlackierte Holzgestell quer über der Wanne meinen Waschlappen, eine Badebürste mit langem Griff, einen Luffaschwamm und ein Stück Meerwasserseife zurecht.

«Haben Sie noch einen Wunsch, Sir?» fragte er jeden Abend. Mir fiel es schwer, eine so simple Sache wie ein Bad noch mehr zu komplizieren, und so pflegte er sich tief zu verbeugen und nach rückwärts gehend durch den Dampf abzuziehen. Ich wußte, daß er tief enttäuscht war, denn ein Bad bot ihm so viele Abwandlungsmöglichkeiten wie eine Suppe einem französischen Koch. Alle paar Tage legte er es mir nahe, einige Löffel Senf, oder etwas Soda, oder ein Gläschen Rosenwasser ins Bad zu tun. «Dürfte ich Ihnen ein spezielles Badesalz empfehlen?» fragte er mich einmal. «Ich pflegte es regelmäßig in die Wanne eines Arztes zu geben, den ich bei der Cunard betreute. Soll ausgezeichnet für die Gelenke sein.»

Boswells gute Manieren vermochten jedoch unglücklicherweise den Mangel an Komfort im Baderaum der Lotus nicht auszugleichen. Bullaugen oder Ventilatoren gab es nicht; daher schlug sich das Wasser so emsig wie im Hauptkondensator des Maschinenraums an der Decke an und fiel von dort in dicken rostbraunen Tropfen herunter. Der Boden war mit einem zerbröckelnden Belag bedeckt, dessen Schlaglöcher dem Badenden ein Bein stellten und bewirkten, daß er mit Kopf oder Schienbeinen gegen jäh und spitz hervorragende Stahlstücke stieß. Die Wanne selbst besaß die Gestalt eines Sarges und war mit einem Paar furchterregender Hähne ausgestattet, die gemeinschaftlich sowohl heißes als auch kaltes Meerwasser und eine unverhältnismäßig große Menge Dampf von sich gaben. Es stand auch noch eine andere Möglichkeit offen — die Süßwasserdusche außerhalb Hornbeams Kabine; doch irgendeinem subtilen mechanischen Fehler tief unten im Maschinenraum zufolge ließ diese nur entweder eiskaltes Wasser oder überhitzten Dampf ausströmen, und nachdem ich einmal mit knapper Not einer Verbrennung dritten Grades entgangen war, entschloß ich mich, bei den sichereren lauen Gewässern, die unter der Überwachung Boswells standen, zu bleiben.

Boswells Tätigkeit beschränkte sich nicht nur auf den Baderaum: mit weit größerem Stolz erfüllte ihn die Wartung der Offiziersklosette. Sie funktionierten nicht viel besser als die Wanne, und bei stürmischem Wetter erwiesen sie sich als geradezu beängstigend unverläßlich. Doch in Boswells Augen stellten sie ein porzellanenes Monument seines Berufes dar. Er verbrachte den Vormittag damit, sie zu putzen und zu polieren, und wenn wir zur Inspektion antraten, pflegte er sich tief zu verbeugen und im Vorbeigehen in jedem die Spülung zu betätigen, wobei er den heiteren Stolz eines mit sich zufriedenen Künstlers an den Tag legte.

«An so einem Klosett ist mehr dran, als man ihm ansehn kann, Sir», erklärte er mir eines Tages seufzend. «Man muß die Klosette *verstehen*, wenn man eine solche Arbeit auf sich nimmt.» Ich hörte von Easter, daß Boswell während seiner genügsamen Vormittagsbeschäftigung davon träumte, in seinem Ruhestand die Betreuung eines kleinen unterirdischen Etablissements in einem der ruhigeren Winkel Liverpools zu übernehmen.

Meine beruflichen Pflichten waren nicht genau abgegrenzt. Ein paar Patienten untersuchte ich vormittags, und vielleicht ein halbes Dutzend um fünf Uhr nachmittag. Das verbreitetste Leiden war Verstopfung. Diese behandelte ich anfangs mit den von der Pharmakopöe vorgeschriebenen Dosen der üblichen Arzneien, doch fand ich bald heraus, daß ich für die meisten Patienten das Quantum verdreifachen und für den Bos'n und die Heizer verfünffachen mußte. Da galt es auch noch, Furunkel und Warzen, ein paar im Maschinenraum zugezogene Verbrennungen und einige unbestimmte Leiden zu kurieren, deren Hauptsymptom Arbeitsunwilligkeit war. Weitere Fälle kamen noch hinzu, die das Ergebnis einer allzu sorglosen Wahl von Liebchen in den letzten Liverpooler Nächten waren. Die Leute, die an diesem peinlichen Zustand litten, näherten sich dem ärztlichen Helfer mit den verschiedensten Varianten; von der mit einem Seitenblick auf Easter begleiteten verschmitzten Bitte «Kann ich Sie eine Minute sprechen, Doktor» angefangen bis zur temperamentvollen Erstürmung des Sprechzimmers durch den vielgeprüften Invaliden: «Sagen Sie, Doc, können Sie das bis Freitag in Ordnung bringen?»

Um elf Uhr inspizierten wir das Schiff. Hornbeam, Whimble, McDougall und ich versammelten uns vor der Türe des Salons und salutierten, sobald Kapitän Hoggs Stiefel auf der Kajütentreppe sichtbar wurden. Er erwiderte diese Huldigung mit der Grazie eines Schankwirts, der eine gefälschte Münze zurückweist.

Wir reihten uns im Gänsemarsch hinter ihm und begannen die Runde auf den einzelnen Decks zu machen, wobei jeder von uns so grimmig als möglich auszusehen versuchte. Voll Würde defilierten wir durch Boswells Klosette und suchten eifrig nach Staub unter den Kokosläufern. Die Prozession wurde nur dann unterbrochen, wenn Kapitän Hoggs Auge durch etwas, das ihm mißfiel, verletzt wurde und wenn er seine Wut nicht nur auf dem Verantwortlichen, sondern auch auf dessen Eltern ausließ. Anfangs erschauerte ich unter seinen Ausbrüchen; später jedoch wußte ich die Reichweite und Macht seiner Phantasie sowie die überaus geglückten Variierungen seiner Sätze zu schätzen, und schließlich hörte ich ihm geradezu fasziniert zu. Was die Opfer betraf: die zuckten nur die Achseln und nahmen seine Worte nicht zur Kenntnis. Wütende Kapitäne waren wie Meeresstürme: man mußte ihnen standhalten, bis sie sich selbst ausgetobt hatten, und sich ihretwegen nicht grundlos erregen.

Nach beendeter Inspektion suchte der Kapitän die Brücke auf, um die tägliche Zeremonie des Bestimmens der Mittagsposition des Schiffes zu überwachen. Ich wohnte dieser nur ein einziges Mal bei, da Kapitän Hogg Besucher so entgegenkommend empfing wie ein bissiger Gutsbesitzer, der Ausflügler auf seinem Rasenplatz ein Picknick abhalten sieht. Die Kommandobrücke war ein dämmriges, friedliches Plätzchen und mit dunklem Holz und Messing ausgestattet wie eine altmodische Trinkstube. Die See war überraschend tief unten zu sehen, und das einzige vernehmbare Geräusch war das unregelmäßige laute Knacken des Gyroskop-Verstärkers, das wie das Ticken einer arrhythmischen Uhr klang. Nach achtern zu befand sich der Navigationsraum, wo Lineale, Dreiecke und sauber gespitzte Bleistifte wie auf einem ordentlichen Schulzimmerpult ausgerichtet lagen und die Chronometer unter dicken Glasscheiben wie ein paar Frühgeburten im Brutkasten gebettet waren. Hornbeam bot mir einmal seinen Sextanten an und ließ mich unsere Position ausarbeiten, doch ich enttäuschte ihn schwer, als ich die Lotus im Umkreis von Cleveland, Ohio, lokalisierte.

Den Hauptteil meiner Zeit verbrachte ich damit, mit den wachehabenden Offizieren zu plaudern, an der Reling zu lehnen, Scheibenwerfen zu spielen oder auf dem Deck herumzuschnüffeln. Ich begann die Bezeichnungen der Dinge zu erlernen. Schiffe haben ihre ganz spezielle Anatomie, und unsere täglichen Runden waren so verwirrend für mich wie meine ersten Demonstrationen im Seziersaal. Ziemlich früh erlernte ich den Unterschied zwischen Backbord und Steuerbord, Bug und Heck, Kompaß und Kombüse; doch ich bin noch immer im unklaren, wie ich so obskure Marinedinge wie Stagen, Wanten und Spanten auseinanderhalten soll.

Am zehnten Morgen der Fahrt setzte ich mich entschlossen in meine Kabine hin und nahm «Krieg und Frieden» aus dem Schrank. Aus irgendwelchen Gründen hatte ich bis jetzt noch nicht die Zeit gefunden, über die erste Seite hinaus zu lesen. Ich schlug das Buch auf, strich das Papier glatt und begann den ersten Abschnitt von neuem zu lesen. Da rüttelte Hornbeam an der Jalousietür und trat ein.

«Morgen, Doc! Alles in Ordnung?»

«Guten Morgen, Chef», sagte ich. «Glaub' schon, danke schön.»

«Das hört man gerne.»

Er packte den ersten Band von «Krieg und Frieden» und zerquetschte damit fein säuberlich eine Küchenschabe, die über das Schott spazierte.

«Diese verdammten Schaben», sagte er. «Kommen in ganzen Scharen heraus, sobald es heiß wird. Haben Sie schon welche im Bett gehabt?»

«Nein, noch nicht.»

Er zog eine Tabakbüchse aus seiner Rocktasche.

«Wollen Sie sich eine drehen?» fragte er, indem er sie mir anbot.

«Nein, danke sehr. Ich fürchte, das ist ein nautischer Kniff, den ich noch nicht heraus hab'.»

«Ist kinderleicht. Ich kann die konfektionierten nicht ausstehn.»

Zwischen seinen Fingern und dem Daumen rollte er sich ordentlich eine Zigarette. Sooft ich diese Manipulation versuchte, quetschte ich den Tabak wie die Creme aus einem Eclair heraus.

«Ich hätte gerne, daß Sie einen Blick auf den Funker werfen, Doc», fuhr Hornbeam aufgeräumt fort.

«Was ist denn los mit ihm?»

«Ich hab' grade gesehn, wie er einem Rettungsboot die Hand schüttelte.»

«Ach ja. Hab' schon befürchtet, so etwas würde eintreten.»

Unser Funker war wahrscheinlich der glücklichste Mann an Bord. Er gehörte zu jenen stillvergnügten Leuten, die in ihrer eigenen Welt leben. Seit vierzig Jahren fuhr er schon auf See, über die Telegraphentasten gebeugt, das Stakkatolied der Morsezeichen in den Ohren. Das schien psychische Änderungen in ihm ausgelöst zu haben. Für uns alle spielte sich unser Universum innerhalb der stählernen und hölzernen Grenzen der Lotus ab — nicht so für den Funker. Er verbrachte seinen Tag in der Gesellschaft sanfter und lieblicher Mädchen und freundlicher Philosophen, mit denen man ihn oft lachen, sprechen und singen hörte, während er rund ums Deck ging oder in der Ecke seiner Kabine saß. Manchmal führte er mit einem seiner Gefährten ein sittsames Tänzchen auf oder spielte ein einfaches Spiel mit ihm; gelegentlich kam es auch zu einer kleinen Auseinandersetzung mit ihnen, die dann stets auf die vom Maat beobachtete Weise gütlich beigelegt wurde. Der Funker war bei weitem die zufriedenste Person unter Kapitän Hoggs Kommando.

«Er ist doch ganz harmlos?» fragte ich. «Ich meine damit, er sendet doch nicht gefährliche Nachrichten oder sonstwas aus?»

«Oh, vorderhand ist er noch nicht soweit», versicherte mir Hornbeam tolerant. «Hab' schon viel Schlimmere als ihn gesehn. Das Morsen wirft sie letzten Endes alle um. Dachte nur, daß Sie's wissen sollten. Gestern hab' ich ihn einen Ventilator küssen gesehn», fügte er düster hinzu.

«Wir können alle mit Recht als ein bißchen abwegig bezeichnet werden, glaube ich.»

«Da haben Sie schon recht, Doc. Das Leben zur See wäre ohne ‹Leben-und-leben-lassen› ein Ding der Unmöglichkeit. Unser alter Funker ist ganz in Ordnung. Er spinnt bloß ein bißchen. So wie einige von diesen Tanker-Typen.»

«Tanker-Typen?»

Er nickte, zündete die Zigarette an und hüllte die Kabine in Qualm.

«Die Leute auf den Tankschiffen. Ein Hundeleben. Fahren an solche Orte wie den Persischen Golf und können innerhalb von ein paar Tagen löschen. Das bedeutet, daß die Burschen nicht viel Landurlaub haben, wenn sie einmal daheim sind. Außerdem kann man nicht ein Leben lang auf ein paar tausend Tonnen Petroleum sitzen, ohne ein bißchen eigen zu werden. Natürlich stecken sie ein schönes Stück Geld dafür ein ... Aber steht das schon dafür? Ein Freund von mir diente eine Zeitlang als Maat auf einem Tankschiff und endete damit, daß er sich die Gurgel durchschnitt. Machte eine Heidenwirtschaft im Navigationsraum, hörte ich.»

Aus Hornbeams Gesprächen entnahm ich, daß sich der Selbstmord zur See eines Ansehens erfreute, den er zu Lande nicht genoß.

«Denke, ich werd' bei trockenen Frachten bleiben», sagte ich. «Auch die sind für Schiffsärzte noch genug gefährlich.»

«Halten Sie heut abend beim Dritten mit?» fragte Hornbeam. «Deswegen machte ich den Sprung zu Ihnen.»

«Ich wußte gar nicht, daß er was vorhat.»

«Er feiert seinen Geburtstag – den einundzwanzigsten –, und es wird ein bißchen Bier geben. Sie sind herzlichst eingeladen.»

«Ich trinke nicht viel, müssen Sie wissen.»

«Oh, fürchten Sie sich nicht, Doc. Niemand von uns trinkt was, solange wir unterwegs sind. Sie kommen also.»

Das Après-Souper fand in der Kabine des Dritten Maats statt. Da ich sehr darauf bedacht war, nicht als antisozial zu erscheinen, war ich der erste.

Ich hatte bisher seine Kabine nicht betreten. Sie war noch kleiner als die meine, und es war gerade noch genug Platz in ihr, daß ein Mann zwischen der Koje und der schmalen Sitzbank am gegenüberliegenden Schott stehen konnte. Über der Bank befand sich ein Bullauge und an der Decke ein Luftloch, durch das ein dünner Strom kalter Zugluft über die Koje blies. Gegenüber der Türe stand ein kleines Pult, das zur Gänze mit Ginflaschen bedeckt war. Der Rest der Kabine war mit Mädchen besetzt.

Überall waren sie zu sehen – eingerahmt über der Koje, angeklebt an das Schott, aufgehängt an den Leitungsrohren, die die Decke entlangliefen. Da gab es einfache Fotos von Alltagsmädeln, schummrige Aktbilder aus *Men Only*, stramme Schöne mit gegrätschten Beinen und ausgefallenen Büstenhaltern aus dem *Esquire*, ein paar knallige Bierplakate aus Australien mit überraschten, jedoch unwiderstehlich wirkenden Mädchen, deren Röcke sich in Wäschemangeln, Autotüren, Zauntritten und Hundeleinen verfangen hatten, Mädchen, die ohne jede Bekleidung am Strand spielten, Mädchen, deren gesamte Bekleidung von einem äußerst wählerischen Sturm in Unordnung gebracht wurde, und sogar Bilder von Chinesinnen, die von Kopf bis Fuß bekleidet waren.

«Treten Sie nur weiter, Doc!» sagte der Dritte. «Ein Schlückchen gefällig?»

Er drückte mir ein Wasserglas in die Hand und füllte es mit einem einzigen Schwung bis zur Hälfte mit Gin.

«Alles Gute zum Geburtstag!» sagte ich schwach. «Sie haben, scheint's, was für Kunst übrig.»

«Mußte doch die Bude ein bißchen aufhellen. Die wäre was für Sie.»

Er wies auf die über der Koje angebrachte Photographie einer jungen Dame mit spitzem Kinn, die sich alle Mühe gab, wie Dorothy Lamour auszusehen.

«Ein netter Bissen. Lernte sie auf meiner letzten Fahrt in Hull kennen. Hochgebildet, müssen Sie wissen», fügte er in tiefem Ernst hinzu. «Sie arbeitet in Boots Leihbibliothek.»

Er deutete auf ihre Rivalin nebenan.

«Die ist wirklich was für Sie. Lief ihr in Adelaide übern Weg. Letztesmal, als wir beisammen waren, kam ihr Bruder daher und hieb mir die Nase ein. Sie schreibt mir trotzdem weiter.»

«Hoffentlich hat er Sie nicht verletzt.»

«Ein bißchen schon. Er ist einer von den Kaiarbeitern. Diese da stammt aus St. John. Aber die Sheila hier ist die beste von allen. Lebt in Durban. Ihr Vater hat haufenweise Geld.»

«Sie scheinen Ihre Zuneigung ziemlich weiten Kreisen zu schenken.»

«Alle Mädels lieben die Matrosen. Wenn eine weiß, daß ein Bursche in einer Woche um die halbe Welt segelt, lockert sie ein bißchen die Bremsen. Setzen Sie sich auf die Koje.»

Ich ließ mich nieder und lehnte mein Haupt recht unsanft an den papierenen Busen einer Blondine.

Die anderen Gäste erschienen auf einmal. Es waren Hornbeam, der verrückte Funker, Whimble, der Zweite Steward, und der Erste, Zweite, Dritte und Vierte Ingenieur. Archer fehlte; er hielt statt Hornbeam Wache auf der Brücke. Wir preßten uns zu zehnt in die winzige Kabine. Hornbeams Ellenbogen war in meinem Gesicht und seine Schuhe lagen auf den Knien des Chefingenieurs. Whimble zwängte sich hinter die Türe und stemmte seine Füße gegen das Kojenende. Der Gastgeber stolperte zwischen jedermanns Beinen und reichte die Getränke herum. Ich hatte das Gefühl, daß irgend etwas dem Druck in Kürze nachgeben und uns alle ins Meer purzeln lassen würde.

Alle Gäste tranken auf die Gesundheit des Dritten.

«Noch eins, Doc», sagte er.

«Nein, danke wirklich ...»

«Machen Sie doch keine Geschichten! So eine Flasche kostet nur fünf Shilling!» Er füllte aufs neue mein Glas bis zur Hälfte. «Wie gefällt Ihnen das Leben zur See?» fragte er.

«Es ist eine interessante Existenzform.»

«Sie müssen sich natürlich vor Augen halten, daß dies nur ein Teil davon ist», erklärte Hornbeam. «Es gibt gewaltige Varianten. Wie Sie wissen, zerfallen die britischen Schiffe in drei Klassen.»

«Tankschiffe ...?»

«Nein. Da gibt es zuallererst die *P.&O.* [1] Dann die Handelsmarine, das ist der Laden, in dem wir arbeiten. Und dann kommen noch die guten alten Grauen Schornsteine.»

«Auch unter dem Namen *Royal Navy* bekannt», erklärte McDougall. «Sie wurde vor Jahren verstaatlicht.»

«Die *P.&O.* dürfen nicht mit den gewöhnlichen Hukern verwechselt werden», fuhr Hornbeam fort. «Sie sind eine Art – nun, eine Art schwimmendes Garderegiment, wenn Sie mich richtig verstehen. Sie hassen es, als Handelsfahrer bezeichnet zu werden. Wenn Sie beim Trinken Ihrer Suppe hörbar schlürfen ...»

«Sie tragen Säbel und Sporen», sagte Trail.

«Das kann ich nicht glauben.»

«Na, sie sollten es zumindest. Piekfein, sag' ich Ihnen, piekfein. Trotzdem sind sie im großen ganzen eine recht gemischte Bande. Nehmen Sie noch einen Gin.»

«Um Gottes w ... Oh, danke, wenn Sie ihn schon eingeschenkt haben. Schmeckt besser als das Zeug, das man an Land kriegt.»

«Das ist bei allem so. Kennen Sie übrigens schon den Zweiten Ingenieur, Doc? Mr. Macpherson.»

«Sehr erfreut.»

«Mr. McPhail, der Dritte, und Mr. Macintosh, der Vierte.»

«Was – seid ihr im Maschinenraum alle Schotten?»

«Wir haben noch einen Waliser und ein paar Burschen aus dem Norden», sagte Macpherson. «Die brauchen wir zur Schmutzarbeit.»

«Sie verstehen doch, was sie meinen?» fügte McDougall stolz hinzu. «Wenn Sie die Luke zum Maschinenraum irgendeines britischen Schiffes aufmachen und ‹Jok›[2] rufen, meldet sich bestimmt einer.»

McPhail begann «Glasgow, du teure Heimatstadt» zu singen, brach aber ab, als niemand einstimmte.

«Gehen Sie mit uns in Santos an Land, Doc?» fragte Hornbeam.

«Gewiß. Ich habe die Absicht, die Reise zur Erweiterung meiner Bildung auszuwerten.»

[1] P. & O.: Peninsular and Oriental Company; die Schiffe der Italienisch Orientalischen Dampfschiffahrts-Gesellschaft.

[2] Jock: schottische Form des Rufnamens «Jack».

«Santos wird bestimmt dazu beitragen. Da gibt's eine Menge netter Mädels.»

«Ich wäre Ihnen sicher sehr zu Dank verpflichtet, wenn Sie mich ihnen vorstellen wollten.»

Diese Bemerkung rief allgemeines Gelächter hervor.

«Denen brauchen Sie nicht vorgestellt zu werden. Da fragt sich's eher, wie man sie sich vom Leib hält.»

«Nun, an einer Bekanntschaft mit Mädchen dieser Art ist mir nicht gelegen.»

«Oh, Sie müssen mit uns zu Madame Mimi kommen», sagte Hornbeam vorwurfsvoll. «Das wäre so, wie wenn Sie nach London kämen und nicht das Parlament besichtigten.»

«Meinen Sie damit», fragte ich kalt, «daß ich ein Bordell aufsuchen soll?»

«Ja, wohin soll man denn, zum Teufel, sonst in Santos gehen?» sagte Trail gereizt. «Übrigens geht es bei Madame Mimi so achtbar zu wie im Museum zu Liverpool.»

«Letzteres würde ich nicht unbedingt unterschreiben», meinte Hornbeam.

Trail schnitt das Gespräch ab, indem er der ganzen Runde Gin nachschenkte und eine komplizierte Geschichte über zwei Matrosen zu erzählen begann, die in der Lime-Street-Station ihre Orientierung verloren hatten.

Nach einer Stunde waren alle recht aufgeräumt.

«Macht nicht einen solchen Krawall», sagte Trail. «Väterchen hört uns sonst.»

«Väterchen soll der Teufel holen», hörte ich mich sagen.

«Das war wie ein echter Seemann gesprochen, Doc!» Hornbeam schlug mir auf die Brust. «Der liebe alte Doc! Er ist der beste von allen, mit denen ich je zur See gefahren bin.»

«Das ist wirklich ...»

«Sie sind der einzige, der normal ist!»

Die ganze Runde brach daraufhin in Applaus aus.

«Ihr Seemänner seid alle verrückt», sagte ich herausfordernd. «Alle miteinander.»

Sogleich äußerte die ganze Gesellschaft ihren Zweifel mit dem beliebten üblichen Ausdruck.

«Es ist so», sagte ich. «Sonst wärt ihr nicht hier.»

«Nehmen Sie noch einen Gin», sprach Trail.

«Danke.» Ich machte einen ordentlichen Schluck. «Es ist so, wie ich es sagte. Ich habe euch bereits die Diagnose gestellt. Auf Grund meines sorgsamen – um nicht zu sagen eingehenden – Studiums von euch allen im Laufe der letzten zehn Tage habe ich den Schluß gezogen, daß ihr alle an Todessucht leidet.»

«Was zum Teufel ist das?» fragte McDougall zornig.

Ich hob meine Hand.

«Silentium. Als ein Jünger des Hippokrates fordere ich Ehrfurcht und Schweigen. Die Todessucht. Sobald ihr geboren seid, wünscht ihr euch nichts anderes, als zu sterben.»

Aufs neue füllte Gelächter die Kabine.

«Haltet den Mund, Burschen! Laßt den armen Quacksalber seine Rede schwingen», sagte Trail.

«So erklären es die Psychologen», fuhr ich fort. «Einige hängen sich auf. Andere wieder gehn ins Kloster oder ins ... ins Dingsda. Die einen steigen auf die Berge und leben in Höhlen. Die andern schreiben Gedichte. Schaut euch die englische Dichtkunst an!» forderte ich hitzig von Hornbeam. «Schaut sie euch an! Sie riecht nach Todessucht!» Ich riß mühsam meine Augen auf und nahm die Pose eines Rezitators ein.

> «... so manches Mal
> war ich in Liebe halb dem holden Tod geneigt»,

deklamierte ich stotternd,

> «gab ihm der süßen Namen viel in manchem Reim,
> auf daß er in die Lüfte trüg mein ruhig ...»

Ich rutschte von der Koje hinab, doch Hornbeam fing mich auf.

«Bis zu den Ohren steckt ihr in Todessucht, ihr alle! Ihr flüchtet euch – aufs Meer. Aufs Meer! Das ist's!»

«Sie sind voll Zwetschgenwasser, Doc», sagte jemand.

«Ich dulde keine Beleidigungen!» schrie ich. «Wenn Sie sich wie ein Gentleman schlagen wollten, würde ich mich Ihnen stellen. Bei Gott, ihr alle habt die Todessucht! Alle habt ihr sie mitbekommen. Auch Nelson. Auch ich.»

Ich fiel über McDougalls Füße, und niemand nahm sich die Mühe, mich aufzurichten.

6

Am nächsten Morgen lag ich unter einer heftigen Attacke von Todessucht darnieder. Doch in den Augen meiner Mitfahrer hatte sich meine Position seit dem gestrigen Auftritt überraschend gehoben. Meine seriösen Lehrjahre als Student der Medizin, meine würdevolle Exkursion in die ärztliche Praxis, mein zurückhaltender Einstand ins Seemannsleben hatte unter mir ein Gerüst gezimmert: der Gin des Dritten Steuermanns hatte es zum Einsturz gebracht.

Meine Gefährten atmeten erleichtert auf, als sie entdeckten, daß ich nicht nur normal, sondern auch ein Mensch wie sie war: ich meinerseits begann zu erkennen, daß die See, die die Affektiertheiten und Hemmungen, die auf dem festen Lande heimisch sind, hinwegschwemmt, viel Empfehlenswertes für sich hatte. Die Matrosen gehören zu jenen wenigen Leuten, die sich zusammentun, um sich mit Hilfe von Sonne und Sternen ihren Weg über das unmarkierte Antlitz der Erde zu bahnen, und die den Großteil ihres Lebens den schrankenlosen Einfällen des Wetters ausgeliefert sind. Daher ist ihr Sinn für die Werte menschlichen und elementaren Treibens noch nicht abgestumpft; sie sehen ihre Existenz als eine lange und lärmende Posse an, die von gar nicht reizlosen Zwischenspielen in Form notwendiger Tragödien unterbrochen wird. Sie kamen mir wie die letzten Ritter der Königin Elisabeth vor.

Ich glaube, es gibt keine friedlichere Vorwärtsbewegung als die, im Radfahrtempo durch den Sonnenschein des Südatlantik dahinzutreiben. Wir fuhren mit zehn Knoten Geschwindigkeit, was so viel hieß, daß wir in ungefähr drei Wochen Santos erreichen würden. Das metallene Fragment Englands, auf dem wir alle – mit Ausnahme des Funkers – unsere Existenz aufbauten, kroch gemächlich dahin, eine dünne Rauchfahne aus dem Schornstein puffend und mit dem Bug die flinken Fliegenden Fische aufwirbelnd. Selbst das Überqueren des Äquators rief keine ärgere Störung hervor als die, eine Runde trinken zu müssen. Die Sonnenhitze schweißte die Tage derart zusammen, daß sie nicht mehr auseinanderzuhalten waren. Unmöglich, zu bestimmen, ob es Dienstag oder Donnerstag war, und es machte auch nichts aus.

Nur zweimal in der Woche wurden wir an den Kalender erinnert – am Freitag und Sonntag. An den Freitagnachmittagen hatten wir um halb fünf Rettungsboot-Übung. Kapitän Hogg stand auf der Kommandobrücke und zog den Strang der Sirene, die uns, in unseren blauorangefarbenen Schwimmwesten, um die Wette die Leitern emporklettern hieß, die zum Bootsdeck führten. Ich gehörte, laut Bestimmung des Dritten Maats, der unsere Namen auf einer Liste abhakte, zu Boot Nummer vier. Zu meiner Bestürzung mußte ich entdecken, daß sich im Falle der Not unter meinen Schicksalsgefährten der Zimmermann mit dem Delirium tremens und ein freundlich aussehender Schmierer befinden würden, der, wie ich von Easter hörte, wegen eines mit Waffengewalt verübten Raubes gerade eine zehnjährige Strafzeit abgesessen hatte.

«Auslegen!» rief Kapitän Hogg durch das Sprachrohr.

Die Zeltstoffüberzüge wurden von den Booten abgestreift, und drei Mann betätigten die Kurbel je eines Davits, um sie über die Schiffsseite herabzulassen. Sobald dies zu Kapitän Hoggs Zufriedenheit bewerkstelligt war, wurden die Boote wieder eingeholt, und die Leute gingen auseinander.

«Leibesübungen des Handelsministeriums!» sagte Trail angewidert. «Was für eine Zeitvergeudung!»

«Warum tun wir's dann?» fragte ich.

«Ach, es muß ins Logbuch eingetragen werden. Das gäbe ein schönes Geschrei in Liverpool, wenn wir's nicht täten. Einige Kapitäne frisieren das Logbuch, aber unser Baby gehört nicht dazu. Der tut alles, wobei er die Chance hat, ins Sprachrohr brüllen zu können.»

Den Sonntag konnte man daran erkennen, daß er der einzige Tag war, an dem wir auf See die Flagge hißten. Von acht Uhr morgens bis zwölf Uhr mittags wehte die rote Flagge von der Gaffel des Großmasts, um Gott dem Allmächtigen vor Augen zu führen, daß wir Seiner nicht vergessen hatten – denn außer uns sah sie sonst kein menschliches Wesen. Die ganze Mannschaft begrüßte herzlichst das Erscheinen der Flagge, des Sabbat-Symbols, nicht so sehr aus Frömmigkeit, sondern weil wir alle, laut Verfügung des Verkehrsministeriums, eine zusätzliche Halbtagsentlöhnung erhielten.

Der Sonntag wurde außerdem durch die Zeremonie der Generalinspektion gekennzeichnet. Diese wurde von Kapitän Hoggs Exemplar der «Instruktionen für Kapitäne der Handelsmarine» angeordnet, dem Handbuch, mit dem die Fathom-Dampfschiffahrtsgesellschaft ihre Kommandeure instruierte und beriet; seine gelblichen Seiten enthielten Verhaltensmaßregeln im Falle von nautischen Unglücksfällen wie Meutereien, Blatternepidemien, Ankerverlusten und drohendem Schiffbruch. Um elf Uhr reihten wir vier uns hinter dem Kapitän an, der zum Zeichen des besonderen Anlasses eine Taschenlampe und einen Spazierstock trug. Auf dem Heck erwartete uns die Schiffsbesatzung in Spalieraufstellung – backbord die Matrosen unter der Führung des Bos'n, steuerbord die Heizer und Schmierer, und dwars das Verpflegungspersonal in frischen weißen Jacken und nervöser Hochspannung. Kapitän Hogg schritt die Reihen ab, indem er wie das Opfer eines Überfalls bei einer Konfrontation rachelüstern, jedoch kurzsichtig jedes Gesicht musterte; dann gingen wir in den kleinen, grüngestrichenen Mannschaftskabinen ein und aus, in denen es durchwegs nach Schweißfüßen und Haarpomade roch. Man hatte sie derart gesäubert und aufgeräumt, daß nichts, aber schon rein gar nichts störend in den Gesichtskreis des Kapitäns fallen konnte. Die Böden waren gescheuert, die Bettdecken auffallend ordentlich zusammengelegt und die Besitztümer des Bewohners – die zwischen einer Gitarre und einem Kanari samt Käfig variierten – in unnatürlich adretten Stapeln aufeinandergetürmt. Kapitän Hogg leuchtete mit seiner Lampe unter die Kojen, inspizierte die unteren Flächen von Tischen und Sesseln und stieß die Krücke seines Spazierstocks in jede dazu einladende Öffnung. Für gewöhnlich förderte sein Herumstöbern nichts anderes als eine Staubwolke oder ein leeres Bierglas zutage, manchmal jedoch zog er auch einen Teller aus dem Schiffssalon, eine silberne Kaffeekanne, einen verschimmelten Brotlaib, ein Paar Unterhosen oder die zerknitterte Photographie eines treulosen Liebchens ans Tageslicht.

«Mr. Hornbeam!» pflegte er dann zu toben, indem er mit dem Fund unter der Nase des Maats herumfuchtelte. «Was soll das bedeuten? He? Nächstesmal werden wir die Chronometer hier vorfinden!»

Zuletzt suchten wir mein Lazarett auf. Nur sonntags wurde es inspiziert, und Easter verbrachte den Vormittag damit, die Gegenstände aus Messing zu putzen und alle kleinen beweglichen Objekte sowie die Überbleibsel meiner ärztlichen Praxis in einen großen weißen Behälter zu tun, der die Aufschrift «Steriles Verbandmaterial» trug. Wenn wir eintrafen, stand er in eleganter Habachtstellung neben der Türe, wobei er einen großen schwarzen Fleck auf dem Schott verdeckte.

«Alles in Ordnung, Doktor?» brummte der Kapitän jeden Sonntag.

«Ja, Sir. Alles in Ordnung.»

Er fixierte Easter.

«Irgendwelche Beschwerden?»

«Ich fühle mich äußerst zufrieden, Kapitän», erwiderte Easter salbungsvoll.

«Gut. Abpfeifen, Bos'n.»

Die Mannschaft zerstreute sich, um ihrer sonntäglichen Trägheit zu obliegen, und wir stiegen in die Kabine des Kapitäns hinauf, wo wir uns, die Mützen unterm Arm, in einer Reihe vor ihm aufstellten und er auf die Dinge hinwies, die sein Mißfallen erregt hatten. Dann setzten wir uns alle nieder und tranken ein Gläschen Gin.

An Bord der Lotus gab es keinen kirchlichen Ritus – und dieses Versäumnis wurde nur von Easter beklagt. Dies überraschte mich. «Ich wußte nicht, daß Sie ein Kirchgänger sind», sagte ich.

«O doch, Doktor. Hab' eine nette Sonntagsmesse riesig gern. Die unterbricht die Monotonie ein bißchen. In so einem alten Kübel wie dem unsern hat's ja keinen Sinn, aber auf den großen Passagierdampfern pflegte ich im Hintergrund Hymnen zu singen. Hab' eine ganz annehmbare Stimme», fügte er bescheiden hinzu.

«Ich würde sie sehr gerne hören.»

«Bin auch immer mit dem Sammelteller herumgegangen. Das ist ein wirklich feiner Job. Muß wohl die Meeresluft sein, die die Leute so splendid macht. Da kann man alte Geizkrägen, die daheim mit keinem Heller für ein blindes Baby herausrücken würden, ein ganzes Pfund oder was Ähnliches hinlegen sehn. Hab' zu meiner Zeit hübsch viel dabei herausgeschlagen.»

«Meinen Sie damit, daß Sie sich tatsächlich an der Sammlung bedient haben?»

«Hab' eine Art Vermittlungsgebühr einkassiert, wenn Sie's so nennen wollen», erklärte er entgegenkommend. «Natürlich nicht viel, wissen Sie. Es weiß zwar niemand, was drinliegt, aber man muß schon äußerst flott im Abräumen sein, daß einen der Zahlmeister nicht dabei erwischt. Jeder ist sich selbst der Nächste, hab' ich nicht recht, Doktor?»

Meine Praxis verlief weiterhin in ihrem einfachen Alltagsgeleise und drehte sich um die Erhaltung der Gesundheit von des Kapitäns Magen. Noch nie war mir ein Organ mit einem so weitreichenden klinischen Wirkungskreis untergekommen. Funktionierte er schmerzlos, war das Leben – sogar während der Mahlzeiten – erträglich; jedoch die ersten Stiche, die seine Dyspepsie einleiteten, strahlten sofort auf jedermann an Bord aus. Glücklicherweise war ich in der Lage, meine Mixtur von ihren explosiven Eigenschaften zu befreien, und sie eröffnete einen lebhaften Kampf gegen die Diät des Kapitäns. Meine Morgenvisite bei ihm mit der Krankenliste ermöglichte es mir, die Kampflage an der Laune des alten Herrn festzustellen – auf einem Schiff eine sehr wichtige Sache, die eine Landratte gar nicht ermessen kann. War er in guter Stimmung, nahm er den Wisch entgegen, ohne weitere Fragen zu stellen, und erwies sich manchmal sogar so ungeheuerlich herablassend, mir einen Gin anzubieten (er fand nichts Ungewöhnliches daran, nach dem Frühstück zu trinken). War meine Mixtur nicht stark genug, oder hatte er am vergangenen Abend zu viele Teller Madras-Curry gegessen, dann pflegte er das Papier zu pakken und es ergrimmt zu studieren wie ein Tudor-Herrscher, der eine Exekutionsliste zu unterzeichnen beabsichtigt.

«Was fehlt diesem Burschen?» fragte er einmal, indem er das Blatt auf seinem plumpen Finger aufspießte. «McKlusky, J., Leichtmatrose. Warum ist er nicht im Dienst? Was heißt das – P.U.U.?»

«Pyrexie unbekannten Ursprungs, Sir», erklärte ich schüchtern. «Er hatte Fieber.»

«Und warum hat er es?»

«Das weiß ich leider nicht, Sir.»

«Warum wissen Sie das nicht? Sie sind doch Arzt – oder nicht? Was, zum Teufel, glauben Sie, würde uns allen passieren, falls ich einen Leuchtturm nicht erkennte, wenn ich ihn sehe? He? Was haben Sie dazu zu sagen?»

Er schmiß das Papier auf seinen Schreibtisch. Ich hatte nichts dazu zu sagen.

«Also hören Sie mal zu, Doktor», fuhr er fort. «Ich bin kein Arzt und behaupte auch nicht, einer zu sein. Aber ich kann Ihnen sagen, was dem Mann fehlt – verstopft ist er. Bin nicht umsonst vierzig Jahre lang auf See gewesen. Geben Sie dem Gauner eine doppelte Dosis schwarze Tinktur und befördern Sie ihn mit einem Tritt wieder in den Dienst zurück. Wenn er sich dann noch immer um die Arbeit drückt, trage ich ihn ins Logbuch ein. Das kommt einem Befehl gleich, verstanden?»

«Ja, Sir.»

Die Sache versetzte mich in meiner Eigenschaft als Arzt in Aufruhr. Doch Kapitän Hogg hätte es zustande gebracht, einen ganzen Ärztekongreß in Aufruhr zu bringen.

Am schrecklichsten war der Kapitän bei der Zeremonie, den Namen eines Missetäters ins Logbuch einzutragen. Dies war die einzige Disziplinarhandlung, zu der er seine Zuflucht nehmen konnte: das Auspeitschen am Großmast, Kielholen und an der Rahnock Aufhängen waren vom Parlament abgeschafft worden, und Kapitän Hogg gab zu verstehen, daß dies nur zum Schaden der Menschheit geschehen sei.

Eines Nachts, kurz nachdem wir die tropische Zone erreicht hatten, wurde ich von Hornbeam aus meiner Koje aufgescheucht, um zwei Heizer zu untersuchen, die auf der Back einen Kampf ausgetragen hatten. Beide waren betrunken. Sie befanden sich im Lazarett, wo sie blutbesudelt düstere Drohungen gegeneinander ausstießen und von Easter mit der schweren Mörserkeule aus dem Medikamentenschrank in Schach gehalten wurden.

«Der Doktor ist da; nun gebt einmal Ruhe», sagte er munter, «oder ich dresch' euch eure verdammten Hirnschädel mit dem da ein. Die beiden haben sich ausgiebig vollgesoffen», erklärte er mir den klinischen Fall.

Während der zwei folgenden Stunden, die ich zum Nähen der Wunden benötigte, erfuhr ich, daß das Pärchen, Kelly und Crosby, von den gegenüberliegenden Seiten einer Liverpooler Straße stammte; eine Fehde hatte sich zwischen ihnen seit der Zeit entsponnen, da sie einander unter dem Schutz der mütterlichen Röcke zum erstenmal mit Steinen beworfen hatten. Zu spät waren sie draufgekommen, daß sie sich beide an Bord der Lotus befanden, und hatten vom Zeitpunkt der Abfahrt an friedlich grollend nebeneinander gelebt. Doch an jenem Abend hatte Kelly nicht länger seine Ansicht unterdrücken können, daß Crosbys Mutter nicht nur eine Hure, sondern auch die älteste und häßlichste von ganz Liverpool sei, und Crosby war auf ihn losgegangen und hatte eine Flasche an ihm zerschlagen.

Am nächsten Morgen um zehn wurde ich in die Kabine des Kapitäns bestellt, die das zeremoniöse und furchterregende Aussehen eines Kriegsgerichts zu Portsmouth angenommen hatte. Am Schreibtisch saß Kapitän Hogg; in seinem Gesicht spiegelte sich hemmungsloses Übelwollen. Vor ihm waren seine goldbetreßte Mütze, die «Instruktionen für Kapitäne der Handelsmarine», das auf der entsprechenden Seite aufgeschlagene Logbuch, ein Blatt gelbes Löschpapier und ein großes silbernes Tintenzeug mit Feder ausgebreitet, so daß alles für die verdammende Eintragung zur Hand war. Hornbeam saß neben dem Kapitän auf einem Sessel und war eingehend in die Betrachtung seiner Füße versunken. Der Bos'n und der Donkeyman hatten zu beiden Seiten der Türe Posten bezogen, und ich wurde kurz in eine Ecke verwiesen. Inmitten des Kreises standen die beiden Delinquenten, drehten ihre

Mützen in den Händen und warfen aus den Gucklöchern in ihren Verbänden nervöse Blicke in die Runde.

«Schön», legte Kapitän Hogg voll Feuer los. «Nun wir alle versammelt sind, können wir beginnen. Zuallererst möchte ich euch beiden einmal etwas eindringlich klarmachen. Ihr werdet jetzt einem gänzlich unvoreingenommenen Verhör unterzogen. Verstanden? Es steht euch vollkommen frei, mir oder jedem anderen Offizier Fragen zu stellen. Ihr könnt welchen Zeugen immer zu eurer Verteidigung aufrufen. Was mich betrifft, erscheint mir ein Mensch so lange schuldlos, bis seine Schuld erwiesen ist, ob es sich nun um einen Mord oder um das Mausen einer Halfpenny-Marke handelt. An mir werdet ihr nie erleben, daß ich jemand ein schlechtes Zeugnis ausstelle, bevor sich nicht seine Schuld erwiesen hat. Ich bin ein anständiger Kapitän, durch und durch anständig. Verstanden?»

Die beiden Heizer nickten zögernd.

«Gut. Jetzt erzählt mir einmal, wie sich das Ganze zugetragen hat.»

Die Fehde, die vor ein paar Stunden noch so lichterloh gebrannt hatte, wurde nun von der Gefahr überstrahlt, die der beiden Gegner harrte. Sie hatten während des Frühstücks eine Geschichte zusammengebraut, die nun Kelly in einem Tonfall bitterster Reue zu erzählen begann und die bei entsprechender Gelegenheit ihre Wirkung auf mitfühlende Friedensrichter nicht verfehlt hätte.

«Na also, Sir, 's war halt so, Sir. Ich und mein Kam'rad, wir tranken grad ein Schälchen Tee ...»

«Du gottverdammter Lügner!» schrie Kapitän Hogg. «Ihr wart beide stockbesoffen, ihr Scheißkerle! Ja, ihr wart's! Widersprecht nicht, sonst jag' ich euch mit Fußtritten ums Deck herum! Stockbesoffen wart ihr auf der Back und habt zu raufen angefangen, ihr beiden gottverdammten Kehlabschneider, die ihr seid. Mein Gott, seid ihr eine Bande unverschämter Taugenichtse! Ihr gehört gar nicht auf die See, ihr gehört eingelocht, ihr alle miteinander! Steht gerade, wenn ich mit euch spreche, zum Teufel nochmal!» Er fuchtelte mit seinem Finger unter Kellys Nase herum. «Ihr macht mein Schiff zu einer Rowdy-Kneipe, und dann kommt ihr daher und erzählt mir ein Ammenmärchen und glaubt, daß ich das schlucken werde. Für was haltet ihr mich denn eigentlich, he? Ich war schon auf See, als ihr noch im Dreck der Liverpooler Gosse mit Murmeln gespielt habt. Mr. Hornbeam!»

«Sir?»

«Sie haben diese Burschen beim Raufen angetroffen?»

Hornbeam nickte.

«Doktor!»

«Sir?»

«Waren Ihrer Ansicht nach diese Burschen betrunken oder nicht?»

«Nun, Sir, wissenschaftlich vorgenommene Tests...»

«Da habt ihr's! Der Doktor stimmt mir bei! Ihr wart beide angesäuselt!» Er haute mit der Faust auf den Tisch, daß die Feder aus dem Tintenfaß sprang. «Wißt ihr, was ich mit euch anfangen möchte?» fragte er. «Ich möchte euch sämtliche Scheuersteine an Bord geben, und ihr müßtet das Schiffsdeck schrubben, bis die Platten durchschauen. Dann möchte ich euch in Ketten legen und bei Wasser und Brot einschließen lassen, bis wir nach Liverpool zurückgekehrt sind. Das ist die Art Behandlung, die einem solchen Abschaum der Menschheit wie euch gebührt! Ich möchte euch jetzt auf der Stelle in einem offenen Boot aussetzen und euch auf Nimmerwiedersehn loswerden. Habt ihr verstanden, ihr beiden stinkfaulen Hurensöhne?»

Doch glücklicherweise hatte das Richteramt des Kapitäns von amtswegen Gnade vorgesehen. «Fünf Shilling Strafe», knurrte er. «Guten Morgen.»

Es war ein Glück, daß Kapitän Hogg eben aus dem Grunde, daß er ein Kapitän war, den Großteil des Tages auf sein eigenes Quartier beschränkt blieb. Er verbrachte seine Zeit damit, in einem Lehnstuhl sitzend solche Magazine wie jenes zu lesen, hinter dem er bei unserer ersten Begegnung sein Gesicht verborgen hatte. In einer Ecke seiner Kabine befand sich ein ein Meter hoher Stoß dieser Monatsschriften, die aus allen Teilen der Englisch sprechenden Welt stammten. Er verschlang sie ernst und systematisch wie einer, der eine Menge Zeit hat und in Bradshaw einen Zuganschluß sucht. «Ein Ding gibt es, das ich wirklich mag», verkündete er eines Tages beim Dinner, einen Happen Fleisch und Gemüse zwischen den Zähnen, «und das ist ein gutes Buch.»

Während der weiteren Fahrt unterwarf ich mich seinen Ansichten wie ein viktorianischer Schuljunge und nahm mir die größtmögliche Mühe, ihm aus dem Weg zu gehen.

Der Führer der Opposition auf der Lotus war der Chefingenieur McDougall. Er allein von den Ingenieuren wurde wohlwollend in den Salon und in unsere Gesellschaft zugelassen; meine Gefährten sahen sie instinktiv als Eindringlinge an – ihre Haltung war ein Relikt jener Tage, da die ersten dünnen Schornsteine mitten unter den stolzen Seglern auftauchten. Die Ingenieure lebten fern von uns in winzigen heißen Kabinen, die mittschiffs aneinandergedrängt lagen, und speisten in einem schäbigen Messeraum, der durch den Petroleumgestank der Maschinen ventiliert wurde. Wir sahen sie nur dann, wenn sie in ihren schwarzen und verschwitzten Schlosseranzügen über die Reling lehnten oder auf dem Rücken an Bord lagen, wobei sie sich nicht von den einzelnen häßlichen Maschinenteilen, die aus dem Deck der Lotus hervorsahen, unterschieden.

McDougalls dröhnende Kabine lag neben der Maschinenraumluke; dort empfing er seine Gäste mit einem halbvollen Wasserglas puren Whiskys (er behauptete, daß Gin nichts anderes als ein Hurengesöff sei). Der Raum war so unordentlich wie ein Kinderzimmer. Stahlstücke und Farbtöpfe waren auf dem Boden verstreut, die Koje bog sich unter abmontierten Maschinenteilen, und die Schotte trugen Seekarten, Diagramme, eine Reihe düsterer technischer Werke und den Kalender eines Kesselfabrikanten, auf dem ein etwas unvermittelt wirkender weiblicher Akt eben dem Bade entstieg. Allenthalben war Werg verstreut – wie Distelwolle, die von einem Lüftchen verweht wurde.

«Wo wärt ihr alle ohne meine Maschinen?» pflegte er zu sagen. «Wißt ihr auch, was ihr uns alles verdankt? Alles, von den Umdrehungen der Schraube angefangen bis zu eurem Rasierwasser und dem Eis in eurem Gin.»

Seine Maschinen waren für ihn das, was die Klosette für Boswell waren: beseelte Lebewesen.

«Erst dann ist man ein verdammt guter Ingenieur, wenn man sich mit seinen Maschinen angefreundet hat», sagte er mir. «Richtig sprechen muß man mit ihnen. Und sie anfahren, wenn sie Mukken machen. Es zahlt sich am Ende aus, Junge. Sooft ich mit den Kameraden oder den Weibern Krach hatte, ist's mir ein Trost gewesen zu wissen, daß ich da unten einen richtigen Gefährten hab'. Wenn Sie mir die Adern aufschneiden, Doc, werden Sie Heizöl drin finden, nicht Blut.»

McDougall glaubte daran, daß die besten Ingenieure aus Schottland stammten, die besten Schotten aus Glasgow, und daß der einzige Effekt moderner Einführungen, wie Ölfeuerung, Ventilierung des Maschinenraums und Kühlapparaturen, in einer offenkundigen Entartung des Standards der seefahrenden Jugend bestünde. Als er mich durch seinen Maschinenraum führte, trug er die Ehrerbietung eines alten Dekans in einer Kathedrale zur Schau. Wir standen auf der vibrierenden Kontrollplattform im Mittelpunkt der tobenden Eingeweide der Lotus, und er streckte stolz seinen Arm aus und brüllte: «Hier wird ehrliche Mannesarbeit geleistet, Doc.»

Ich nickte und betrachtete nervös die Rohre, die den Druck des überhitzten Dampfes umschlossen.

«Das ist das Hauptmanometer», erklärte McDougall, indem er auf ein Zifferblatt vor uns wies.

«Was bedeutet diese rote Linie?» schrie ich zurück.

«Die? Och, das ist die Sicherheitsmarke.»

«Ja, aber ist denn die Nadel nicht um ein gutes Stück drüber hinaus?»

«Das spielt keine Rolle, Junge. Irgendwie müssen wir den alten Kübel in Bewegung halten.»

Er führte mich über schmierige Leitern hinab, über einen schmalen Steg zwischen kreisenden Maschinenteilen, durch den Kesselraum, wo Turnbull, der Siebente Ingenieur, ein Nordengländer, acht von vierundzwanzig Stunden die Ölfeuerung überwachte. Wir krochen durch den Tunnel, in dem die Schraubenwelle zum Heck lief, und standen schließlich auf einem feuchten dreieckigen Plätzchen, wo das dicke sich drehende Metallstück die Platten durchstieß und im Meer verschwand.

«Da sehen Sie's also, Doc – wir alle und diese ganzen Maschinen halten das Ding in Gang. Wenn wir nicht wären, wär' der alte Schwätzer droben auf der Brücke arbeitslos.»

«Er scheint das nicht sehr anzuerkennen, Chef.»

«Och, bessere Leute als er sind bei uns in Glasgow Straßenbahnschaffner», sagte McDougall erbittert. «Aber passen Sie auf, Doc, ich schmeiß' ihn aus diesem Schiff hinaus, bevor er noch viel älter wird. Warten Sie nur, Sie werden schon sehn.»

McDougalls Drohung war völlig ernst gemeint. Er verwahrte in einer versperrten Schublade seiner Kabine ein Heft, das schamlos die Aufschrift Hogg trug; in diesem verzeichnete er frischweg alles Nachteilige, was ihm am Kapitän aufstieß. War er besonders verärgert, nahm er das Heft heraus, las es und unterstrich mit roter Tinte sämtliche Stellen, die ihm ohne diese Hervorhebung noch keinen genügend verdammenswerten Eindruck zu machen schienen. Dieses Heft sandte er jedesmal, wenn das Schiff nach England zurückkehrte, eingeschrieben an den Aufsichtsrat der Fathom, doch seine Wirkung wurde weitgehend durch einen ähnlichen Band über McDougall, den der Kapitän dem Aufsichtsrat zukommen ließ, beeinträchtigt. Die beiden verbrachten ihre Tage in einem ständigen Kampf wegen des Heizölverbrauchs, des Umlaufs der Maschinen und wegen der Reparaturrechnungen, und die tägliche Zeremonie, bei der McDougall dem Kapitän eine Notiz über die Geschwindigkeit und den Vorrat an Heizmaterial aushändigte, wurde stets in erbittertem Schweigen vorgenommen. Ungefähr einmal wöchentlich wurde der Kapitän dem Chefingenieur unerträglich, und dann schloß sich dieser in seine Kabine ein, brach eine neue Flasche Whisky an und schmiß entschlossen seine Mütze durch das Bullauge.

Als sich die Schiffsoffiziere an mich gewöhnt hatten, erwiesen sie mir das Kompliment, mich in ihre Nöte einzuweihen. Ich entdeckte bald, daß alle miteinander Hypochonder waren. Auf kleinen Schiffen, wo es keine Ärzte gab, machte man sich Sorgen, wenn man erkrankte; auf größeren Schiffen, wo der Arzt drunten im Kajütgang zu erreichen war, trugen sie ihre Symptome zu ihm, wie Kinder mit ihren angeschlagenen Gliedmaßen zur Mutter gelaufen kommen. Der Zweite Maat litt am meisten von allen unter Hypochondrie. Das Kästchen in seiner Kabine war eine Heilmittel-Bar: er besaß fünf verschiedene Sorten von Antiseptika, sämtliche gebräuchliche Magenmittel, Lotionen zum Einreiben unter den Armen und zwischen den Zehen, Augen- und Nasentropfen, Gurgelwässer und Linimente, Haarwuchspomaden und

Hautsalben und eine geradezu erschreckende Sammlung von Abführmitteln.

Eines Nachmittags traf ich ihn in seiner Kabine dabei an, wie er voll Wollust gurgelte.

«Hallo, Zweiter», rief ich, «was ist los? Erkältet?»

Er spuckte schuldbewußt ins Waschbecken, als hätte ich ihn gerade bei einer Missetat ertappt.

«Nein», erklärte er. «Ich gurgle stets dreimal täglich. Hab' einen Artikel in ‹Glück und Gesundheit› gelesen, in dem steht, daß jedes Kubikzentimeter Luft voll von Millionen Mikroben ist.»

«Na also, daher auch jedes Kubikzentimeter Ihrer Kehle.»

«Hören Sie mal, Doc», fuhr er fort, und seine Stimme klang geängstigt. «Da gibt's etwas, was ich Sie schon seit langer Zeit fragen wollte. Wo könnte ich mein Blut-Cholesterol messen lassen?»

«Ihr *was*?!»

«Ja, sehen Sie, da war ein Artikel – entweder im *Reader's Digest* oder in einem der Sonntagsblätter daheim –, in dem stand, daß einige Ärzte in Kalifornien entdeckt haben, daß man Arteriosklerose bekommen muß, wenn man ein Blut-Cholesterol von über 245 Milligramm Prozent hat. Ich hab' sämtliche Symptome. Ich ...»

«Sie werden viel eher durch die Luke fallen und sich das Genick brechen.»

«Meinen Sie?» fragte er eifrig. «Trotzdem gibt es mir zu denken. Außerdem bin ich sicher, daß ich auch eine Zwischenwirbelscheibe hab'. Jedesmal, wenn ich mich niedersetze, krieg' ich in dieser Rückengegend einen Schmerz.»

«Unsinn! Sie sind gesünder als ich.»

Eine Weile blickte er kummervoll auf sein Medikamentenkästchen. «Was ich wirklich brauche», fuhr er fort, «ist natürlich ein Weibsbild.»

«In diesem Fall stimme ich mit Ihnen überein», sagte ich.

Nachdenklich ließ ich mich auf seiner Koje nieder. In den letzten Tagen war mir bewußt geworden, daß ich zwar nicht gerade zum Rasendwerden geschlechtlich ausgehungert war, jedoch fraglos Hungergefühle aufwies. Ich führte das auf die Meeresluft zurück. Mein Leben auf dem festen Lande war bis auf die Wendy-Episode und gelegentliche vage Anwandlungen, daß es nett wäre, ein Mädel ins Kino auszuführen, ungestört verlaufen. Doch nun begann ich auf einmal daran zu denken, daß sogar die Mädel in der Kabine des Dritten Maats faszinierend seien. Und Wendy wurde mit einem geradezu erschreckenden «glamour» ausgestattet, als sich mein geistiges Auge wie das Objektiv eines Magazin-Photographen aufzuführen begann und ihre Ecken durch Kurven ersetzte sowie ihren normalen Gesichtsausdruck, aus dem zu erkennen war, daß sie über ihr Nasentröpfchen nachdachte, einladend gestaltete.

«Na, wenn dies ein richtiges Passagierschiff wäre», fuhr der

Zweite fort, «wäre jetzt schon alles in Ordnung. Waren Sie schon auf einem?»

«Das ist mein erstes Schiff.»

«Ja, das vergaß ich ganz. Ich machte eine Zeitlang als Dritter auf einem Dienst. Dort ging's wie bei einem schwimmenden Ballfest zu. Weiß nicht, woran es liegt. Sobald diese Weibsbilder ihren Fuß auf ein Schiff setzen, sind sie alle hinter einem her. Nicht einen Augenblick wird man in Ruhe gelassen. Da gibt's Tanzereien und Meetings und alle möglichen Späße und Spiele. Den Mondschein und das Phosphoreszieren des Wassers nicht zu vergessen. Bis jetzt hab ich's noch nie phosphoreszieren gesehn. Doch die fallen jedesmal darauf herein. Und wo sie überall hinkommen! Einmal fanden wir ein Pärchen auf der Steuerung. Ich pflegte immer unter die Rettungsboote zu kriechen.»

«Und wie benahm sich der Kapitän?»

«Wie jeder andre. Zwickte sich eine Tagereise nach Southampton ein nettes Kätzchen auf. War das ein Trip!»

«Ich nehme an, Sie sind nicht verheiratet», sagte ich.

«Ich war's. Wurde während des Kriegs, als ich Dritter war, geangelt. Das Ganze hat sich nicht gut angelassen. Jetzt leben wir getrennt.» Nachdenklich entnahm er der Büchse eine Zigarette. «Es schlägt nie zum Guten aus, auf See verheiratet zu sein. O ja, natürlich bedeutet jeder Urlaub Flitterwochen, weiß schon, daß es so heißt. Aber lange Fahrten und junge Frauen lassen sich nicht miteinander verquicken. Man kriegt einen Teil von seiner Entlöhnung abgezogen, und wenn man nicht in jedem Hafen einen Brief vorfindet, fragt man sich, was los ist. Klar, man kann nicht verlangen, daß ein Mädel sechs Monate oder ein Jahr oder gar zwei Jahre lang beim Kamin hockenbleibt. Das ist nicht anständig. Das ist nicht human.»

«Und wie steht's mit Ihnen?» fragte ich.

«Oh, ich bin der Meinung, daß man das Recht hat, sich auf See zu den Junggesellen zu zählen», sagte er.

Unsere Betrachtungen wurden durch den Telegraphenapparat des Maschinenraums unterbrochen, der über uns auf der Kommandobrücke schwach zu klingeln begann.

«Was bedeutet das?» fragte ich. «Die wurden doch mittags überprüft?»

«Ich glaube, die Lotus hat gestoppt», sagte Archer ruhig.

«Gestoppt! Ja, ist das nicht eine hochwichtige Sache?»

«Sie bleibt öfters stehen. Auf diesem Trip allerdings zum erstenmal. Irgend etwas ist da unten in Unordnung geraten, nehme ich an. Gehen wir an Deck. Gewöhnlich wird's von diesem Moment an recht spaßig.»

Wir schritten auf das sonnenbeschienene Deck hinaus direkt unter den Brückenflügel. Die Lotus stand tatsächlich still. Sie schaukelte auf der Dünung wie ein toter Wal.

«Jetzt passen Sie auf», sagte der Zweite.

Kapitän Hogg erschien auf der Brücke. Er war aus seinem Nachmittagsschläfchen aufgescheucht worden und trug nur einen buntkarierten Schlafrock. Er sah wie Macbeth an dem Tag aus, da der Wald näherrückte.

«Mr. McDougall!» brüllte er heiser. «Mister McDougall!»

Er hieb mit der Faust auf die Reling.

«Quartermeister! Überbringen Sie dem Chefingenieur meine besten Empfehlungen und sagen Sie ihm, er soll auf die Brücke kommen!»

«Ay ay, Sir.»

Kapitän Hogg verschränkte die Hände auf dem Rücken und schritt grimmig das Deck ab. Nach fünf Minuten erschien McDougall. Er steckte in seinem Schlosseranzug und hielt ein Stück Werg in der Hand, ein Ding, das den Schiffsingenieuren ebenso unentbehrlich erscheint wie die Stethoskope den Ärzten. Sie starrten einander über die Brücke hinweg ins Auge, gegenseitig den Blutdruck des Gegners in Wallung versetzend.

«Das Schiff hat gestoppt», verkündete Kapitän Hogg.

«Ay», sagte McDougall. «Das ist mir nicht unbekannt.»

«Und warum, zum Teufel, hat es gestoppt?»

McDougall setzte seine Pfeife in Brand.

«Sagen Sie es mir, Käpt'n, dann werden wir's beide wissen.»

«Verdammt nochmal, Mr. McDougall! Können Sie denn das Schiff zwischen zwei Häfen nicht in Fahrt halten?»

«Nicht dieses Schiff.»

«Als ich zuerst auf See Dienst machte, nahmen die Ingenieure ihre Befehle von der Brücke entgegen. Sie hatten die Aufgabe, Dampf zu erzeugen und ihn beizubehalten.»

«Als ich zuerst auf See Dienst machte, benahmen sich die Kapitäne wie Gentlemen.»

«Ich dulde nicht, daß man so zu mir spricht!»

«Ich sprech' zu Ihnen, wie's mir paßt.»

«Ich werde Sie ins Logbuch eintragen müssen, Mr. McDougall!»

«Ich werde über Sie bei der Gesellschaft Bericht erstatten, Käpt'n.»

«Ich wünsche keine Obstruktion von seiten eines schottischen Dickschädels!»

«Und ich wünsche nicht, daß mir meine Arbeit von einem sächsischen Dummkopf vorgeschrieben wird!»

«Gehen Sie zum Teufel, Sir!»

«Sie ebenfalls!»

In diesem Augenblick wurde die Auseinandersetzung durch ein neuerliches Klingeln des Telegraphen gegenstandslos, und die Lotus setzte sich langsam wieder in Gang.

«Immer dasselbe», sagte der Zweite. «Sie wissen, wie das ist: Öl und Wasser lassen sich nicht miteinander vermischen.»

7

Die fahrt ging weiter. das schiff drang immer tiefer in die tropische Zone ein, und Kapitän Hogg begann an seinem Bericht, den er in Santos aufgeben wollte, zu arbeiten. Alles verlief ziemlich friedlich bis zu jenem Nachmittag, an dem er den Chefsteward die Brückenleiter hinunterwarf.

Whimble war der am meisten in sich Gekehrte und der Ängstlichste von unserer Gesellschaft auf der Lotus; und er hielt sich an Bord an eine strenge Regel: er trank keinen Tropfen. Als er zu Beginn meiner Reise in meine Kabine kam und mich erinnerte, daß die gesellschaftlichen Regeln meines neuen Lebens das Anbieten eines Gläschens vorschrieben, umklammerte er mit einem Schreckensseufzer seinen Bauch.

«Nicht einen Tropfen, Doktor!» erklärte er. «Ich rühre Alkohol nicht an!»

«Was, überhaupt nicht?» Einen Abstinenzler auf der Lotus zu finden kam mir vor, wie wenn ich in der «Burns night»[1] einnem nüchternen Schotten begegnet wäre.

«Seit zwanzig Jahren nicht! 's ist wegen meiner Leber, Doktor.» Er deutete vorsichtig auf seine Nabelgegend. «Hatte in Cardiff einen wirklich bösen Anfall. Fünfmal operiert und dreimal fast gestorben. Ich brauche Ihnen nicht mehr zu sagen, nicht wahr, Doktor?»

«Nein, wirklich nicht.»

«So sagte ich zu mir selber: ‹Walter›, sagte ich, ‹sei ein Mann! Bis zu deinem Sterbetag blickst du nicht mehr ins Gläschen!› Und seither hat kein Tropfen mehr meine Lippen befleckt. Willenskraft, Doktor, schiere Willenskraft. Als ich noch jünger war, trainierte ich im Pelmanismus.»

Als ich, von Bewunderung erfüllt, diese Information an Hornbeam weitergab, schob er seine Mütze auf den Hinterkopf und brüllte vor Lachen.

«In einer Hinsicht stimmt's, Doc», sagte er. «Sie werden ihn nie mit einem Glas in der Hand erblicken. Das hat er meist in seinem Kasten verwahrt. Oder in seiner Heißwasserkanne oder unter der Koje. Er kommt leicht auf eine Flasche täglich – gratis, natürlich. Klaut sie aus dem Lager und schummelt bei den Getränkerechnungen, so daß am Ende so arme Hunde wie Sie und ich das Ganze bezahlen.»

«Er frisiert die Buchhaltung, sagen Sie?» fragte ich überrascht. «Ich hätte ihn für zu feige gehalten, um unehrlich zu sein.»

«Glauben Sie das ja nicht. Es gibt keinen Chefsteward, der nicht den Schornstein verschachern würde, wenn er der Meinung wäre, es ginge ihm durch.»

[1] Burns night: die Schotten feiern den Todestag ihres größten und trinkfreudigen Dichters Robert Burns (1759 – 1796), den 21. Juli, durch ein Zechgelage.

Daraufhin beobachtete ich Whimble genau. Nachdem mir Hornbeam einmal die Diagnose mitgeteilt hatte, war es ein leichtes, die Symptome herauszufinden. Wenn er frühmorgens seine Runde in der Schiffsküche und im Vorratsraum machte, war er ein bleicher und nervöser Mann, der sich flach ans Schott drückte, sobald er Kapitän Hoggs drohende Silhouette am anderen Ende des Korridors auftauchen sah. Um neun Uhr stattete er dem kleinen Lagerraum unterhalb der Wasserlinie seine tägliche Visite ab und kam mit der Getränkeration des Schiffs empor. Danach ging er in seine Kabine, um sich die Zähne zu putzen. Leicht gerötet erschien er dann aufs neue und nahm vertrauensvoll seinen Platz in der Inspektionsrunde ein. Daraufhin putzte er sich wieder die Zähne. Diese Prozedur erachtete er vor dem Dinner, zur Teestunde und mehrmals während des Abends für notwendig. Wenn er um zehn Uhr abends in der Speisekammer die belegten Brötchen für den Kapitän herrichtete, saß ihm die Brille schief auf der Nase, und er trällerte die Refrains verfänglicher Lieder vor sich hin, während er den Senf in Schnörkelmustern daraufpappte. Das Ende seiner Tagesarbeit wurde kurz danach durch das Aufblitzen einer Flasche gekennzeichnet, die aus seinem Bullauge segelte und beim Auftreffen auf das Wasser ein leises Klatschen erzeugte; sie schloß sich den andern an, die in säuberlichen und regelmäßigen Intervallen die Reise des Chefstewards rund um die Erde verewigten.

Um diese und andere einträgliche Diskrepanzen auszugleichen, mußte Whimble mehrere Stunden täglich damit verbringen, in seinem winzigen Kontor bei seinen Lagerbüchern und Rechenbehelfen zu sitzen, an seiner Feder zu kauen und auf einem Papierwisch mühsam Summen zusammenzustellen.

«Väterchen ist sehr, sehr streng», erklärte er mir eines Tages. «Immer setzt er mir wegen der Verpflegung zu. Und die Gesellschaft schaut auf jedes Reiskorn, das sie uns gegeben hat. Was, glauben Sie, täten die, wenn mir am Ende der Fahrt ein Pfund Butter abginge?» Er deutete mit seinem Daumen aufs Meer. «Da hieße es gleich: ‹Hinaus mir dir, Walter, mein Junge›, und nichts weiter. Ich weiß wirklich nicht, wie ich es manchmal anstelle, mit den Zuteilungen auszukommen.»

Sein Problem war nicht so sehr das, mit den Zuteilungen auszukommen, als es vielmehr zu arrangieren, daß sie einen lohnenden Überschuß ergaben. Die Schubladen unter seiner Koje waren mit Schinken-, Pfirsich-, Schmalz-, Zungen- und Ananaskonserven angefüllt, die griffbereit dalagen, um bei unserer ersten Nacht in einem Hafen einem verstohlenen Ruderboot zugesteckt zu werden. Hinter den Büchern in seinem Kontor standen Zigarettenbüchsen, und zwei bis drei Whiskyflaschen waren in dem Glaskästchen versperrt, das ostentativ die Aufschrift ZUR BEWIRTUNG DER ZOLLBEAMTEN trug. «Wenn Sie an Land irgendwelche Arzneivorräte anschaffen wollen, Doc», vertraute er mir eines Abends an, als ich eine

Schnittwunde an seiner Hand verband, «stellen Sie mir nur eine Liste zusammen, und wir teilen uns fünfzig zu fünfzig in die Prozente.»

«Sehr freundlich von Ihnen.»

«Natürlich schaut dabei nicht viel heraus. Auf diesem Huker ist nicht viel zu holen. Auf einem großen Passagierdampfer sieht die Sache ganz anders aus. Da kriegt der Zahlmeister von allem, bis zum Trinkgeld des Pagen hinunter, seine Prozente. Na, der Barmann auf so einem schlägt mehr heraus als der Alte.» Dankbar betrachtete er seinen neuen Verband. «Wenn Sie ein paar Flaschen Scotch Whisky hintenherum verschachern möchten, könnt' ich's für Sie arrangieren», fügte er großzügig hinzu. «Ich kann sie für Sie an Land bringen. Verlassen Sie sich nur auf Ihren Walter. Ich rühr' ja selber keinen Tropfen an, darauf können Sie sich verlassen.»

Whimble hatte für sein heimliches Trinken auf unsere Kosten hinreichend allein an den Tischsitten des Kapitäns zu büßen. Kapitän Hogg hatte es darauf angelegt, mindestens einmal während jeder Mahlzeit über das Menü oder die Zubereitung Klage zu führen. «Das soll Mastochse sein!» pflegte er auszurufen, indem er verachtungsvoll einen halbzerkauten Brocken von der Größe eines Golfballs ausspuckte. «Das stammt eher von einer flohzerbissenen alten Kuh! Wo, zum Teufel, haben Sie das wieder ausgegraben, Mr. Whimble?»

«Für diese Fahrt frisch eingelagert, Sir. Hab', wenn ich mir die Bemerkung erlauben darf, mit eigenen Augen gesehn, wie's geladen wurde.»

«Das glaube ich Ihnen nicht, Whimble. Das haben Sie seit der letzten Reise im Kühlraum, oder ich will nicht Hogg heißen. Was sagen Sie dazu, Doktor?»

Da mir daran gelegen war, in nichts von der Meinung des Kapitäns abzuweichen, nickte ich zustimmend.

Wenn Kapitän Hogg sich über ein Gericht besonders erboste, pflegte er den Teller in Schulterhöhe zu erheben, «Steward!» zu bellen und zu verlangen: «Schmeißen Sie diesen Dreck über Bord und bringen Sie uns ein anständiges Stück Brot und Käse.» Dieses aß er dann, Whimble starr ins Auge fassend und in einem Schweigen, das nur durch das rhythmische Auf- und Zuschnappen seiner Kiefer unterbrochen wurde. Zu anderen Zeiten wieder wurde er wie eine Schwangere von plötzlichen Gelüsten erfaßt. «Mr. Whimble», pflegte er mitten in einer Leber- und Schinkenmahlzeit zu fragen, «warum kriegen wir eigentlich nie Avocado-Birnen vorgesetzt?» Oder: «Steward! Gibt's keine Hechte an Bord?»

Nach den mager bestellten Tischen meiner Studenten- und Praxiszeit erschienen mir die Portionen im Salon der Lotus als eine schwere Bedrohung meiner Verdauung; doch die Meeresluft und die Aussicht, den ganzen Nachmittag schlafen zu können, brachten mich bald so weit, ebensoviel wie die andern zu essen — Kapitän

Hogg ausgenommen. Das Menü war so konservativ wie das eines guten Hotels für Kaufleute und bestand meist aus kaltem Braten und Pudding. Sämtliche Mahlzeiten wurden sorgfältig vom Chefkoch zubereitet, einem sanftäugigen und liebenswürdigen Riesen, der schwitzend und pfeifend inmitten seiner triefenden Roste in der Schiffsküche stand und das Fleisch mit der Schaffensfreude eines angesehenen Handwerkers begoß.

«Ein zufriedener Koch, Doktor», sagte er, «bedeutet eine zufriedene Mannschaft.» Er pfiff ein paar Strophen. «Zum Abendessen gibt's eine nette Schweinshaxe. Mögen Sie gern knusprige Schwarten?»

«Das hör' ich gerne, daß Sie zufrieden sind», meinte ich. «Die meisten Köche, die ich zu Lande kennenlernte, scheinen Zwölffingerdarmgeschwüre zu haben.»

Er wischte sich die Hände an den Hosen ab und griff in seine Hüfttasche.

«*Das* ist der Grund meiner Zufriedenheit», sagte er. Er schwenkte die Photographie einer dürren und affektierten jungen Frau in einem schulterfreien Tanzkleid durch die Luft. «Das süßeste Mädelchen von der Welt. Meine Frau.»

«Sie sind wirklich glücklich zu preisen.»

«Gewiß, Doktor, möcht's glauben! Einer der Glücklichsten von der ganzen Bande. Mögen Sie auch einen Bissen ausgelöstes Krebsfleisch?» fügte er, strahlend vor Bonhomie, hinzu. «Könnte jederzeit eine Dose aufmachen.»

Doch schon holte das Unheil, dreitausend Meilen von der Heimat entfernt, zu einem Schlag gegen die Mahlzeiten der Lotus aus. Am nächsten Nachmittag kam Easter in meine Kabine und sagte: «Verzeihung, Doktor, aber der Koch scheint sich was antun zu wollen.»

«Was! Meinen Sie damit, daß er Selbstmord begehen will?»

«Jawohl, Doktor. Seit dem Dinner steht er unter Alkohol, und die Jungens haben ihn dabei ertappt, wie er in seiner Kajüte ein Stück Tau aufhing.»

«Um Himmels willen, Mensch! Haben Sie nichts getan, um ihn daran zu hindern?»

«Ist schon alles in Ordnung gebracht», sagte Easter ruhig. «Der Bos'n hat ihm einen schweren Haken versetzt, und jetzt ist er kalt und gibt Ruh. Wird ganz zahm sein, wenn er wieder zu Bewußtsein kommt. Die hängen sich am Ende doch nie auf.»

«Aber was ist denn los?» fragte ich. Das Ganze war kaum zu glauben. «Er erschien mir so zufrieden!»

«Die Weibsbilder», sagte Easter verachtungsvoll. «Die können einem Mann schon zusetzen, meinen Sie nicht, Doktor? Seine Frau ist mit einem Autobus-Chauffeur durchgegangen. Er bekam grad ein Kabel von seinem Freund.»

«Das ist wohl ausgesprochenes Pech. Er schien sehr an ihr zu hängen.»

«'s ist bei weitem nicht das erste Mal, daß sowas passiert. Hab' bei Gott mit eigenen Augen gesehen, wie diese Weibsstücke ihren Männern vom Kai aus zum Abschied zugewunken haben; dann sind sie nach Hause gegangen, sich ihren Lohnanteil abzuheben, ein Pfund Sterling pro Woche, und schließlich saßen sie mit schwarzen Babys oder ähnlichen Bankerten da. Es gibt keinen Abgrund, Doktor, vor dem die Weiber zurückschrecken. Und je schlimmer sie die Burschen behandeln, desto mehr scheinen die an ihnen zu hängen. Sind wir nicht beschissene Kerle, Doktor?»

«Ich glaube, es wäre besser, Sie behielten den Koch im Auge», sagte ich ihm. «Vielleicht sollte ich ein bißchen mit ihm plaudern – aus psychologischen Gründen, wissen Sie. Hoffentlich läßt er seine Wut nicht an der Kocherei aus.»

Der nächste Tag war ein Sonntag. Der Koch hatte seine Arbeit wieder aufgenommen – doch war ein trauriger, verschlossener und sangloser Mensch aus ihm geworden. Planlos und niedergedrückt werkte er in der Küche herum, hielt alle Augenblicke inne und brach über den Karotten oder dem Pudding in Tränen aus. Ganz plötzlich schrie er dann unvermittelt: «Rosie, Rosie! Ich liebe dich doch so sehr!», daraufhin verfiel er in Schweigen und starrte, unter dem entsetzten Blick des Küchenjungen, der hinter dem Kartoffeleimer Deckung suchte, grimmig auf die Klinge seines Tranchiermessers.

Trotz alledem erschien die Sonntagsmahlzeit auf dem Salontisch. Rosie hätte keinen ungeeigneteren Tag für ihre Treulosigkeit wählen können, denn das Menü war das längste der Woche: da gab es stets Bouillon, gekochten Steinbutt, Fleisch und Nierenpastete, Rindsbraten, Karotten, gedämpfte und geröstete Kartoffeln und Rosinenpudding – was der Kapitän gewöhnlich klaglos und standhaft der Reihe nach verzehrte. Doch an diesem Tag hatte sich der Kummer des Kochs auf das Essen übertragen. Die Suppe war kalt, und der Kapitän haute nach dem ersten Schluck seinen Löffel in den Teller zurück und befahl: «Steward! Schütten Sie dieses Abwaschwasser durch das Speigatt!» Der Steinbutt war halb roh und wurde fast von niemandem angerührt. Nur die Fleisch- und Nierenpastete schien den üblichen Standard zu halten. «Geben Sie uns ordentliche Portionen», knurrte der Kapitän. «Wenn das übrige ein ebensolcher Mist wie die Suppe ist, kann man's nicht essen. Sie wollen sich einen Chefsteward nennen, Mr. Whimble? Sie sind nicht einmal geeignet, einen Eiswagen zu führen.»

Schweigend begann er seine Pastete zu verzehren. Wir alle waren ein bißchen mißgestimmt, denn wir freuten uns schon immer auf das Sonntagsdinner und hatten uns mit einem extra Morgen-Gin darauf vorbereitet. Ich sah dem Kapitän beim Austeilen der Pastetenportionen zu und dankte im Hinblick auf unsere Verdauung dem Himmel, daß wieder Friede über der Tafel schwebte.

Plötzlich sprang Kapitän Hogg auf die Füße. Er hielt die Serviette vor den Mund gepreßt, und sein Gesicht war von der Farbe eines Positionslichtes.

«Schauen Sie!» zischte er. «Schauen Sie sich das an!»

Sein Zeigefinger wies zitternd auf das Essen. Whimble beugte sich nervös über den Tisch und fischte aus einem Haufen von Pastetenstückchen eine Gaumenplatte mit drei daran befestigten Zähnen heraus.

«Du lieber Himmel!» seufzte Whimble.

«Gehört das Ihnen?» donnerte der Kapitän.

«O Gott nein, Sir! Das ist mir noch nie unter die Augen gekommen, Sir.»

Kapitän Hogg schleuderte seine Serviette auf den Tisch.

«Packen Sie das da hinein!» befahl er. Die in einer fetten Tunke schwimmenden Zähne wurden eingewickelt. «Ich nehme das Ganze in meine Kabine hinauf und verwahre es im Safe. Sobald wir in Liverpool gelandet sind, zeige ich es dem Generaldirektor. Bei Gott, das werde ich Ihnen heimzahlen, Mr. Whimble!»

Die geballte Faust schüttelnd, verließ er den Salon und beorderte noch Schinken und Pickles in seine Kabine. Schweigend saßen wir da; die Pastete auf unseren Tellern wurde kalt. Whimble versuchte einen Schluck Wasser zu trinken, doch zitterte er so sehr, daß er es über das Tischtuch ausgoß.

«Ich glaub', ich hab' genug», sagte Hornbeam und schob seinen Teller beiseite. «Wem gehören die Zähne, Doktor? Ihnen?»

«Wahrscheinlich dem Koch. Er ist heute etwas gedankenverloren.»

«Richtig!» krächzte Whimble. «Dem Koch!» Er sprang auf, voll Eifer, seine Züchtigung an jemand anderen weiterzugeben. Der sanfte, umgängliche Koch, der durch Whimbles Gnaden Schinken- und Corned-Beef-Dosen beiseiteräumte, war die einzige Person an Bord, die er anschnauzen konnte. Nachdem er unterwegs noch eine kurze Pause einlegte, um sich die Zähne zu putzen, brach er zuversichtlich zur Schiffsküche auf.

Doch es war ein veränderter Koch, den er da mit einer Ginflasche auf der Kartoffelkiste sitzen und leise vor sich hin wimmern sah. Dieser sah den Unfall in einem ganz anderen Licht. Bevor Whimble noch ein Wort herausbringen konnte, packte ihn der Koch am Hemd, setzte das Hackmesser an seine Kehle und forderte: «Gib mir meine verdammten Zähne zurück!»

Whimble entfloh mit einem Schreckensschrei, der uns alle aus dem Salon jagte. Wir sahen ihn, vom Koch verfolgt, das Deck hinunterrennen; dieser schwang das Messer in der Hand und gab ein fürchterliches zahnloses Knurren von sich.

«Zu Hilfe! Er ermordet mich!» schrie Whimble.

Der Koch, der nicht fest auf seinen Füßen stand, fiel über ein Stag und brach in Tränen aus. Doch Whimble nahm sich nicht die

Zeit, sich das anzusehen. Seine Gedanken waren nur auf seinen Selbstschutz gerichtet, und er war der Ansicht, daß die Unannehmlichkeiten von seiten Kapitän Hoggs geringer anzuschlagen seien als die, die ihm vom Koch drohten. Er stürzte die Leiter, die zur Brücke führte, empor und hämmerte an die Kabinentüre des Kapitäns.

«Zu Hilfe!» schrie er. «Retten Sie mich!»

Die Tür flog auf.

«Was, zum Teufel, ist mit Ihnen los?»

«Sehen Sie doch!» sagte Whimble und deutete hinter sich.

«Sind Sie wahnsinnig?»

«Der Koch ist mit einem Messer hinter mir her!» winselte er, sich beim Anblick Kapitän Hoggs beruhigend. «Er will sein Gebiß zurückhaben.»

«Gebiß! Immer wieder Gebiß! Haben Sie ‹Gebiß› gesagt? Gehen Sie von meiner Brücke herunter!»

«Er ermordet mich!»

«Gehen Sie von meiner Brücke herunter, verdammt nochmal!»

«Geben Sie mir zuerst das Gebiß des Kochs!»

Kapitän Hogg hob Whimble beim Hemdkragen hoch und gab ihm einen Tritt. Er stieß ein leises Quieken aus, als er oben auf der Leiter das Gleichgewicht verlor und, Füße voran, herunterrutschte. In diesem Augenblick kam gerade der Steward mit dem Schinken- und Pickles-Tablett des Kapitäns hinaufgestiegen.

«Jetzt ist unser Supper futsch», sagte Hornbeam düster. Danach erschien es niemandem mehr der Mühe wert, die Mahlzeit zu beenden.

8

AM NÄCHSTEN MORGEN WURDE ICH IN MEINEM FRIEDLICHEN WIRKEN aufgestört wie ein altes Segelschiff in einem Sturm.

Nach dem Frühstück hatte ich mich in meiner Kabine niedergelassen, um «Krieg und Frieden» zu lesen – mit dem ich zuerst drei bis vier Küchenschaben erschlug –, da kam Easter herein. Er zeigte mir ein neues Kartenkunststück und schilderte mir eine Begebenheit, die sich zugetragen hatte, als er auf einem griechischen Frachter als Steward Dienst machte; er hatte eines Nachts im Mittelmeer dem Kapitän, einem unverbesserlichen, aber von Pech verfolgten Spieler, dessen letzten Einsatz abgewonnen: die ihm bis Gibraltar ausschließlich zur Verfügung stehenden Dienste der dicken, aber entgegenkommenden Kapitänsfrau.

«Dann wär' da noch was», fuhr Easter fort. «Ein Bursche von der Mannschaft ist heut nacht erkrankt.»

«Was ist denn los mit ihm?»

«Speien und was es sonst noch so gibt. Soll ich ihn herauftreiben?»

«Ich glaube, wir sollten ihn lieber aufsuchen.»

Der Patient war ein junger Matrose. Er lag auf seiner Koje, hielt sich den Bauch und stöhnte.

«Guten Morgen», sagte ich munter und fühlte ihm den Puls. «Wo fehlt's?»

«Au weh, verdammt! Hab' scheußliches Bauchweh.»

«Lassen Sie mich einen Blick auf Ihren Magen werfen.»

Er legte sich auf den Rücken. Ich streckte die Hand aus und befühlte den rechten Quadranten seines Unterleibs. Sogleich war mir zumute, als hätte ich ein Bündel Sicherheitsnadeln verschluckt, die sich alle auf einmal in meinem Innern öffneten.

Ich schob Easter zur Türe hinaus und schloß sie.

«Easter», sagte ich heiser, «dieser Bursche hat akute Blinddarmentzündung.»

«Teufel!»

«Der Fall ist äußerst dringend. Wie weit sind wir noch von Santos entfernt?»

«Ungefähr zwei Tage, rechnet der Maat.»

«Nun, wir müssen einfach früher Land anlaufen und den armen Kerl in ein Spital bringen. Ich geh' zum Kapitän.»

Kapitän Hogg war gerade dem Bade entstiegen. Er stand in Pantoffeln da, ein Handtuch um sich geschlungen, und blickte mich an wie Bligh, als er Christian den Käse anbot. Es lag auf der Hand, daß dies einer seiner gastrischen Morgen war.

«Na?»

«Äh – guten Morgen, Sir.»

«Guten Morgen!»

«Könnten Sie die jetzige Geschwindigkeit verdoppeln lassen, Sir?»

«Was?!»

Er machte einen so heftigen Satz, daß er die Wassertropfen von seiner Brust auf den Bodenbelag schleuderte.

«Ich meine – sehen Sie, Sir, einer der Matrosen leidet an akuter Blinddarmentzündung. Er muß so schnell wie möglich operiert werden. Ich hörte von den Ingenieuren, daß es dem Schiff möglich ist, ein paar Knoten mehr zu machen, und da dachte ich ...»

Kapitän Hogg setzte sich auf die Kante seines Schreibtischs. Er zerrte so heftig an seinem linken Ohr, als wolle er den Zünder aus einer Mills-Granate reißen.

«Die Heizölkosten für jeden Knoten über der Normalgeschwindigkeit meines Schiffes», begann er ruhig, «erhöhen sich praktisch auf das Doppelte. Was, glauben Sie, würde die Gesellschaft dazu sagen? He?» Er hieb auf das Pult. «Operieren Sie, Doktor, operieren Sie!» brüllte er. «Wofür bezahle ich Sie denn eigentlich?»

«Ja, Sir», sagte ich.

Ich erkannte sogleich, daß die therapeutische Anweisung des

Kapitäns gewaltige Schattenseiten aufwies. Erstens einmal hatte ich nur eine sehr schwache Vorstellung vom Entfernen des Appendix. Eine medizinische Graduierung gleicht einer Heiratslizenz – sie verleiht einem die offizielle Erlaubnis, die Sache anzugehen, doch sie garantiert nicht dafür, daß man genug weiß, um die Schwierigkeiten nach den Flitterwochen zu bewältigen. Ich hatte zwar den Operationssaal meines Spitals fleißig besucht, aber wenn die Chirurgen einen Appendix entfernten, waren stets so viele Studenten anwesend gewesen, daß ich gewöhnlich bei der Operation nichts anderes sah als die Pickel auf dem Nacken meines Vordermannes.

Die zweite Schwierigkeit bestand in der Ausrüstung. Wenngleich sicherem Vernehmen nach Blinddarmoperationen von Steuermännern mit Hilfe gebogener Suppenlöffel und dem Taschenmesser des Bos'n vorgenommen wurden, fühlte ich doch, daß meine akademische Voreingenommenheit es mir unmöglich machte, eine Operation geschickt mit dem Material eines Alteisenhändlers durchzuführen. Drittens erhob sich die Frage der ärztlichen Assistenz. Easter war zwar ein hervorragender Charakter, dessen Weltgewandtheit ich die aufrichtigste Bewunderung entgegenbrachte, doch wenn es darauf ankam, sich mit der klinischen Heilkunde zu befassen, erwies er sich als ebenso gefährlich wie eine unetikettierte Flasche Strychnin.

Ich rief ihn in meine Kabine.

«Easter», sagte ich ernst, «ist Ihnen schon je ein Fall von akuter Blinddarmentzündung untergekommen?»

«Möcht's glauben, Doktor. Jedesmal, wenn ich Pickles eß', werd ich dran erinnert.»

«Pickles?»

«Gewiß, Doktor. Das war damals auf meiner Atlantikfahrt. Der alte Doc hatte Angst vorm Operieren, und so bringt er den Patienten ins Schiffslazarett und sagt mir, ich soll ihn bei leichter Diät halten. Am Abend geh' ich zu ihm und frag' ihn, ob er noch einen Wunsch hat, bevor ich mich schlafen leg', und der Patient sagt zu mir, ‹ja›, sagt er, ‹ich hätt' gern ein paar Pickles!› ‹Pickles!› sag' ich, ‹Pickles darfst du keine kriegen! Bist du übergeschnappt? Der Doktor tät' mich über Bord werfen, wenn ich dir Pickles gäb'. Wir von der ärztlichen Brüderschaft halten Pickles für keine leichte Diät. Aber schon gar nicht›, sag' ich.

Na, wie ich ihm am nächsten Morgen das Frühstück bring' – zwei speziell zubereitete Spiegeleier – und wie ich ihn wachrütteln will – Teufel, da war er schon ganz kalt beim Anfassen. Diese Pickles waren sein letzter Wunsch, Doktor, und ich hab' sie ihm abgeschlagen. Ist das nicht traurig?»

«Sicher, Easter», sagte ich. «Doch wir wollen uns weniger in Reminiszenzen verlieren und lieber zur Tat schreiten. Wir müssen diesen Burschen vor Sonnenuntergang operieren. Haben Sie erfaßt, was das heißt? Wir müssen das Lazarett ausräumen, es antiseptisch scheuern, einige Beleuchtungskörper montieren, einen Operationstisch aufstellen und von irgendwoher ein paar Instrumente auftreiben. Verstanden?»

«Klar, Doktor. Wir von der Brüderschaft wachsen mit der uns gestellten Aufgabe, wie man so sagt.»

«Gut, beginnen Sie also zu wachsen.»

Er zögerte noch.

«Wenn ich so frei sein darf, Doktor...»

«Ja?»

«Vielleicht ließen sich die Dinge ein bißchen leichter an, wenn Sie und ich zuerst noch ein wenig zu den Tröstungen der Medizin griffen?»

Dankbar klopfte ich ihm auf die Schulter.

«Kapitale Idee, Easter. Holen Sie mal die Flasche aus meinem Kasten.»

Das Gerücht von meinem geplanten chirurgischen Großangriff verbreitete sich auf dem Schiff rascher, als es die Nachricht getan hätte, daß Land gesichtet wurde. Er stellte nicht nur eine angenehme Unterbrechung im Einerlei der Fahrt dar, sondern trug gleicherweise auch den Stempel des Geheimnisvollen und Originellen. Seit bei Panama ein Kessel in die Luft geflogen war, hatte die Mannschaft keinen ähnlichen Spaß erlebt.

Ich schloß mich in meine Kabine ein und schlug mein Chirurgie-Lehrbuch auf, das ich vorsichtigerweise mitgenommen hatte. Nachdem ich mich bis «Appendicitis» durchgeblättert hatte, ließ ich meinen Zeigefinger die Zeilen entlanggleiten. Ich begann den mit «Operation» betitelten Abschnitt zu lesen. «Der Einschnitt wird beim McBurney-Punkt angesetzt», hieß es da. O Gott! Was war der McBurney-Punkt? Das klang wie ein Berg in Kalifornien.

Es klopfte an die Türe.

«Herein!»

Ich riegelte auf. Es war der Chefingenieur.

«Hab' von der kleinen Party gehört, die Sie heut haben werden, Doc», sagte er jovial. «Dachte mir, daß Sie ein paar Lichter brauchen werden, um ordentlich in die Innereien hineinzugucken. Ich kann Ihnen einen Scheinwerfer montieren lassen, wenn Sie wollen.»

«Danke vielmals.»

Er grinste mich an.

«Sie werden doch nichts dagegen haben, Doktor, wenn ich dabei bin, um mir den Spaß anzusehen, nicht wahr? Denke, ich sollte da sein, falls das Licht zu blinken beginnt. Bei diesem Zeug kann man auf alles gefaßt sein.»

«Geht in Ordnung, Chef.»

«Besten Dank, Doc. Rufen Sie mich nur, wenn Sie Beistand brauchen.»

Ich schlug neuerlich das Buch auf und war gerade so weit vorgedrungen, um zu erfahren, daß sich der Appendix in sechserlei Lagen befinden kann, als Hornbeam seinen Kopf durch die Türe steckte. Er lachte laut.

«Hallo, Doc! Zur Abwechslung mal bei einer ernsthaften Arbeit?»

«Dazu bin ich ja hier», sagte ich lässig.

«Sehe, Sie lesen das Ganze aus dem alten Almanach da heraus», sagte er aufgeräumt.

Ich schlug das schwere Buch mit einem Krach zu und ließ es hinter die Koje fallen.

«Man muß schließlich sein Gedächtnis auffrischen», meinte ich. «Selbst Lord Lister mußte das manchmal tun.»

«Ich bin eigentlich hergekommen, Doc», fuhr er fort, «um Ihnen meine Hilfe anzutragen. Kann mich erinnern, daß ich schon einmal bei sowas dabei war, als ich Kriegsdienst machte. Dachte mir, Sie hätten's vielleicht ganz gerne, wenn ich Ihnen den Blutkübel halte, oder was Ähnliches.»

Ich überlegte.

«Nun gut», sagte ich. «Ich wäre ganz froh, jemand um mich zu wissen, der gesunden Menschenverstand hat. Sie werden doch nicht in Ohnmacht fallen, nicht wahr?»

«Was, nach all diesen Jahren auf See? Ich komm' später vorbei.»

Ich suchte noch immer die Stelle im Chirurgie-Buch, als ich den Funker auf der Schwelle erblickte. Er fegte ein paar imaginäre Begleiter zur Seite und grinste mich an.

«Ja?» fragte ich, wenig einladend.

«Hörte, Sie wollen wen aufschlitzen, Doc.»

«Ich beabsichtige eine Operation durchzuführen, wenn Sie das meinen.»

«'s macht Ihnen doch nichts aus, wenn ich zuseh', nicht wahr? Es steckt sowas wie ein Photograph in mir, und ich möcht' gern den Kindern daheim ein paar nette Bilder zeigen.» Sein Grinsen wurde immer breiter. «Mal was andres als die ewigen Möwen!»

«Ich glaube nicht, daß für mich und den Patienten genug Platz übrigbleibt, wenn Sie auch noch da sind.»

«Möchten Sie gerne seine Mutter verständigen?» fragte er.

«Nein.»

«Haben Sie nicht zufälligerweise 'n Schlückchen Gin bei der Hand?»

«Nicht jetzt. Später. Ich bin sehr beschäftigt.»

«Schön, Doc. Viel Vergnügen!»

Seinen Freunden zusingend, zog er ab. Doch nun hatte sich vor meiner Türe ein Trupp Matrosen angesammelt, angeführt vom Bos'n, der respektvoll seine Mütze in den Händen hielt.

«Zum Teufel, was wollt ihr denn?» fragte ich bitterböse.

«'tschuldigen die Störung, Doktor, aber weil wir alle mit Erb gut sind, dachten wir, Sie würden uns dabei sein lassen, von wegen Gehörtsich, verstehen Sie? Er hat gesagt, ihm ist's recht, solang wir uns anständig benehmen.»

«Hinaus!» sagte ich. «Sofort hinaus mit euch allen! Wer, glaubt ihr denn, daß ich bin? Eine Varieténummer? Ich werde euch alle beim Maat anzeigen!»

Ich haute die Türe zu und kehrte zu den Komplikationen der Operation zurück.

Easter traf ich im Lazarett an. Er hatte die Einrichtungsgegenstände hinausgeschafft und scheuerte, bis zum Gürtel entblößt, auf seinen Knien den Boden.

«Wie geht's?» fragte ich.

«Verdammt heiß ist's.»

«Wieviel Grad hat's denn?»

Er erhob sich und warf einen Blick auf das Thermometer in der Ecke.

«Zweiundvierzig», sagte er.

«Können Sie nicht den Ventilator anstellen?»

«Kommt nur Ruß herein.»

«Ach, richtig. Wir müssen uns damit abfinden, fürchte ich. Wie sind Sie mit dem Operationstisch zurechtgekommen?»

Am Schott lehnte ein hölzernes Tischgestell, das er voll Stolz aufrichtete. Es blieb gerade genug Raum an jeder Seite übrig, daß wir beide daneben stehen konnten.

«Hab's von Chippy bekommen», sagte er. «Er benützt es, um seine Farben drauf zu mischen.»

«Besser als gar nichts. Wenn Sie es stark genug scheuern, wird es halbwegs steril sein.»

Während ich sprach, fielen zwei große rostige Tropfen von einem Rohr an der Decke genau dorthin, wo voraussichtlich die Operationswunde sein würde.

«Verflucht! Kann man nichts tun, um das abzustellen?»

Easter schüttelte den Kopf.

«Ist schon seit Jahren so. Das ist Sache der Ingenieure an Land.»

«Nun, dann müssen Sie eben eine Art Schirm anbringen. Haben wir Mäntel und Handschuhe und so weiter?»

«Hab' was im Schrank davon gesehn. Scheinen seit dem Krieg dazuliegen.»

«Sterilisieren Sie sie in der Schiffsküche. Wie steht's mit den Instrumenten? Was haben Sie da vorgefunden?»

«Hab' von überall bißchen was stibitzt», erklärte er. «Ich denke, die da werden ganz handlich sein.»

Ich sah mir die Beute an, die er auf dem Tisch ausbreitete. Sie bestand aus einer Drahtzange, zwei Tischgabeln, einem Päckchen Stopfnadeln, Marke «Die Freundin des Matrosen», einigen Büroklammern, einem Dolch, einem Kartoffelmesser, einer Pinzette, einem Skalpell und einer Uterus-Kürette.

«Sterilisieren Sie lieber das Ganze», sagte ich düster. «Mit Ausnahme der Drahtzange. Sollte nicht ein chirurgisches Besteck an Bord sein?»

«Scheint verschwunden zu sein, Doktor.»

«Das heißt, daß Sie's verschachert haben?» Er kratzte sich schuldbewußt die Nase. «Es bleibt uns also nichts anderes übrig, als das zu benützen, was wir da haben», sagte ich erbittert. «Ich hoffe sehr, verdammt nochmal, daß auch Sie Blinddarmentzündung kriegen!»

Ich ging aufs Deck hinaus. Ich brauchte frische Luft. Schon jetzt hatte ich mehr als genug von diesem Tag.

Vor dem Lazarett traf ich auf Chippy. Er saß auf dem Deck, vor sich einen Lukendeckel – ein dickes Brett im Format von ungefähr hundertachtzig zu siebzig Zentimeter, wie es reihenweise zum Verschalen der Luken benützt wird. Er polierte es sorgfältig mit Schmirgelpapier.

«Hallo, Chips!» sagte ich. «Richten Sie das Schiff schon für Santos auf Glanz her?»

Er blickte schwermütig zu mir auf.

«Auf dem wird er wie geschmiert hinunterrutschen», sagte er.

«Wer?»

«Na – der da drunten.» Er deutete mit seinem Daumen nach achtern. «Der arme Kerl, der unters Messer kommt. Wie ein nasser Fisch wird er hinunterrutschen», fügte er genießerisch hinzu.

Ich war wie aus allen Wolken gefallen.

«Wozu will er einen Lukendeckel hinunterrutschen?» fragte ich.

«Na, wenn sie ihn begraben, natürlich.» Er machte sich neuerlich ans Schmirgeln. «So ein Lukendeckel gibt einem eine Heidenarbeit.»

«Also, Chippy, hören Sie mal. Wieso kommen Sie auf die Idee, daß mein Patient sterben wird?»

«Oh, die sterben immer. Hab' schon fünf Blinddärme auf See mitgemacht. Jeder von ihnen ist dabei draufgegangen und auf einem Lukendeckel über Bord geschlittert.»

Angewidert stapfte ich davon. Ich fühlte mich in meiner Berufsehre angegriffen. Erbost stieg ich die Brückenleiter hinauf, um einem der Maate vom Pessimismus des Zimmermanns zu berichten. Oben traf ich den Zweiten an, wie er verdrießlich Flaggen sortierte.

«Hallo, Doc», sagte er. «Wann geht die Aufschlitzerei los?»

«In ungefähr einer Stunde.»

«Glauben Sie, daß es diese Flagge tut?»

«Was meinen Sie eigentlich?»

«Na, falls – falls die Sache danebengeht. Um die Leiche zu bedecken.»

«Es wird keine Leiche geben, verdammt nochmal!»

«Nun, Väterchen gab uns den Befehl, alles dafür vorzubereiten.

Bedeutet eine Menge Arbeit für uns alle, Doc. Es wäre ein Jammer, wenn nun alle enttäuscht würden.»

Ich muß zugeben, daß einem auf hoher See ein glänzendes Begräbnis zuteil wird. Die Requisiten werden der Tradition gemäß aus dem Schiffsinventar beigestellt, und der Verlauf der Zeremonie ist so eingehend vorgeschrieben wie das Anlaufen und Verlassen eines Hafens. Sobald die Leiche greifbar ist, wird sie dem Bos'n ausgehändigt, der sie mit einem halben Dutzend Roststäben aus der Schiffsküche in Segeltuch einnäht. Hierfür erhält er eine Flasche Whisky. Mittlerweile hat der Zimmermann einen Lukendeckel poliert und mit Handhaben aus Schiffstau versehen, und die Quartermeister haben ihre besten Uniformen gebügelt. Die Zeremonie wird an demselben Tag bei Sonnenauf- oder -untergang vorgenommen, weil sich die Schiffe meist in tropischen Gewässern befinden und das ganze Schauspiel durch die Leiche verpfuscht werden könnte, wenn es ausnehmend heiß ist. Das Schiff stoppt, ein Teil der Reling wird auf der Seite entfernt, und die Offiziere, einschließlich des niedergeschlagenen Arztes, stellen sich mit dem Kapitän im Spalier auf. Die Mützen werden abgenommen, und im gegebenen Augenblick wird die Leiche von den Quartermeistern – die gemeinsam für ihre Dienste eine Flasche Whisky erhalten – auf dem Lukendeckel zur Reling getragen und elegant über Bord gekippt. Der Maat, dessen Obhut sämtliche Gegenstände an Deck, auch die Fahnen, anvertraut sind, begibt sich gleichzeitig zur Reling und packt die Flagge – die ja die Gesellschaft teures Geld kostet –, bevor sie mit dem Bündel in die See rutscht. Dann setzt sich das Schiff wieder in Bewegung, und jedermann begibt sich zu einem kleinen Leichenschmaus.

«Ich verderbe Ihnen zwar ungern den Spaß», sagte ich kalt, «doch dieser Patient wird das Schiff erst in Liverpool verlassen.»

Ich kehrte ins Lazarett zurück, wo Easter die Instrumente auf einem Primus-Kocher sterilisierte.

«Alle Leute glauben, daß es ein Begräbnis geben wird», sagte ich. «So einen Unsinn hab' ich noch nicht gehört.»

«Ja ja», bemerkte Easter gelassen. «Deshalb hab' ich auch keinen Schirm auftreiben können, um ihn, wie Sie's angeschafft haben, unter dieses Rohr zu tun. Der Bos'n sagt, er braucht das ganze restliche Segeltuch für die Leichenhülle.»

«Aber das ist doch unerhört!»

Easter kicherte über seinen dampfenden Instrumenten.

«Hab' bei Gott schon ein paar urkomische Begräbnisse auf See mitgemacht! Da fällt mir eins ein, das wir im Indischen Ozean hatten. 's war ein Chineser. War erstochen worden. Na, wir schupften ihn über Bord, wie sich's gehört, aber er wollte nicht untergehn. Tauchte wie eine Boje immer wieder auf. Der Alte war schon ganz außer sich. Schließlich mußten wir ihn so lassen, wie er war. Wir konnten ihn doch nicht wieder herausziehn, nicht?

Wahrscheinlich guckt er noch immer irgendwo heraus, wenn ihn inzwischen nicht die Haifische gefressen haben.»

«Ich gehe jetzt zum Patienten», sagte ich streng. «In einer Stunde muß alles bereit sein.»

Der Patient saß in seiner Kabine, aß Fisch mit Kartoffeln und trank eine Flasche Bier dazu.

«Was, zum Teufel, soll das?» schrie ich. «Hab' ich Ihnen nicht gesagt, Sie sollen nichts zu sich nehmen?»

«Oh, tut mir leid, Doc», sagte er verschüchtert. «Aber wie ich gemerkt hab', daß es mir viel besser geht, dacht' ich mir, ein Bissen könnt' mir nichts schaden.»

«Besser! Wie können Sie behaupten, Mensch, daß es Ihnen besser geht! Das habe ich zu bestimmen. Sie glauben nur, daß es Ihnen besser geht. Sie haben da eine akute Blinddarmentzündung in Ihrem Innern.»

Reuevoll zog er eine Gräte aus seinem Mund.

«Da wär' noch ein Ding, Doc», sagte er respektvoll. «Kriegt man diesen Blinddarm öfters zweimal herausgeschnitten?»

«Zweimal? Was meinen Sie damit?»

«Na, das erste Mal hat man ihn mir in Birkenhead herausgenommen, wie ich sechs war...»

Ich machte einen Satz und zog sein Hemd hinauf. Eine schwach sichtbare, fünf Zentimeter lange Narbe. Ich brach in Lachen aus.

«Sie operieren nicht, Doktor? Warum nicht?» forschte Kapitän Hogg.

«Ich hab's weggezaubert, Sir», erklärte ich. «Hab' als Kind diesen Trick von einer Zigeunerin gelernt.»

9

WIR LIEFEN SANTOS AM FRÜHEN NACHMITTAG AN. ALS WIR IN DER NÄHE der Flußmündung, die inmitten tiefgrüner Hügel lag, die Fahrt verlangsamten, schlug uns von der Küste eine Hitze wie aus der Maschinenraumluke entgegen.

«Wird nett und gemütlich sein, da zu liegen», sagte Easter, düsterer Ahnungen voll.

Wir fuhren den schmierigen Fluß zwischen den Schiffen, die an beiden Ufern dicht aneinandergereiht lagen, aufwärts; die Flagge des Bundesstaates Brasilien wehte höflichkeitshalber von unserem Fockmast. Hornbeam ging nach vorne auf seine Station, und Archer mit dem Lampentrimmer und dem ihm zugeteilten Trupp Mannschaft nach achtern. Schlepper holten uns herein, Halteleinen flogen hinaus, und wir wurden so exakt wie ein richtig parkender Wagen an unseren Platz geschubst. Die Laufplanke rasselte nieder, und ein Teil der Reling wurde entfernt: wir waren angelangt.

Aber noch trugen wir die gelbe Fahne mit dem Q, das Zeichen, daß wir unter Quarantäne standen. Ein Trupp stämmiger brasilianischer Zollbeamter und Organe des Gesundheitsdienstes kamen sogleich an Bord; an ihrer Spitze schritt ein imposant aussehender Mann in einem weißen Anzug; ich hielt ihn für den Arzt. Ich salutierte.

«*Boa dia, senhor*», sagte ich in mühsam ausgebrütetem Portugiesisch.

Er streckte mir die Hand entgegen.

«'n Tag, Alter», erwiderte er. «Wie geht's der ganzen Schwindelbande?»

«Danke, ausgezeichnet.»

«Keine Infektionskrankheiten?»

«Nein.»

«Na, dann holt die gelbe Gefahr da oben nieder. Können Sie mir ein paar hundert englische Zigaretten überlassen?»

Sobald die Quarantäneflagge einmal unten war, strömten Leute an Bord wie die Besucher der Marinewoche an einem Bankfeiertag. Da gab es Polizisten, Stauer, Geldwechsler, Schiffslieferanten, Wasserverkäufer, Obsthändler, Hafenmeister, Wäscher – und die Agenten. Die Agenten waren Angestellte der Fathom-Zweigstelle in Santos und konnten binnen kurzem jeden Artikel – von fünftausend Tonnen Heizöl bis zu einem neuen Glöckchen für die Schiffskatze – herbeischaffen. Es waren zwei große fidele Engländer, die wohlgeordnete Einkaufslisten im Kopf trugen.

«Hallo, Doc», sagte der eine. «Brauchen Sie was fürs Heilmittellager?»

«Der Chefsteward hat das Verzeichnis.»

«Schön. Sie sind der Nachfolger Flowerdays, nicht wahr? War ein alter Schnapsbruder. Kommen Sie auf ein Schlückchen mit?»

«Danke, jetzt nicht.»

«Sind wohl übergewissenhaft? Übrigens, irgendwo ist Post für Sie da.»

Ich hatte ganz vergessen, daß die Agenten die Schiffspost zu betreuen haben. Ich ging aufs Deck und sah, daß ein Großteil davon schon verteilt war. Über das ganze Schiff verstreut sah man die Leute in unbequemen Ecken lehnen und Briefe lesen. Ich ging am Zimmermann vorüber, der mehrere engbeschriebene Blätter in der Hand hielt und in einem fort «Nein! Das ist doch nicht möglich! Das ist doch nicht möglich!» vor sich hin sagte. Ich hoffte, daß es sich um nichts Ernstes handelte.

«Schau, schau!» rief einer. «Ich hab' ein Baby bekommen!»

«Ich hab' sechse», sagte sein Nachbar mürrisch, ohne aufzublicken. Dies verblüffte den frischgebackenen Vater.

«Was, alle auf einmal?» fragte er.

Ich stieß auf Whimble.

«'s ist ein Brief für Sie da, Doc», sagte er. «Ich hab' ihn Easter gegeben.»

Plötzlich erfaßte mich Aufregung. In den letzten drei Wochen hatte ich England und mein Vaterhaus so gründlich vergessen wie ein Patient mit Gedächtnisschwund. Meine Vergangenheit schien einer gänzlich anderen Existenz anzugehören. Mit einemmal hatte ich das Gefühl, inmitten einer riesigen Menschenmenge ein vertrautes Gesicht zu erblicken.

Ich sah Easter an der Reling lehnen und eilte auf ihn zu. Von wem mochte der Brief stammen? Von Wendy vielleicht? Schrieb sie mir am Ende, daß sie über meinem Photo Tränen vergieße und Conrad lese? Oder kam er von meinem Chef, der mir wohlwollend eine gute Reise wünschte? Oder von meinen Eltern, die wissen wollten, wohin ich den Garagenschlüssel verlegt hatte? Von alten Studienkollegen, die mich um meine doppelte Freilassung beneideten? Mir war es egal. Es war jedenfalls ein Brief, ein Brief! Wer immer ihn mir sandte, bewies das Wichtigste auf Erden – daß ich nicht vergessen war.

Ich nahm ihn aus Easters Hand entgegen. Die Handschrift war mir unbekannt. Ich trachtete ihn voll Würde zu öffnen, doch ich zerriß in meiner Aufregung den Umschlag. Er enthielt folgendes:

«Waschanstalt X. Sehr geehrter Herr, falls Sie nicht binnen einer Woche, vom heutigen Datum an gerechnet, Ihre Wäsche abholen, wird diese zur Bestreitung der Reinigungskosten verkauft.»

Ich schmiß ihn ins Wasser. An der Reling lehnend, blickte ich auf die fremdartigen Farben, die schmutziggelben Schuppen, die merkwürdig unenglischen Berge im Hintergrund, auf denen sich die weiße Straße nach São Paulo emporschlängelte, die schwärzlichen herumlungernden Männer und die schlanken, graziösen Frauen am Kai, die portugiesischen Schilder, die sonderbaren offenen Straßenbahnwagen weiter hinten, die überraschenden Uniformen der Polizisten, den ungewohnten Sonnenglast ... Langsam kam es mir zu Bewußtsein, daß ich mich auf der anderen Seite der Erde befand.

Nach drei Wochen ausschließlichen Verkehrs mit meinen Schiffskameraden fand ich den Überfall der Ortsansässigen an Bord recht verwirrend. Die Stille der Meeresfahrt wurde vom Lärm der Dampfwinden abgelöst, und die blanken Decks waren nun mit Lukendeckeln, Drahtrollen, Segeltuch, liegengelassenen Frachtstücken und ruhenden Brasilianern besät. Die Brasilianer besitzen in hohem Maße die Fähigkeit, sich der Ruhe hinzugeben. Wenn sie ein paar Minuten nichts zu tun haben, erscheint es ihnen sinnlos, sich noch länger der Mühe des Wachbleibens zu unterziehen, und sie werfen sich in das nächsterreichbare Stückchen Schatten nieder. Ob sie nun auf dem Steinboden des Kais, auf ein paar Kisten oder auf Metallabfällen zu liegen kommen, scheint ihrem Genuß keinerlei Abbruch zu tun.

Die Fracht verließ das Schiff genau im umgekehrten Verfahren, mit dem sie in Liverpool verstaut worden war. Da ich nichts Gescheiteres zu tun hatte, schloß ich mich Easter an, der das Ausladen von Maschinenkisten durch die Fünfer-Luke mit der heiter-indolenten Miene eines Londoners verfolgte, der beim Ausbaggern einer Straße zusieht.

«Hoffentlich haben Sie Ihre Kabine zugesperrt, Doktor», sagte er. «Und das Bullauge verschlossen. Diese Kerle würden einem die Sohlen von den Schuhen mausen, wenn man nicht achtgibt.»

Ich deutete auf den Polizisten beim Laufsteg.

«Ja, sehen denn die nicht darauf, daß nichts wegkommt?»

«Was, die, und aufpassen? Das sind die Schlimmsten von allen.»

Als die Dampfwinden pausierten, hörte ich aus den Mannschaftsunterkünften am Heck weibliches Gekicher und aufreizende Schreie dringen. Ein üppiges dunkles Mädel mit einem Korb Wäsche unter dem Arm erschien an Deck, der Form halber einen riesigen Matrosen abwehrend.

«Das ist die Maria», erklärte Easter, «die Wäscherin. Drei Burschen haben sie sich auf der letzten Fahrt beigebogen.»

«Was!»

«Hätte selber nichts dagegen, ihr mal einen Besuch abzustatten», fuhr er zeremoniell fort. «Hierzulande scheint man an solchen Dingen nicht viel dran zu finden. Alle Mädels sind hier weichherzig. Ist wohl das Klima dran schuld.»

«Mir erscheint das alles sehr unhygienisch, um kein anderes Wort zu gebrauchen.»

«Wissen Sie, ein paar von den Mädels sind schon richtige Bomben. Na, ich hab' hier schon einigen Spaß gehabt, das kann ich wohl sagen. Gehn Sie heut abend an Land, Doktor?»

«Ich möchte mir ganz gerne meine Füße austreten. Obwohl ich befürchte, daß ich nichts Aufregenderes unternehme, als ins Kino zu gehn.»

«Ah, Sie können hier auch schon ganz spaßige Kinos erleben», fuhr Easter fort. «Ein Kam'rad von mir ging eines Abends an Land, um sich ein bißchen auszutoben, wie man so sagt, und am nächsten Tag ging er mit einem Haufen Burschen in eins von diesen komischen Kinos. Herrje, da hat er wohl eine große Rolle gespielt. Wurde ihm fast ein Bein dabei ausgerissen.»

«Ich denke, ich mache einen Sprung zu Mister Hornbeam», sagte ich. Es sah ganz so aus, als wäre Santos ein Ort, der Easter mit ausgiebigen Erinnerungen bereichert hatte.

Hornbeams Kabine war voll wie ein Abteil in einem Vorstadtzug während der Hauptverkehrszeiten. Da wimmelte es von den Agenten, Stauern, Zollbeamten, Offizieren der Einwanderungsbehörde und einigen nicht identifizierbaren Funktionären. Hornbeam saß in seinem bis zum Gürtel aufgeknöpften weißen Hemd da und sah selbstzufrieden aus. Sein Tisch war mit Gin-, Whisky- und Bierflaschen sowie einem halben Dutzend geöffneter Player-Zigarettenschachteln bedeckt. Jedermann bediente sich selbst.

«Kommen Sie nur weiter, Doc!» rief er. «Trinken Sie ein Schlückchen! Das ist unser Arzt, meine Herren.»

«Guten Tag», sagte ich und nahm ein Glas zur Hand.

«Die Kabine des Maats steht im Hafen immer Gästen offen», erklärte Hornbeam und schenkte sich Gin nach. «Jeder Mensch braucht den verdammten armen Maat. Also was machen wir mit dieser verflixten Nummer drei?» wandte er sich an den Anführer der Stauer. «Können Sie heut abend nicht einen andern Arbeitstrupp herbringen?»

«Morgen früh, Mister Maat. Heut abend, nix gut.»

«Wir müssen uns damit abfinden, fürchte ich.»

Er nahm ein Bündel Papiere von einem zerlumpten Brasilianer entgegen, der in der Türe erschien.

«Die Frachtlisten? Gut. Nimm dir was zu trinken, Bursch. Kommen Sie heut abend an Land, Doc?» fügte er, an mich gewandt, hinzu.

«Hab' daran gedacht. Und Sie?»

«Na sicher! War noch nie in Santos an Land. Heute will ich's einmal angehn. Wir versammeln uns hier um Mitternacht...»

«Um Mitternacht?»

«In diesem Teil der Erde hat es keinen Sinn, vor elf Uhr nachts irgendwohin zu gehn. Vor zwölf kommt nichts in Schwung.»

«Wenn's wirklich so ist, dann glaub' ich, ist's am besten, ich leg' mich noch ein bißchen aufs Ohr.»

«Das ist eine vernünftige Idee, Doc. Vergessen Sie nicht, Sie sind jetzt im Land der Siesta. O Gott, ist das eine Hitze, was?»

Ich zog das feinmaschige Drahtnetz über das Bullauge, um die Fliegen fernzuhalten, und legte mich schlafen. Um neun weckte mich der Zweite auf.

«Kommen Sie mit an Land?» fragte er. «Wir gehn jetzt in die Kabine des Maats. In Brasilien wird man bei den Getränken derart angeschwindelt, daß wir denken, wir schaffen uns eine solide Unterlage, bevor wir aufbrechen.»

Ich setzte mich auf und wischte mit dem Laken den Schweiß von mir ab.

«Ich komm' hinauf, nachdem ich eine Dusche genommen hab'. Der Maat geht mit uns, nicht wahr?»

Archer lachte.

«Das möcht' ich nicht so fest behaupten. Ich hab' ihn noch nie irgendwo an Land gehn gesehn.»

Als ich die Kabine des Maats betrat, sah ich sofort, daß er selbst keine Siesta gehalten hatte. Seine Besucher waren gegangen, die Flaschen leer. Er saß hinter einem Haufen schmutziger Gläser und Zigarettenstummel und summte geistesabwesend vor sich hin.

«Hallo, Doc», sagte er flau. «Holen Sie sich eine Flasche aus dem Kasten heraus. Heut' geh' ich mit euch Jungens an Land. Muß doch schaun, daß euch nichts passiert, was? *Muy bien. Cheerio.*»

Archer und Trail, in ihrem Ausgehstaat, waren schon da. Der Umstand, daß sie ihre Bekleidung an den verschiedensten Orten erstanden hatten und daß sie den Zwang, einen Großteil ihres Lebens Uniform tragen zu müssen, nun überkompensieren wollten, verlieh ihnen ein überraschendes Aussehen. Trail war besonders aufsehenerregend angetan. Er trug grüne Baumwollhosen, die er in Rio gekauft hatte, ein gelbes Hemd aus Kalkutta, jene Art Sportsakko, die – glücklicherweise – nur an der australischen Küste getragen wird, Wildlederschuhe aus Ceylon und eine Krawatte aus New York, mit einem in Leuchtfarben darauf gemalten Mädchen.

Wir setzten uns nieder und machten uns zielbewußt ans Trinken.

«Ich muß an Land Bier trinken», sagte Trail. «Ein Gin kostet ungefähr zwölf Shilling. Ich hab' ein paar Cruzeiros für Sie, Doc.» Er drückte mir einen Packen schmutziger Banknoten in die Hand. «Das ist der Beitrag, den Sie zugeschossen haben. Wie steht's mit Ihnen, Mr. Hornbeam?»

«Hab' was in der Sammelbüchse», sagte dieser mit dicker Stimme.

Er entnahm seinem Kasten eine Schachtel und schüttelte deren Inhalt auf den Tisch. Da gab es Währungen aus aller Welt: australische Florins, südafrikanische Sixpence, Fünf-Cent-Stücke, Viertelpfunde, Escudos und Francs, kanadische Dollars, japanische Jen, neuseeländische Pfunde, Rupien, Pesos, Pesetas, holländische Gulden, ein paar Mark und einige Briefmarken der Pitcairn-Insel.

«Hab' immer gern ein bißchen Kleingeld bei der Hand», erklärte er, indem er im Haufen herumwühlte. «Cruzeiros sind aber keine dabei. Was ist das?» Er hielt eine Münze empor und blinzelte sie an. «Ein südafrikanischer Springbock-Halfpenny. Wird nicht viel nützen. Ich werd' die Dollar mitnehmen und verschachern. Ihr Burschen, geht ja nicht ohne mich weg», fügte er drohend hinzu. «Ich laß' euch versohlen, wenn ihr nicht auf mich wartet. Wohin geht's übrigens? Trinkt noch was.»

Der Dritte zog ein kleines Notizbuch aus seiner Rocktasche und schlug unter S nach.

«Santos ...», sagte er. «Oh, das ist klar. Wir führen den Doktor auf den Hurenball.»

«*Was* haben Sie da gesagt?» fragte ich.

«Auf den Hurenball. Komischste Sache diesseits des Äquators. Beginnt erst um Mitternacht. Wir werfen zuerst einen Blick in die Ritz-Bar.»

«Ich möchte in die Bidu-Bar», fügte Archer hinzu. «Hab' letztesmal dort eine tolle Blondine kennengelernt.»

«Halten Sie mit, Doc?»

Diesmal war meine kritische Einstellung durch den Gin leicht abgestumpft.

«Ob ich mithalte? Natürlich halte ich mit! Ich bin doch schließlich ein Seemann, oder nicht?»

«Das ist der richtige Geist!» sagte Trail. «Trinkt aus, Jungens, und auf die Beine! Es ist elf vorbei.»

«Wo bleibt der Maat?» fragte ich. Ich wandte mich nach ihm um. Er war eingeschlafen; sein Kopf lag mitten unter den Geldstücken.

«Mit dem Maat ist's immer dasselbe», erklärte Archer. «Er schafft's nie. War jahrelang nicht an Land. Es ist das beste, ihn hier zu lassen, bis er aufwacht. Und nun, auf in den Kampf!» Trail stellte sein Glas nieder. «Kommen Sie, Doc!»

Leise singend stiegen wir im Gänsemarsch den Laufsteg hinab, und zum erstenmal in meinem Leben setzte ich, wenn auch nicht ganz nüchtern, meinen Fuß auf fremden Boden.

10

IN BRASILIEN GIBT ES WENIGE REIZVOLLE STÄDTE, UND SANTOS GEHÖRT nicht zu ihnen. Mitten drin liegt ein ganz freundlicher Platz mit Gartenanlagen, einem neuen Postamt und dem Rathaus. Man könnte ihn für ein kleines Bollwerk südfranzösischen Bürgertums an einem heißen Tag ansehen. Doch die Uferseite sorgt gründlich für die Befriedigung anderer Geschmäcker. Sie besteht aus einer hohen Häuserzeile entlang einer Straße mit Kopfsteinpflaster und sieht wie die Slums von Glasgow aus, vorausgesetzt, daß diese in Neonlicht gehüllt wären.

Der Dritte führte uns flott auf einen beleuchteten Eingang zu, über dem die Worte:

RITZ-BAR
GEPFLEGTE GETRÄNKE UND MÄDCHEN

erstrahlten.

«Da wären wir, Jungens!» sagte er. «Wenn uns Muttern jetzt sehen könnte!»

Wir drei türmten hinein und besetzten einen Tisch neben der Türe. Es war ein langer, hell erleuchteter Raum, mit einer Bar an dem einen Ende, einem kleinen Tanzparkett und einer Musikkapelle. Die Wände waren mit ausländischen Flaggen und mit Tafeln bedeckt, auf denen sich Aufschriften wie:

Ein Willkommen unseren
Freunden aus Grossbritannien!
Amüsier dich mal richtig, Baby!

und:

Es werden Pfunde und Dollar
entgegengenommen

befanden. Der Saal war voll, doch nicht von Brasilianern. Hier schienen Seeleute aller Länder, die eine Küste besitzen, vertreten zu sein. Da gab es steife blonde Schweden und Norweger, einen Haufen betrunkener Griechen in einer Ecke, ein paar Holländer, einen Trupp Franzosen, die mit Spaniern stritten, Amerikaner, die mit leerem Gesichtsausdruck Kaugummi kauten, und eine reichliche Menge kleiner, dunkeläugiger, gefährlich aussehender Männer unbestimmbarer Nationalität. Neben der Türe stand, nervös seinen Schnurrbart streichend, ein brasilianischer Polizist.

«Na so was!» rief ich. Ich starrte das Ganze an wie ein Kind, das man in die Stadt geführt hat, um ihm die vielen Lichter zu zeigen. «Schaut mir wie ein recht heißer Boden aus, nein?»

«Die Uferstraße von Santos ist der heißeste Boden der Welt», sagte Archer obenhin. «Deshalb sitzen wir ja neben der Türe. Wenn's irgendeinen Wirbel gibt, warten Sie beileibe nicht ab, zu erfahren, was los ist, sondern laufen Sie, was Sie können. Die Leute hier haben die Gewohnheit, jeden festzunehmen, den sie sehn. Waren Sie schon je im Gefängnis?»

«Bis jetzt noch nicht.»

«Dann beginnen Sie nicht gerade hier damit. Ich wurde vor zwei Jahren dafür eingelocht, daß ich besoffen war. Sie ließen mich ja glücklicherweise am nächsten Morgen wieder ziehn. Mußte Schulter an Schulter mit ein paar recht komischen Vögeln sitzen. Da gibt's keine Einzelzelle mit Bad wie in England.»

Ein brasilianisches Mädchen, dunkel und wohlgerundet, in einem schwarzen Kleid und einer schmucken Spitzenschürze, kam auf uns zu.

«*Três cerveja*», sagte Trail.

«Kannste haben, Baby.»

Weiterschlendernd, schenkte sie uns ein wohlwollendes Hüftenwippen.

«Sie bringt uns das Bier», erklärte Trail. «Wenn Sie mögen, können Sie auch mit ihr tanzen. Sehen Sie mal!»

Im Saal waren ungefähr zwanzig Kolleginnen des Mädchens, alle in ähnlicher Kleidung, verstreut. Ich sah, wie ein Amerikaner am Nebentisch eine von ihnen zum Tanzen aufforderte, indem er ihr, als sie vorüberging, aufs Hinterteil klatschte und sie am Arm packte. Das Mädel lächelte zustimmend, und sie strebten dem Tanzparkett zu.

Die Kapelle spielte nur Sambas und Rumbas. Die gesittete Version dieser Tänze, wie sie in Londoner Gaststätten zu sehen ist, verhält sich zu den Sambas von Santos wie Burgunder zu saurem Apfelmost. Dasselbe ist bei den Tanzenden der Fall. So schlapp die Brasilianerinnen untertags sind, bei Anbruch der Nacht erwachen sie blitzartig wie elektrische Lichtsignale zu neuem Leben. Sie tanzen nicht nur äußerst temperamentvoll, sondern auch ohne jedwede Hemmung. Sähe man je in London ein Paar in jener Art tanzen, wie sie in Brasilien als normal und gesellschaftsfähig angesehen wird, würde man es sofort bitten, das Lokal zu verlassen.

Das Mädchen brachte unsere Bierflaschen und öffnete sie. Trail reichte ihr eine Hundert-Cruzeiro-Note und kniff sie dabei ins Hinterteil. Sie grinste ihn freundlich an. Ich fragte mich, was ihm passiert wäre, hätte er diese Technik in einem Londoner Teesalon angewandt.

«Ich glaub' nicht, daß wir lang hierbleiben werden», sagte Trail. «Es wird sonst zu spät. Wie schmeckt Ihnen das brasilianische Bier?»

«Kommt mir wie Seifenwasser vor.»

«Es hat's schon irgendwo in sich. Trinken Sie aus, wir müssen noch einen Blick ins Bidu werfen.»

«Auf der letzten Fahrt hab' ich gesehn, wie davor ein Bursche gekillt wurde», sagte Archer zu mir.

Die Bidu-Bar glich dem Ritz aufs Haar, nur waren die Aufschriften an den Wänden portugiesisch abgefaßt und die Mädchen üppiger.

Wir blieben nicht lange, tranken ein paar weitere Glas Bier und gingen. Trail rieb sich die Hände. «Und jetzt», sagte er, «auf zum Hurenball!»

Die Veranstaltung, die auf Trail einen solchen Reiz ausübte, fand im obersten Stockwerk eines alten Hauses in einer der Seitengassen statt. Bevor wir noch um die Ecke bogen, konnten wir die Musik, den unvermeidlichen Samba, aus den offenen Fenstern in die Gasse hinunterschmettern hören. Der Zugang führte durch eine schmale Türe, die die Aufschrift TAXI-TÄNZERINNEN trug, und eine hohe, schmale, absatzlose Wendeltreppe empor. Am Fuß der Treppe befand sich ein Schalter, hinter dem ein in eine Weste gekleideter fetter Mann den Kronjuwelen gleich verbarrikadiert war.

Nachdem wir bezahlt hatten, kletterten wir die Stufen empor. Oben standen zwei feierlich-ernste Polizisten, die sofort auf uns zutraten. Archers Bemerkung über die Großzügigkeit der Polizei beim Arretieren zuckte mir durchs Hirn. Ich machte einen nervösen Satz und begann, die Treppe rückwärts hinabzusteigen.

«Nur keine Angst», sagte Archer. «In England legen Sie doch auch Hut und Mantel ab, nicht wahr?»

Mittlerweile hatte mich ein Polizist gepackt, meine Arme seitwärts gestoßen und mich nach Waffen untersucht. Ich erblickte hinter ihm einen Tisch, der Archers Bemerkung aufklärte. Auf diesem befand sich eine fein säuberlich geordnete Kollektion von Revolvern, Messern, Gummiknütteln, Schlagringen und Rasierklingen.

«Die Brasilianer gehn gerne mit einer Messerschmiede im Gürtel spazieren», erklärte Trail. «Sie kommen sich damit großartig vor. Unglückseligerweise neigen sie ein bißchen dazu, in Hitze zu geraten. Manchmal übersehn die Polypen doch ein und das andere Messer, deshalb wär's besser, wir setzen uns neben die Fenster. Es macht Ihnen doch nichts aus, einen festen Sprung zu tun, was?»

Wir traten ein. Sofort kamen drei Mädchen auf uns zu und machten uns Liebeserklärungen. Trail schob sie beiseite. «Wir sind hergekommen, um uns die Musik anzuhören», sagte er ihnen liebenswürdig.

Wir schritten über das Tanzparkett und setzten uns nieder. Der Raum war größer als in den Bars und es gab auch mehr Platz zum Tanzen. Die Wände waren bar jedes Schmuckes, und der Boden bestand aus rohen Brettern, die nur von den Füßen der Besucher poliert waren. Rundherum waren Tische verstreut, und um die Tische Mädchen. Die Atmosphäre glich der in einer Wäscherei, deren Ventilationssystem kaputtgegangen ist.

An dem einen Ende befand sich die Musikkapelle – auf einer über zwei Meter hohen Estrade, die mit Stacheldraht umgeben war.

«Wozu diese Barrikaden?» fragte ich.

«Wenn den Besuchern die Musik hier nicht gefällt, machen sie kein Hehl aus ihren Gefühlen», erklärte Trail.

«Und was sollen alle diese Mädchen? Was tun die eigentlich?»

«Wenn Sie fünfzig Cruzeiros springen lassen, werden Sie's schon herausfinden.»

«Oh – ich verstehe. Bestellen wir Bier.»

Wir saßen, tranken und sahen dem Tanzen zu. Es geschah ganz nach der Art, die Trail mit «Treten und Getretenwerden» umschrieben hatte. Ich blickte nervös auf die Männer an den umliegenden Tischen, ein erwartungsvolles Kribbeln zwischen meinen Schulterblättern verspürend. Erblickten die ein Mädel, an dem sie Geschmack fanden, packten sie es einfach und schlossen sich den hektisch herumhopsenden Paaren auf dem Tanzboden an. Nach dem Tanz zogen sie sich entweder mit ihr zurück, oder sie schleppten sie wieder zum Tisch oder ließen sie stehen – je nach der Stärke ihrer Neigung. In einer Ecke erblickte ich eine Gesellschaft unserer Liverpooler Donkeymen – die Hemden aufgeknöpft und über die Hosen hängend, riefen sie ihren Nachbarn Merseyside-Späße zu. Jedermann schien sich königlich zu amüsieren.

Eine heißblütige Brünette ließ sich auf meine Knie sinken.

«Hallo, Darling!» sagte sie. «Du kommen mit mir?»

«Nein! nein!»

Sie lachte und raufte mein Haar.

«Du nicht tanzen mit mir, nein?»

«Los, Doc!» rief Archer. «Seien Sie doch nett zu den Mädels!»

«Aber ich kann doch gar nicht tanzen!»

«Komm, Darling», sagte das Mädchen. Sie packte mich und riß mich aus meinem Sessel hoch. Dann pappte sie mich an ihren Busen wie ein Belladonna-Pflaster und schob mich auf den Tanzboden.

Wir stießen uns mit den übrigen Tänzern herum. Es war, als wäre man an einem gepolsterten Preßluftbohrer befestigt. Ich stolperte, von ihrer feuchten Umarmung umschlossen, herum, bemüht, mich auf den Füßen und anderen Paaren aus dem Weg zu halten, und mir vor Augen führend, daß ich weit, weit weg von Zuhause war.

Als die Musik pausierte, löste ich mich aus der Umschlingung und suchte wieder unseren Tisch auf. Diesmal sprach der Dritte eindringlich mit einem mageren braunen Mädel, das meinen Sitz eingenommen hatte.

«Dreißig Cruzeiros», sagte er nachdrücklich. «*Trinta.* Verstanden?» Er hob drei Finger empor.

Sie schüttelte den Kopf. «Nein!» beharrte sie. «*Cincoenta.* Fünfzig, fünfzig, fünfzig!»

«Hol dich der Teufel!» sagte der Dritte. «Gehn wir!»

Wir trabten die Treppe hinunter. «Wohin jetzt?» fragte Archer, als wir auf der Straße standen.

«Zu Madame Mimi», sagte Trail mit Entschiedenheit. «Das ist der einzige Ort in dieser Stadt, wo man eine anständige Flasche Bier kriegt.»

«Ich denk', ich geh' aufs Schiff zurück», sagte ich.

«Aber, Doc! Sie müssen doch nicht gerade jetzt den Tugendbold spielen! Übrigens kämen Sie in eine Messerstecherei hinein, wenn Sie allein zurückgingen. Wo liegt's denn, Zweiter? Irgendwo in der Nähe der Rua Bittencourt, glaub' ich...»

Er führte uns durch bedrohlich unbeleuchtete Gassen, in denen sich die Fußgänger schuldbewußt in die Schatten verschloffen wie riesige Ratten.

«Ich denke, das ist's», sagte er, indem er vor der massiven Türe eines in Finsternis gehüllten Hauses stehenblieb. «Bleibt hier, Jungens, ich geh' nachsehn.»

Er sprang die Stufen hinauf und läutete. Nach ungefähr einer Minute sah ich ihn nochmals auf den Knopf drücken. Die Türe öffnete sich. Ein altes Weib, das ein Taschentuch übers Haar gebunden hatte, stand vor dem Licht, das im Innern des Hauses brannte.

«*Boa noite, senhora*», begann Trail. Er führte mit ihr ein Gespräch auf portugiesisch, und ich bemerkte, daß er die Sprache rasch und kraftvoll, doch unverständlich meisterte. Nachdem er einen Schwall von Sätzen losgelassen hatte, die er mit schwerfälligen Gesten ausschmückte, hob sie einen Finger und verschwand, um Assistenz zu holen. Ein großer Mann in einem Schlafrock kam mit ihr zurück. Nach ein paar Worten stieß er den Dritten abrupt die Stufen hinunter, warf ihm etliche feindselige Sätze an den Kopf und schlug die Türe mit einem Krach zu.

«Ist wohl die falsche Adresse», erklärte Trail, indem er seine Gliedmaßen zusammenklaubte. «Scheint ein Zahnarzt zu sein. Dann ist es das Haus an der anderen Ecke.»

Bei der nächsten Türe wurden wir mit Freuden begrüßt und direkt in den Salon geführt.

«Madame Mimi» war ein solides Etablissement. Der Salon war in jenem düsteren und abscheulichen Stil möbliert, der beim kontinentalen Mittelstand so beliebt ist; er war ein großer Raum mit breiten Fenstern, die Jalousien trugen, und enthielt mehrere kleine Tische und einen Ecktisch, an dem Madame mit dreien oder vieren ihrer Schützlinge saß. Auf einer dunklen, zerfallenden Anrichte an der einen Seite befanden sich zwei Leuchter ohne Kerzen, eine dahinsiechende Grünpflanze und ein Radio. Ringsherum an den Wänden hingen Heiligenbilder. Das Geschäft ging schlecht, und der Raum war still und ohne Leben. Man hatte das Gefühl, bei den Töchtern eines Vikars zum Tee geladen zu sein.

Madame erkannte sofort meine Gefährten und begrüßte sie aufs wärmste.

«Ah, hallo, meine Kinderchen! Wieder einmal hier? Was macht das kalte England?»

Sie umarmte beide. Sie war ein riesiges, zu stark gepudertes Weib, trug ein schwarzes Kleid und hatte die Figur eines schmelzenden Schneemanns.

«'s könnt' schlimmer sein», sagte Archer. «Da ist einer unser Kameraden.»

Wir umarmten einander.

«Madame ist eine wundervolle Persönlichkeit», erklärte Trail. «Sie stammt aus Frankreich. Hat sich hier wie ein Fußballmanager ihr eigenes Team aufgebaut.»

«Na, Jungens», sagte Madame. «Ihr wollt doch sicher Bier, nicht wahr?»

«Tragen Sie's auf, Madame», sagte Archer, indem er sich setzte und auf seine Knie schlug. «Tragen Sie alles auf, was Sie haben.» Madame klatschte in die Hände.

«Ist noch die kleine Dina hier?» fragte Trail.

Unsere Wirtin zuckte die mächtigen Achseln.

«Die ist fort. Hat einen Kavalier aus São Paulo geheiratet.»

«Na, der hat keine schlechte Wahl getan», bemerkte Trail. «Wollen uns mal das neueste Talent ansehen.»

Madames Hilfskraft brachte hohe grüne Bierflaschen und Gläser, und drei Mädchen kamen herbei, um sich zu uns zu setzen. Sie waren hübsch – schlank, zierlich, lächelnd und vor Bereitschaft glühend.

«*Americano*?» fragte mich meine Nachbarin neugierig.

«Nein. *Ingles*.»

«Zigarette?» bat sie mit dem Augenaufschlag eines Schulmädels, das um Taschengeld bettelt. Ich gab ihr eine, die sie behutsam in ihre Handtasche legte. Dann begann sie meinen Nacken zu streicheln. Ich verschränkte meine Arme über der Brust und starrte in Verteidigungsstellung auf die gegenüberliegende Wand.

«Ik libben dir», sagte sie.

So saßen wir einige Zeit da. Mittlerweile hatten Trail und Archer ihre Mädels auf die Knie genommen und ein Gespräch zu führen begonnen, das sich aus Englisch, Portugiesisch und Kichern zusammensetzte.

«Du kommen mit mir?» fragte das Mädchen und rupfte spielerisch ein Haar aus meinem Nacken.

«Nein», sagte ich. «Ich ... ich *nao gostar*, oder wie man schon sagt. Ich tu' gar nichts. Sprechen Sie mit meinen *amigos* ...»

Ich blickte mich um und sah, daß Trail und Archer über die Treppe verschwanden, die zu den Arbeitsstätten des Hauses führte.

«He!» rief ich und sprang auf die Beine. «Laßt mich nicht allein, ihr Burschen!»

«Schon gut, Doc. Wir brauchen nicht lang», rief Trail über seine Schulter zurück. «Trinken Sie unser Bier aus.»

Düsteren Blickes biß ich mich auf die Lippen und setzte mich wieder nieder; ich kam mir wie eine Warnungstafel für Jugendliche vor. Das Mädel stand entmutigt auf und entfernte sich. Ich zog mein Taschentuch heraus und wischte mir die Stirne ab.

Doch Madame, stets rührig, nahm sofort an, daß meine Gesellschafterin aus irgendeinem Grunde mein Mißfallen gefunden hatte. Sie wies eine ausladende, grinsende Blondine an, deren Platz einzunehmen.

«Nein, nein!» rief ich verschreckt. «Nein! Bitte ... gehen Sie weg, seien Sie so freundlich!»

«Nao?»

«Nein. Bedaure.»

Unbehaglich blickte ich um mich. Ich wollte weg. Doch ich kannte den Rückweg zum Schiff nicht und hatte Angst, das Etablissement allein zu verlassen. Ich trank einen Schluck Bier und kaute an meinem Daumennagel.

Kaum wurde ich dessen gewahr, daß ich wieder Gesellschaft bekommen hatte. Ein Mädel saß ruhig und ohne zu sprechen neben mir. Ich blickte auf. Sie hatte zimperlich die Hände in ihrem Schoß gefaltet und sah so rührend aus wie ein Mauerblümchen bei einer Dorftanzerei.

«Weg da! *Vamos! Pronto!*» herrschte ich sie an.

«Bitte ... bitte!» sagte sie.

«Meine liebe junge Dame, ich habe nicht die Absicht ...»

Zwei Tränen rollten herzbezwingend ihre schmalen Wangen hinab.

«Bitte, kommen», drängte sie mich sanft. «Niemand ist gekommen diese Woche mit mir. Wenn nicht kommen, ich werden hinausgeworfen.»

Ich befeuchtete meine Lippen. Dies war ein Dilemma, das selbst ein Big White Carstairs nur unter Schwierigkeiten bewältigt hätte.

Sie legte, so zart wie ein sich niederlassender Schmetterling, ihre Hand auf meinen Arm.

«Bitte, kommen», flüsterte sie.

Ich hustete und lüftete meinen Kragen. Mein Gewissen kämpfte um den Sieg über meinen Sinn für Ritterlichkeit. In diesem Augenblick folgten zwei dicke Tränen den ersten nach.

«Wieviel?» hörte ich eine Stimme sagen. Meine war's.

«'undert Cruzeiros.»

«Oh . . . ah . . . also gut . . .»

Ich zog die Banknote aus meiner Rocktasche. Sie griff danach und zog mich an der Hand zur Treppe der Sünde hin.

Wir traten in eine Kammer, die nur ein Bett, ein Waschbecken und weitere Heiligenbilder enthielt. Sie versperrte die Türe. Ich stand da und kratzte mich am linken Ohr.

Sie streifte so gewandt, wie wenn sie eine Banane schälte, ihre Kleider ab. Sie sprang ins Bett und lächelte mir einladend zu. Plötzlich hielt sie sich die rechte Seite und stöhnte.

«Hallo», sagte ich mit sofort erwachtem Interesse. «Was ist los?»

Sie biß sich einen Augenblick auf die Lippen und sagte dann: «*Nada . . . nada.*»

«Haben Sie Schmerzen? Äh – *dor?*»

Sie nickte.

«Wo?»

Sie deutete auf eine Stelle unterhalb der rechten Rippen.

«Merkwürdig», sagte ich. «Lassen Sie mich Sie nur eine Minute untersuchen, ja? Bei Gott, ein ungewöhnlicher Fall . . . Atmen Sie tief, bitte.»

Nach einer fünf Minuten dauernden sorgfältigen Untersuchung ihres Unterleibs zog ich den Schluß, daß die junge Dame an Gallenblasenentzündung litt.

«Hören Sie mal», sagte ich, «Sie gehören in ein Spital.»

Sie lächelte mich aus ihren Kissen an.

«Spital . . . *operaçã*, oder wie das heißt.»

Ich bediente mich der Zeichensprache.

«Oh, *nao*», sagte sie.

«O doch», erklärte ich mit Festigkeit. «Hier», ich nahm Bleistift und Papier aus meiner Tasche und schrieb etwas auf –, «gehen Sie damit zum Apotheker – *farmacêutico* –, und er wird

Ihnen etwas geben, das es besser macht. Dann müssen Sie ins Spital gehen, verstehen Sie? O. K.?»

Sie nahm das Rezept entgegen und grinste.

«Schön», sagte ich automatisch, «rufen Sie mich an, wenn Sie in der Nacht starke Schmerzen bekommen sollten. Guten Abend.»

Ich sperrte die Türe auf. Trail und Archer warteten unten auf mich.

«Kommen Sie, Sie alter Schweinekerl», sagte Trail und packte mich am Arm. «Es ist Zeit, zum Schiff zurückzukehren.»

Da fiel mir ein, daß dies die einzige Konsultation gewesen war, die ich je bezahlt hatte.

11

AM NÄCHSTEN MORGEN ERWACHTE ICH SCHWITZEND UND REUEVOLL IN meiner unventilierten Kabine. Ein Durcheinander von Hafengeräuschen war an Stelle der sonst so stillen Morgen auf hoher See getreten, und die Dampfwinden arbeiteten bereits wie besessen draußen an Deck. Schritte und Schreie waren über das ganze Schiff hin zu hören, und als ich mich umdrehte, um auf die Uhr zu blikken, sah ich einen wildfremden halbnackten Brasilianer feierlich auf der Schwelle meiner Kabinentüre aufgepflanzt, der mich, in seinen Zähnen stochernd, betrachtete. Während des Rasierens dachte ich scharf über den Wandel meiner Freizeitgestaltung innerhalb der letzten vier Wochen nach.

Beim Frühstück fand ich Archer und Trail so unbewegt vor, als hätten sie den vergangenen Abend in einem Vorstadtkino verbracht.

«Ich höre, Sie haben gestern abend ein bißchen über die Stränge geschlagen», sagte Hornbeam. «Haben Sie sich gut bei Mimi amüsiert?»

«Man muß sich mal umsehen, wie die andere Hälfte der Menschheit lebt», murmelte ich.

«War ein nettes kleines Ding, das Sie sich da beigebogen haben», sagte Trail in anerkennendem Ton. «Hätte selber nichts gegen sie einzuwenden gehabt.»

Hornbeam, der einen physischen Ekel vor allem Alkoholischen an den Tag legte, nickte, während er sich wohlgefällig einen Weg durch eine Platte mit Schinken, Fleisch, Eiern und Leber bahnte.

«Tut mir leid, daß ich nicht mit euch Jungens kommen konnte», sagte er munter. «Ich war todmüde. Der Quartermeister hat mich gegen drei in die Koje geschafft.»

«'s ist übrigens nicht viel los hier», sagte Trail. «Mit B. A.[1] gar nicht zu vergleichen.»

«Sie haben in B. A. jetzt ein mächtiges Reinemachen angefan-

[1] B. A.: Buenos Aires

gen», setzte Archer enttäuscht fort. «Erinnern Sie sich an ‹Unter den Arkaden›, Mr. Hornbeam? Da lag, praktisch von der Boca bis zur Plaza de Majo, hinter einer Art Kolonnaden ein lauschiges Plätzchen neben dem andern. Nach dem Krieg kam die Säuberungsaktion über sie.»

«Sie hatten's nötig», sagte Hornbeam und griff nach der Tomatensauce. «Gibt's keinen Schinken mehr, Steward? In den Häfen hab' ich immer einen Riesenhunger.»

«Was unternehmen Sie heute, Doc?» fragte Archer. «Gehn Sie an Land?»

«Ich dachte daran.»

«Kleines Dakapo, was?» sagte Trail.

«Nein, ich versichere Ihnen, daß ich mir nur die Haare schneiden lassen will.»

«Daran tun Sie gut, Doc», sagte Hornbeam. «Sie sehn schon wie ein alter Fußabstreifer aus.»

Zum letzten Mal waren mir vor mehr als einem Monat im winterlichen Dämmer eines Londoner Nachmittags die Haare geschnitten worden; nun hingen sie über meine frisch gebräunten Ohren, und ihre Länge war ein Maßstab für die Entfernung von Zuhause. Doch ich zögerte, allein an Land zu gehen, denn das einzige Portugiesisch, das zu sprechen ich mir zutraute, war «Guten Morgen», und ich sah mich nicht in der Lage, mich gegen Haarwaschen, Lockenbrennen, Kopfmassage, vorgewärmte Handtücher und sonstigen ungewohnten Luxus zu wehren, den es in brasilianischen Friseurläden geben mochte. Ich eröffnete mich diesbezüglich Easter während der Sprechstunde, und dieser behob sogleich meine sämtlichen Schwierigkeiten.

«Ich wär' höchst erfreut, zu Diensten zu stehn, Doktor», sagte er würdevoll. «Wenn Sie sie in Anspruch nehmen wollen.»

«Was, sind Sie auch ein Haarschneider?»

«Hab' schon etliche Mal an Land so einen Job gehabt. War ohne Unterbrechung sechs Monate dabei, wie ich einem Kam'raden aushalf, der einen kleinen Friseurladen in Doncaster hatte. In Wirklichkeit hat er sich mit einem Wettgeschäft abgegeben, aber der Laden hielt die Polypen fern. Hörte, daß er letztes Jahr eingelocht wurde.»

«Also schön, Easter. Versuchen Sie Ihre Kunstfertigkeit an mir.»

Er eröffnete seinen Salon auf dem Deckstreifen vor meiner Kabine. Zuerst breitete er mehrere Bogen des *Liverpool Echo* aus, sodann schaffte er aus seiner Unterkunft einen Feldsessel und ein längliches Stück Stoff, das wie eine Fleischerschürze gestreift war, herbei. Das Tuch band er um meinen Hals fest und zog dann eine Schere und einen Kamm aus seiner Hüfttasche.

«Wie wünschen Sie's?» fragte er.

«Ach, irgendwie im Nacken rundgeschnitten.»

«Möchten Sie's nicht mit dem Matrosenschnitt probieren? Würde gut zu Ihrer Kopfform passen, wenn ich so frei sein darf, Doktor.»

Er begann an meinem Nacken herumzuschnipseln.

«Gegen Mittag wird's ein bißchen Spaß geben», fuhr er fort. «Die *Violet* kommt achtern von uns, dorthin, wo gestern noch das Paketboot war.»

«Die *Violet*? Was für ein Schiff ist denn das?»

«Auch so einer von unsern Fathom-Hukern. Fährt auf der Strekke Rio de la Plata – Pernambuco und New York. Kapitän Beamish ist Kommandant. Herrje! Der ist schon mehr als verrückt. Der sollt' sich seinen Hirnschädel mal untersuchen lassen, mein' ich.»

«Also seinetwegen wird das Ruderhaus saubergemacht, nicht wahr?»

«Na, klar, wir müssen doch tipptopp aussehn, wenn wir Gesellschaft kriegen. 'tschuldigen, Doktor, war das Ihr Ohr?»

«Wenn ich jetzt eine Sepsis bekomme», sagte ich streng, «dann lasse ich als sanitäre Maßnahme Ihr Handwerkszeug verbrennen.»

Er blies kräftig durch den Kamm und stieß ihn tief in mein Haar hinein.

«Ich tu' gern haarschneiden», fuhr er ungestört fort. «'s ist sowas wie eine richtige Kunst, wie's Bildhauern. Man weiß am Anfang nie, was dabei herauskommt.»

Widerstandslos saß ich im Sonnenschein, während mein Haar büschelweise auf das *Liverpool Echo* fiel. Die zunehmende Wärme und Easters Konversation hinter dem regelmäßigen scharfen Geklapper seiner Schere trugen das Ihre dazu bei, mich in einen angenehmen Zustand von Euphorie zu versetzen. Ich blickte bugwärts, auf die Mündung des Flusses; der langgestreckte Kai, auf dem hohe Kräne eifrig um offene Luken gruppiert waren, war, soweit ich blicken konnte, von Schiffen eingesäumt. Backbord von uns wurde ein sauberer und netter grau-weißer schwedischer Tanker langsam von zwei Schleppern gewendet; wie ein Birkenklotz zwischen zwei Bibern sah er aus. Unmittelbar vor uns hing das Sternenbanner über das Heck der *Omar C. Ingersoll* aus Baltimore, eines Frachters gleicher Größe wie die Lotus, der nach amerikanischer Art in einer Kombination starrer, ungebrochener Linien und grotesker mysteriöser Auswüchse konstruiert war. Genau unterhalb von mir griffen am Vorderdeck ein Dutzend Brasilianer nach einer hin und her schwingenden Kiste mit der Aufschrift AUSTIN, die an Ketten über der Zweier-Luke hing.

«Möcht's glauben, daß Sie recht hatten, den Friseuren an Land nicht zu traun», sagte Easter. «Die sind nicht viel wert und betrügen einen von vorn und von hinten, sobald sie einen nur ansehn. Sie sind zwar noch immer nicht so schlimm wie die von Port Said – die waschen Ihnen für einen Dollar die Haare und führen Sie dann ihrer Schwester zu.» Er wischte nachdenklich den Kamm an seiner Hose ab. «Wissen Sie», fuhr er fort, «Sie können schon in Port Said Ihren Spaß finden, wenn Sie die Kniffe heraus haben. Aber stellenweise geht's wüst zu, ich muß schon sagen, sehr wüst.» Er raffte das Tuch weg und betrachtete sein Werk stolz aus der Entfernung. «Prima», sagte er. «Macht's Ihnen was, wenn ich Ihre Stirnhöcker betaste, weil ich schon grad dabei bin? Eine Zeitlang war ich auf Jahrmärkten auch als Phreno, der Schädeldeuter, tätig.»

«Lassen wir's für heute genug sein, danke. Was schulde ich Ihnen?»

«Fünfzig Woodbines, Doktor, weil Sie's sind.»

Ich ging in meine Kabine, um die Zigaretten zu holen, und entdeckte, daß ich wie die Karikatur eines preußischen Generals aussah; vermutlich hatte Easter sich die Elementarkenntnisse der Haarschneidekunst während eines seiner Gefängnisaufenthalte angeeignet. Die Ankunft der *Violet* schien das Tragen der Dienstmütze zu rechtfertigen, daher befestigte ich einen frischen weißen Überzug auf ihr und kehrte wieder auf Deck zurück, Easters Meisterleistung darunter verbergend.

Nunmehr herrschte an Bord bereits eine Atmosphäre ernsthafter Vorbereitungen. Kapitän Hogg brüllte zwei Matrosen an, die das große rote F auf dem Schornstein neu strichen, Hornbeam überwachte die verzweifelten Versuche, einen schwarzen Fleck, der von einem verschütteten Farbtopf herrührte, von der weißen Brücke zu entfernen, und der Bos'n unternahm es, eine Reihe elektrischer Glühbirnen längs der Laufplanke zu montieren, ohne dabei den fetten Polizisten, der in einem Strecksessel neben der Reling schlief, aufzustören. Gegen Mittag begann die Mannschaft über die Backbordreling zu lehnen, und Kapitän Hogg kletterte auf den Auslug über dem Ruderhaus und richtete ungeduldig sein Fernglas bugwärts. Ich ging aufs Bootsdeck, zwängte mich zwischen zwei Davits und versuchte, das vertraute Hauszeichen der Fathom Line langsam durch den Wald fremder Masten näherrücken zu sehen.

«Geben Sie acht, daß Sie nicht ins Wasser fallen», sagte Hornbeam, der die Leiter heraufkam. «Ein Mundvoll davon genügt, Sie umzubringen. Ist schon was von ihr zu sehn?»

«Kann von hier nichts ausnehmen.»

«Unser Alter und Beamish sind dicke Freunde», erzählte er mir vergnügt. «Die würden einander die Schiffe rammen, wenn sie glaubten, daß ihnen dabei nichts geschieht. Nicht, daß ich was für Beamish übrig hab'», fügte er hinzu. «Ich bin meiner Seel' gar nicht so sicher, ob ich nicht lieber doch mit dem fahren würde, den wir schon haben.»

Dies erschien mir ein äußerst vernichtendes Urteil gegen Kapitän Beamish zu sein.

«Was ist denn mit dem wieder los?»

«Der glaubt, er ist eines von den ganz großen Schiffstieren – alles muß tipptopp sein, bitte die Füße oben auf der Laufplanke abzustreifen, küß die Hand und nenn mich Charlie. Man sagt, daß er Kadett bei der P. & O. war, aber hinausgeschmissen wurde. Ich muß sagen, daß ich die P. & O. dafür nicht tadeln kann.»

«Aber es muß doch», sagte ich verzweiflungsvoll, «irgendwo auf der Welt auch ein paar gute Kapitäne geben?»

«Einen oder zwei gibt's schon. Der alte Morris von der *Daisy* ist nicht der Schlimmste. Hat mir seinerzeit in Belfast beigestanden, als ich mit den Polypen was auszufechten hatte. Doch sobald die Burschen einmal ihre vierte Armlitze kriegen, werden die meisten von ihnen mörderisch. Warten Sie nur – bei mir wird's genauso sein.»

Eine Zeitlang standen wir plaudernd zwischen den Rettungsbooten, da bellte Kapitän Hoggs Stimme über uns: «Schiff ahoi, Mr. Trail! Klarhalten zum Dippen!»

«Da ist sie», sagte Hornbeam und deutete flußabwärts. «Sehen Sie?»

«Was, das da?»

Hornbeams Bericht über Kapitän Beamish hatte in mir die Vorstellung erweckt, daß dessen Schiff ebenfalls den Stempel der Überlegenheit trüge; doch als die *Violet* um die Flußbiegung auftauchte, entpuppte sie sich als kleiner denn die Lotus, schmal, verwinkelt wie ein Klavier, mit Flicken auf ihren Platten und zwei langen Ventilatoren, die kummervoll über die Brücke hingen. Sie lag hoch im Wasser, ein breiter roter Streifen zeigte sich unten an ihrem Rumpf, und die Spitzen ihrer Schraubenflügel schnitten unterhalb ihres überhängenden Hecks durch das Wasser.

«Daneben schaun wir wie die *Queen Elizabeth* aus, was?» sagte Hornbeam, als sie näher kam. «Passen Sie auf, was für einen Spaß es geben wird, wenn unser Salut beginnt.»

Es war offenkundig, daß Kapitän Hogg seine Begrüßung nur widerwillig zollte. Er stand oben auf dem Ruderhaus und glotzte über das Wasser hinweg die *Violet* an, und auf dem Brückenflügel der *Violet* glotzte eine dünne, hochgewachsene Gestalt in blendend weißer Uniform auf ihn zurück. Als die Großmasten der beiden Schiffe auf gleicher Höhe standen, brüllte Kapitän Hogg «Flagge streichen!», und die Flagge der *Violet* flatterte einen Fuß herab, zum Zeichen, daß man dies zur Kenntnis genommen hatte. Im Vorbeifahren blickten die Kapitäne einander grimmig an, und es hätte niemanden von der Besatzung beider Schiffe überrascht, wenn sie dabei ihre Zungen herausgestreckt hätten.

«Das ist die Brüderlichkeit zur See», sagte Hornbeam. «Ich möchte wetten, Väterchen wartet nur darauf, daß unsere Taue danebengehn, wenn sie längsseit liegt.»

Trotz alldem kam Kapitän Beamish zum Lunch an Bord, sobald sein Laufsteg herabgelassen war. Es stellte sich heraus, daß er ein magerer, brauner und runzliger Mann mit dem Gesicht einer Schildkröte war. Sein geschlecktes Äußeres kompensierte die Schäbigkeit seines Schiffs; der lange Hals ragte aus einem hohen, gestärkten Uniformkragen hervor, zwei Reihen funkelnder Ordensbänder zierten seinen Busen, die Hose hatte messerscharfe Bügelfalten und seine Füße steckten in weißen Wildlederschuhen. Er setzte sich zu Tisch, klemmte ein Monokel in sein rechtes Auge und zerkrümelte mit seiner knochigen Hand eine Semmel, wobei sein Gesicht einen Ausdruck annahm, als wartete er darauf, daß sie einen üblen Geruch ausströme.

Kapitän Hogg war höflich, aber kühl und stellte uns der Reihe nach vor. «Mein Erster Offizier, Mr. Hornbeam ... mein Arzt ... mein Chefingenieur ... mein Chefsteward.» Kapitän Beamish nahm die Vorstellung schweigend entgegen. Bevor wir die Suppe ausgelöffelt hatten, war es klar, daß er ein Mann war, der mit Worten kargte, denn der einzige Beitrag zur Konversation, den er sich gestattete, bestand darin, daß er alle paar Minuten die Bemerkungen seines Gastgebers mit dem Ausruf «'kwürdig!» unterbrach.

Bei der Siruppaste angelangt, schnitt er Kapitän Hogg das Wort ab, als dieser beschrieb, wie er einst in Liverpool ohne Hilfe von Schleppern angelegt hatte, indem er mich anstarrte und schnappte: «Doktor!»

«Sir?»

«Aus welchem Spital kommen Sie?»

«Aus St. Swithin, Sir.»

«'kwürdig! Müßten Dr. Jenkins kennen.»

«Jenkins? Leider nein, Sir.»

«Jenkins war eine sehr bekannte Erscheinung in der Fathom.»

Ich schüttelte feierlich das Haupt, ohne einen Kommentar von mir zu geben. Ich hatte schon erfaßt, daß im maritimen Leben Ärzte nur durch die Originalität bekannt zu werden pflegten, mit der sie daraus schieden.

«Sehen sehr jung aus, Doktor», fuhr er fort. «Sind doch hoffentlich voll graduiert?»

«Selbstverständlich!» sagte ich böse.

«'kwürdig. Sieht wirklich sehr jung aus», fügte er, zu Kapitän Hogg gewandt, etwas leiser hinzu; dieser begann mich daraufhin sofort voll des Verdachtes anzublicken.

«Hab' auf dieser Fahrt meinen verflixten Bos'n verloren», fuhr Kapitän Beamish fort. «Gott verdamm ihn.»

«Was war denn los?» fragte Kapitän Hogg, indem er die letzten Fragmente Nierenfettpudding auf seinen Löffel häufte.

«Mußte ihn bei Pernambuco über Bord werfen. Todesfall.»

«Was Sie nicht sagen! Wieso?»

«'kwürdig, total 'kwürdig. Wollte schon Ihren Arzt fragen. Hatte einen Anfall von Schüttelfrost und starb vor Sonnenuntergang.»

«Höchstwahrscheinlich Blattern», erklärte ich mit Bestimmtheit. «Ihr Schiff wird drei Wochen lang ausgeräuchert und die gesamte Besatzung in einem Infektionsspital isoliert werden müssen. Das von Santos ist äußerst unerfreulich, aber Sie wird man wahrscheinlich nach São Paulo bringen, da Sie sie bestimmt auch kriegen werden.»

Düster brütete ich über der Käseplatte.

«Schade um den Bos'n», sagte Kapitän Beamish. «Krieg' so einen Kerl nimmermehr. War voll Respekt. Wußte, wie ich alles wollte. Mag ja sein, daß ich kein Riesenschiff befehlige, aber ich will's doch anständig führen. Was, Kapitän?»

Kapitän Hogg hatte den Mund voll von Käse, doch er nickte kräftig genug, um Stücke davon über das Tischtuch zu versprühen.

«Weiß nicht, wohin das alles noch führen wird. Der Dritte trug letzte Woche drei Tage hintereinander dieselbe Uniform. Wissen Sie, was gestern geschehen ist? Der Steward brachte mir ein Glas Wasser ohne Tablett! Das ist schon der reinste Kommunismus.»

Dann äußerte Kapitän Beamish bis zum Ende der Mahlzeit nichts mehr.

Die Offiziere der *Violet* kamen vor dem Abendessen an Bord und verfrachteten sich geräuschvoll in Hornbeams Kabine. Mich überraschte es, die vertrauten Uniformen und Rangzeichen der Fathom Line unterhalb anderer Gesichter zu erblicken. Sie saßen da, tranken Gin und genossen die fragmentarische Seemannsfreundschaft, deren Grundstein durch ein paar gemeinsam verbrachte Stunden oder ein bis zwei Tage Zusammensein – im Laufe von dutzend Jahren – in Häfen, die über die ganze Erde verstreut sind, gelegt worden war.

«Da ist unser Doktor», sagte Hornbeam, als ich durch die Türe lugte. «Darf ich bekanntmachen: Mr. Molony, der Erste Offizier von dem alten Kahn da unten.»

«Hallo, Doc», sagte Molony und schüttelte mir die Hand. «Gefällt's Ihnen auf See?»

«O doch, recht gut, danke sehr.»

«Wie sind Sie mit unserem Alten beim Dinner zurechtgekommen?»

«Na, ich muß schon sagen, der war recht zuwider.»

Molony lachte laut, während Hornbeam ihm das Glas nachfüllte.

«Es braucht schon einige Zeit, bevor man sich an ihn gewöhnt. Stellen Sie sich vor», wandte er sich an Hornbeam, «neulich jagte er mich von Tisch, weil ich Erbsen mit dem Messer aß. Ist das zu glauben? Nun hat er's mit dem Trompetenblasen. In New York haben wir einen Yankee-Küchenjungen angeheuert, der eine Trompete mitbrachte, und daher werden wir zu den Mahlzeiten mit Hornsignalen gerufen. Jedermann würde glauben, daß wir so ein verdammtes Schlachtschiff sind.»

«Alle Kapitäne sind gleich», sagte Hornbeam müde. «Erinnern Sie sich an den alten Jack Andrews von der *Buttercup*? Was ist eigentlich aus dem geworden?»

«Das wissen Sie nicht? Der mußte vergangenes Jahr in Kapstadt ausgeschifft werden.»

Sie begannen, angelegentlich von Männern und Schiffen zu sprechen, von denen ich noch nie etwas gehört hatte, und ihre Konversation bewegte sich trotz dem Umstand, daß sie den gesamten Erdkreis umfaßte, in wunderlich engen Geleisen.

Da die *Violet* um Mitternacht wieder absegeln mußte, verließen uns unsere Gäste frühzeitig. Ich lehnte an der Reling und sah zu, wie sie langsam dem Fluß zustrebte, aus ihren Bullaugen gelbe Lichtstreifen in das ölige Wasser zeichnend. Dreimal heulte uns ihre Sirene zum Abschied zu, dann folgte sie ihrem Schlepper seewärts. Kapitän Hogg stand vor seiner Kabine und blickte ihr nach, und zweifellos stand auch Kapitän Beamish auf seiner Brücke und blickte heckwärts zu uns herüber. Ich fragte mich, ob ich noch weitere Kapitäne der Fathom Line kennenlernen sollte und ob mir diese weniger auf die Nerven gehen würden.

Ein Mann in Khakihosen und einem legeren orangefarbenen Hemd saß wartend in meiner Kabine. Er grinste, als ich eintrat.

«Hei, Doc», sagte er. «Ich komm' von der *Omar C. Ingersoll.* Freu' mich, Sie kennenzulernen.»

Wir schüttelten einander die Hände.

«Hätt' wahrscheinlich nicht hier einbrechen sollen, aber Ihr Erster Maat sagte mir, es sei O. K.»

«Selbstverständlich», sagte ich. «Womit kann ich dienen?»

«Ich bräuchte nur eine Packung Aspirin. Das unsrige ist uns ausgegangen, und wir führen keinen Arzt mit. Aber ich will Ihnen keine Ungelegenheiten bereiten.»

«Durchaus nicht, mein Bester», sagte ich. «Ich hole es Ihnen gleich aus dem Lazarett.»

«Das ist hochanständig von Ihnen, Doc», sagte er und grinste mich neuerlich an. «Hochanständig.»

Als Gegengabe für die Aspirinpackung verehrte er mir zweihundert Chesterfields, einen Kriminalroman, drei Tafeln Schokolade, das Magazin *Life* und eine Photographie der *Omar C. Ingersoll.* Am Laufsteg schlug er mir auf den Rücken und sagte: «Kommen Sie einmal zu uns an Bord und trinken Sie eine Schale Kaffee mit mir, Doc. Sie brauchen nur den Laufsteg hinaufzusteigen und nach mir zu fragen.»

«Sehr freundlich von Ihnen», sagte ich. «Und Sie sind ... der Bos'n? Äh, oder vielleicht der Maat ...?»

«Teufel, nein, Doc! Ich bin der Kapitän! Wiedersehn!»

Als ich in meine Koje ging, überlegte ich, daß das Feudalsystem zumindest den einen Vorteil gehabt hatte: es ließ einen nicht im Zweifel, mit wem man sprach.

12

WIR VERBRACHTEN EINE WOCHE IN SANTOS UND BUKEN IN UNSEREN KAbinen wie ein Riesengericht *escargots*. Buenos Aires sollte unser nächster Hafen sein, um Getreide und Häute für daheim zu laden.

«Ich bin nicht traurig, von hier wegzukommen», sagte Trail am Morgen des Abfahrtstages. «Faule Sache, dieses Santos. Stellen Sie sich vor, man müßte hier leben!»

«Wann geht's los?»

«Gegen Mittag. Sie sind mit dem Verfrachten auf allen Luken mit Ausnahme der Fünfer fertig. Heiß ist's, nicht wahr? Wenn ich von der Brücke komm', werd' ich wie ein Spiegelei aussehn.»

Wir ließen die weitherzige Stadt hinter uns und wandten uns südwärts dem Rio de la Plata zu.

Unsere Küstenfahrt wurde durch das Weihnachtsfest belebt, das mittwegs zwischen Santos und Montevideo über uns hereinbrach. Dieses Fest wird von den Engländern, wenn sie sich außerhalb ihres Heimatlandes aufhalten, überaus gefühlvoll gefeiert, genau so wie die in London lebenden Schotten dem Neujahrstag das stürmischste Willkomm entbieten. Da ich nun schon einigermaßen Einblick in die Gewohnheiten der Lotus und ihrer Besatzung besaß, erwartete ich, daß dieser Tag nicht ohne Bewegung verstreichen würde.

Am Morgen weckte mich Easter mit meinem Tee um sieben.

«Guten Morgen, Doktor. Und ein frohes Weihnachten, Doktor, mit meinen ergebensten Wünschen.»

«Danke schön, Easter. Ihnen gleichfalls alles Gute.»

«Verdammt heiß wieder einmal, was?»

«Wieviel Grad hat's denn heut?»

Er faßte das Thermometer ins Auge.

«Vierzig. Aber zu Mittag wird's nicht mehr ganz so kühl und schattig sein.»

«Es kommt mir recht komisch vor, Weihnachten in einem solchen Klima zu feiern.»

«Herrje», fuhr Easter fort, «da erinner' ich mich an ein Weihnachten in der Timor-See. Ich war damals auf einem Yankee-Schiff – so einem mit nichts als Metall drinnen. Es war so heiß, daß selbst das Herz eines Bos'n geschmolzen wär'. Frühmorgens am Christtag, sehn Sie, legt sich der Chefingenieur hin und stirbt...»

«Also, Easter, ich möchte wirklich nicht...»

«... und so hab' ich geglaubt, wir schmeißen den armen Kerl

per sofort über Bord, weil man ihm bei dieser Affenhitze nachmittags nicht mehr in die Nähe hätt' kommen, geschweige denn ihn in die Segeltuchhülle hätt' einnähen können. Ich sag' das dem Maat – war ein ekliger Bursche, der –, aber der wollt' nichts davon hören. Sie wissen ja, wie diese Yankees sind. Die sind ganz verrückt aufs Einbalsamieren. ‹Er muß einbalsamiert werden›, sagt er, ‹dann stecken wir ihn in den Kühlschrank der Schiffsküche, und er kann in der Erde von Gottes Eigenem Land anständig begraben werden. Außerdem›, sagt er, ‹wird's bei uns am Weihnachtstag kein Begräbnis geben›. ‹Ja›, sag' ich, ‹aber wer soll denn das Einbalsamieren besorgen?› ‹Sie›, sagt er. ‹Es gibt dafür Instruktionen im ‹Pharmazeutischen Handbuch des Matrosen›, und mit denen können Sie sich ganz schön behelfen. Wenn Sie ihn nett herausputzen, kriegen Sie eine Flasche Whisky von mir, und wenn Sie einen Schweinehintern aus ihm machen, jag' ich Sie mit Fußtritten ums Deck.›

Was konnt' ich da schon tun? Ich sag's dem Kapitän, aber der kehrt den Kommandanten heraus und sagt, Befehl ist Befehl. So denk' ich mir, bevor ich mich aufs Argumentieren einlaß, ist's besser, ich geh' die Sache an, solang er noch halbwegs frisch ist. Der Schiffsmetzger und ich, wir machten uns ans Werk, nachdem ich ihm die halbe Flasche Whisky versprochen hab' – war seinerzeit im Chicagoer Schlachthaus gewesen, der Metzger, und hat gemeint, so ein Auftrag würd' ihm ganz gut liegen.

Na, wir haben ihn ganz prima herausgeputzt», fuhr Easter stolz fort. «Seine Mutter hätt' Tränen bei seinem Anblick vergossen. Wie wir fertig sind, holen der Metzger und ich die Bahre aus dem Lazarett, um ihn in den Kühlschrank hinunterzuschaffen; währenddessen versammeln sich der Kapitän und die ganzen Matrosen vor der Kabinentür, von wegen der Pietät. Ich geh' zuerst hinein und halt' das eine Ende der Bahre in der Hand, der Metzger das andre, und der Maat kommt hinter uns, um zu sehn, wie wir ihn hergerichtet haben. Na, ich weiß nicht wieso – entweder haben wir den armen Burschen so lebensecht gemacht, oder 's war so heiß, oder er begann sich schon ein bißchen aufzulösen – kaum ist der Maat drinnen, da legt es ihn um. Was konnten wir da schon tun? Der Metzger und ich, wir legen ihn auf die Bahre und tragen ihn auf Deck, damit er ein bißchen in die frische Luft kommt. Wie uns der Kapitän herauskommen sieht, und es liegt statt der Leiche der Maat auf der Bahre, da fällt er, verdammt nochmal, beim ersten Blick auch in Ohnmacht. Herrje, war das ein Wirbel! Überall auf dem Deck sind die Leichen herumgelegen. War kein sehr lustiges Weihnachten, kann man nicht behaupten.»

«Danke, Easter», sagte ich. «Sie haben meinen Weihnachtsmorgen aufgeheitert.»

«Der Bos'n hat Zahnschmerzen», fuhr er fort.

«So? Schlimme?»

«Ganz arge, sagt er.»

«Schicken Sie ihn ins Lazarett. In einer halben Stunde bin ich so weit.»

Der Bos'n war ein Riese, sah wie ein alter Fußball aus und hatte ein so dräuendes Gesicht wie der Geschützturm eines Panzerkreuzers. Ich traf ihn auf dem Lazarettsessel sitzend an; er hielt sich die Backe und stöhnte.

«Frohe Weihnachten!» sagte ich.

Ich leuchtete mit der Taschenlampe in seinen Mund und verkündete: «Der muß heraus.»

«O. K., Doc», sagte er und setzte sich stramm hin. «Ich nehm's auf mich.»

Glücklicherweise hatten wir eine Dentalzange an Bord gefunden, und ich hoffte, daß sie sich verwendungsfähig erwiese. Ich hatte noch nie einen Zahn gezogen, doch bei den Zahnärzten, die ich seinerzeit im Spitalsambulatorium reihenweise in Aktion gesehen hatte, sah die Sache recht simpel aus. Man riß einfach an, wie wenn man einen Nagel aus einer Planke ziehen wollte, und der Zahn kam, nebst Speichel und Blut, heraus.

«Easter», sagte ich, «was haben wir an Betäubungsmitteln da?»

«Wenn ich so frei sein darf, Sir, und mit spezieller Berücksichtigung des Weihnachtstages – wie wär's mit den Tröstungen der Medizin?»

«Kapitale Idee. Ist noch was übrig?»

«Ich hab' mir erlaubt, gestern abend dem Chefsteward zu sagen, daß Sie, mit Rücksicht auf den festlichen Anlaß, was brauchen.»

«Ausgezeichnet. Holen Sie's, Easter.»

Wir setzten uns zu dritt nieder und tranken, des höheren Zwecks bewußt, Brandy.

«Trinken Sie noch eins», sagte ich zum Bos'n. «Schließlich sind Sie der Patient.»

Er meinte, daß der Schmerz bereits nachzulassen beginne.

«Trotzdem», sagte ich mit Festigkeit, «müssen wir diese Operation hinter uns bringen. Ich möchte nicht haben, daß Sie mir meinen Weihnachtstag mit Ihren Zahnschmerzen verpatzen. Machen Sie den Mund weit auf», befahl ich. Ich setzte die Zange an. «Ist's dieser da?»

Er nickte kräftig.

Ich packte die Zange mit festem Griff und zog. Doch es war so, als hätte ich versucht, eine frische Paranuß zu knacken. Ich zog nochmals an. Der Bos'n knurrte und verdrehte die Augen.

«Das schmerzt möglicherweise ein bißchen», erinnerte ich mich sagen zu müssen.

Ich warf mich mit meinem ganzen Gewicht auf den Zahn. Der Schweiß perlte mir in die Augen und das Gesicht hinab, und ich atmete so schwer wie ein Freistilringer in den mittleren Jahren.

«So geht's nicht», ächzte ich. «Ich bin allein nicht stark genug. Easter, wenden Sie an seinen Schultern Gegendruck an, ja? So ist's recht. Also – eins, zwei, drei, los!»

Der Patient rutschte den Sessel hinunter.

«Großer Gott!» rief ich.

«Wenn ich einen Vorschlag machen darf», sagte Easter. «Dr. Flowerday pflegte es als äußerst zweckdienlich anzusehn, dem Burschen ein Knie in die Brust zu stemmen.»

«So?»

«Gut so, Doktor. Und nun drücken Sie mit Ihren Ellbogen gegen seine Schultern.»

Es gab einen Krach, der Patient landete auf dem Boden, und ich auf ihm.

«Halten Sie fest, Doktor!» brüllte Easter. «Er kommt!»

Ich biß die Zähne aufeinander und raffte meine letzten Kräfte zusammen; doch der Zahn saß so fest wie eine Niete in einer Panzerplatte. Ich war schon drauf und dran, mich erschöpft vom Patienten herunterrollen zu lassen, als dieser den Entschluß faßte, selber zu intervenieren. Zwei riesige kräftige Hände hoben sich empor und umfaßten die meinen. Er machte einen scharfen Ruck, und der Zahn kam heraus wie der Kern aus einer Orange.

Der Bos'n stand auf, spie einen Mundvoll Blut aus und sah mich verschreckt an.

«Wie fühlen Sie sich, Doktor?» fragte er. «Ich hab' Ihnen doch nicht wehgetan?»

«Nein, ich glaub', ich bin ganz wohlauf», keuchte ich.

«Gott sei Dank, dann ist's gut! Frohe Weihnachten, Doktor.»

Der Bos'n entfernte sich zufrieden nach achtern und ich suchte meine Gefährten auf. An Bord herrschte fröhliche Stimmung, die nicht nur durch den festlichen Anlaß, sondern auch durch den Umstand begünstigt wurde, daß Weihnachten praktisch als ein Sonntag galt und daher jedermann eine zusätzliche Halbtagslöhnung erhielt.

Nach Mittag waren die Offiziere in Kapitän Hoggs Kabine auf einen Umtrunk geladen. Jedermann erschien – sogar der Chefingenieur, dessen Genugtuung, von seinem Todfeind im Trinken freigehalten zu werden, seine Abneigung sowohl gegen den Kapitän als auch gegen den närrischen altsächsischen Brauch, den 25. Dezember festlich zu begehen, überwand.

Der Kapitän hatte sich bereits selbst in eine weihnachtliche Stimmung versetzt und empfing uns mit zurückhaltender Herzlichkeit. Wir waren alle in frischgewaschenen Anzügen und nüchtern, mit Ausnahme des Funkers, der schon mit seinen speziellen Freunden in seiner Kabine gefeiert hatte.

«Guten Morgen, meine Herren, guten Morgen!» sagte Kapitän Hogg, indem er uns eisig zulächelte. «In meinem Namen und in dem der Gesellschaft entbiete ich Ihnen die besten Wünsche.»

«Weihnachten war's im Armenhaus ...», begann der Funker zu krähen. Hornbeam klatschte ihm seine Hand vor den Mund.

«Wollen Sie mir beim Einschenken behilflich sein, Mr. Whimble? Danke. Pink Gin allerseits, nicht wahr? Bedienen Sie sich bitte selbst mit Eiswasser, meine Herren. Wollen wir auf frohe Weihnachten anstoßen.»

«Prost, Sir!» sagten alle, indem sie respektvoll ihre Gläser hoben.

«... da rief der Herr durchs ganze Haus», fuhr der Funker fort. «‹Hat euch das Süpplein wohlgeschmeckt?› Die Armen sagten ...» Hornbeam brachte ihn neuerlich zum Schweigen.

«Ich möchte Sie bitten, sich dazu zu äußern», sagte Kapitän Hogg und warf einen strengen Blick in die Runde, «ob Sie sich an diesem feierlichen Tag eine kurze Ansprache von mir anhören wollen?»

Rundum ertönte zustimmendes Murmeln: der Kapitän hatte ebensowenig Einwände zu gewärtigen wie weiland Hitler.

«Dies ist *mein* Schiff», fuhr er fort. «Mein Schiff. Es steht unter meiner Obhut, ebenso wie das Leben von Ihnen allen, die sich darauf befinden.» Er nahm einen Schluck Gin. «Ich habe den Ehrgeiz», sprach er weiter, «ein zufriedenes Schiff zu besitzen. Verstanden? Das heißt soviel, wie daß jeder verdammte Kerl von euch zu kuschen hat. Dieses Schiff – mein Schiff» – er schwenkte sein Glas in weitem Bogen –, «ist ein schwimmendes Dorf. Wir haben unseren Metzger, unseren Bäcker und unseren Laternenanzünder. Wir haben unseren eigenen Krämer – ja sogar unseren eigenen Arzt.» Diese Worte trugen ihm dröhnendes Gelächter und allseitigen Applaus ein. «Ich aber» – er schlug auf seine Brust – «bin der Richter des Dorfes. Schreibt euch das hinter die Ohren. Geben Sie mir noch einen Gin, Mr. Whimble.

Ich möchte bei dieser Gelegenheit noch erwähnen», fügte er abschließend hinzu, «daß ich auf euch alle mit dem Auge eines Vaters blicke. Auf euch alle. Ich bin stolz auf euch. Ihr seid die beste Mannschaft, mit der ich je gesegelt bin. Ihr seid ...»

Er hielt inne und blickte durch das Bullauge. Sein Gesicht verzerrte sich beängstigend. Die Lotus war stehengeblieben.

«Mr. McDougall», zischte er, «das Schiff hat gestoppt.»

McDougall rührte sich nicht.

«Ay», sagte er.

«Was soll das heißen?» fragte Kapitän Hogg dumpf grollend. «Beginnen Sie mit der Weihnachtsfeier schon so tief unten, daß Sie die Kessel haben ausgehen lassen?»

McDougall trank bedachtsam seinen Gin aus.

«In meiner Abteilung feiert man nicht solche Kinderfeste. Das Feiern heben wir uns für die Neujahrsnacht auf.»

«So! Sie kommen hierher, trinken meinen Schnaps ...»

«Und höre einem alten Windbeutel wie Ihnen zu ...»

«Herr, was unterstehen Sie sich! Während meiner ganzen Dienstjahre zur See bin ich noch nicht derart insultiert worden!»

«Ihre ganzen Dienstjahre! Ich hab' schon unten die Aufsicht innegehabt, wie Sie noch angstschlotternd am Besanmast gehangen sind!»

Kapitän Hogg schüttelte die Faust gegen ihn.

«Ich hab' auf einem Segler Dienst gemacht, Herr!»

«Wären Sie nur dabei geblieben! Sie hätten einen ganz guten Bootsmann abgegeben!»

«Damals haben wir noch keine Ingenieure gebraucht», brüllte Kapitän Hogg.

«Und in zehn Jahren werden wir keine Kapitäne mehr brauchen.»

«Verdammt nochmal, Herr! Ich dulde nicht, daß man in dieser Weise mit mir spricht! Ich werde Sie ins Logbuch eintragen! Das werde ich, jawohl, bei Gott, das werde ich! Ich...»

«Weihnachten war's im Armenhaus...», begann der Funker wieder.

«Ach, scheren Sie sich zum Teufel!» sagte McDougall.

«Bitte, bitte!» wimmerte Whimble.

«Ich habe das alles satt, Mr. McDougall!»

«Und ich hab's mehr als satt...»

«Sachte, sachte, die Herren!» sagte Hornbeam aufgeräumt.

In diesem Augenblick trat der Zweite Steward ein und meldete, daß serviert sei.

Der Schiffssalon war mit verstaubten Papierschlangen dekoriert, die alljährlich, ebenso wie das Menu des Festmahls, auf der Tagesordnung standen, egal, auf welchem Breitengrad sich die Lotus gerade befand. Die Engländer sind das hervorragendste Kolonisationsvolk der Welt, doch sie zeigen eine ausgesprochene Abneigung, sich von ihren heimatlichen Bräuchen in fremden Zonen zu trennen, in denen diese entweder höchst unangebracht oder sogar gesundheitsschädlich wirken. Wo immer zwei Engländer zu Weihnachten beisammen sind, muß das traditionelle Festmahl in seiner ganzen kohlehydrathaltigen Pracht verzehrt werden. Das Klima verlangte nach ein bißchen Salat und Eiscreme, doch wir ließen uns an einer Tafel nieder, die im Schmuck aller vorgeschriebenen gastronomischen Zutaten der Festzeit prangte: gebratener Indian, Würste, kaltes Schweinefleisch, Roastbeef, gedünsteter Kohl, Bratkartoffeln, Pfefferminzpastete und Plumpudding.

«Es ist auch noch eine feine Kalbs- und Schinkenpastete da, wenn Sie welche wollen», flüsterte Whimble mir ins Ohr, als wir eintraten.

Alle dienstfreien Offiziere waren rund um den Salontisch nebeneinandergepfercht. Kapitän Hogg saß an der Spitze der Tafel, McDougall ihm gegenüber am anderen Ende. Die Lotus erzitterte und begann sich wieder in Bewegung zu setzen, und die beiden starrten einander über die Tomatensuppe hinweg an. Whisky wurde unbeschränkt an alle ausgegeben, und Whimble reichte jedem Offizier eine Papiermütze mit der inständigen Bitte, sie nicht zu zerknüllen, da sie auch noch im folgenden Jahr Dienste leisten sollte.

Ich schnitt gerade den ersten Bissen von meinem Indian herunter, da gab mir Hornbeam, der mir zunächst saß, einen Rippenstoß.

«Ihr Helfer scheint Sie sprechen zu wollen», sagte er.

Easter stand betreten auf der Schwelle.

Ich entschuldigte mich bei Kapitän Hogg und ging zu ihm.

«Was ist los?» fragte ich.

«Schmeckt's, Doktor?»

«Was, das zu sagen sind Sie hergekommen?»

«'s hat einen Wirbel am Heck gegeben.»

«Einen Wirbel? Was für einen Wirbel?»

«Zwei Burschen sind miteinander ins Raufen gekommen.»

«Aha. Na schön. Wer sind sie denn?»

«Zwei von den Stewards. Die Myrtle und die Mavis.»

«Wer?!»

Easter grinste. «Sie werden schon sehn», sagte er.

Zwei schlanke Burschen mit seidig glänzendem Haar, die die Kabinen zu reinigen pflegten, saßen im Lazarett. Beide waren blutbeschmiert, und der eine war in Tränen aufgelöst.

«Was, zum Teufel, ist passiert?» fragte ich den zweiten.

Dessen Lippen begannen zu zittern, und dann weinte auch er.

«Wieder eins der kleinen Probleme des Seemannslebens», bemerkte Easter voll Toleranz. «Diese Bürschchen da haben sich ein bißchen spät besonnen, ob sie Männlein oder Weiblein sein sollen.»

«Du lieber Himmel!» sagte ich. «Weswegen haben sie sich gerauft?»

«Ich war's nicht!» rief der erste. «Ich schwör's bei meiner Ehre, ich war's nicht!»

«Natürlich warst du's!» schrie der zweite. «Wirst du ihn mir gleich zurückgeben, du gemeines Ding, du!»

«Wie kann ich ihn zurückgeben, wenn ich ihn gar nicht genommen hab'?»

«Und wie du ihn genommen hast! Die ganze Fahrt schon schleichst du um ihn herum!»

«Ich hab' deinen blöden Lippenstift nicht geklaut! Er ist übrigens gar nicht meine Farbe!»

Sie begannen einander an den Haaren zu reißen.

«Sie spinnen ein bißchen», erklärte mir Easter hilfreich.

«So unternehmen Sie doch mit ihnen irgend etwas, Mensch! Gießen Sie sie mit Wasser an! Holen Sie den Maat, und ich werde dafür sorgen, daß sie ins Logbuch eingetragen werden.»

Easter schlug dem einen mit einer Armschiene über den Kopf. «Gebt Ruh!» sagte er freundlich. «Heut' ist Weihnachtstag.»

Ich verband das unglückselige Pärchen und kehrte zur Tafel zurück. Inzwischen war alles aufgegessen worden, und Kapitän Hogg hatte sich wieder erhoben und hielt neuerlich eine Ansprache.

«... ich habe schon vorhin erklärt», sagte er, über die Tafel gebeugt, zu den Versammelten, «und ich erkläre es nochmals – ich bin stolz auf meine Besatzung. Die Besatzung *meines* Schiffs. Ich werde in den Bericht an die Gesellschaft aufnehmen, daß Sie die beste Mannschaft sind, die ...»

Sein Antlitz umwölkte sich. Er knurrte. Die Lotus war wieder einmal stehengeblieben.

13

DER REST DES TAGES VERSTRICH OHNE ZWISCHENFÄLLE. WIR NÄHERten uns der vielbefahrenen Küste Uruguays, wo die Rio-de-la-Plata-Schiffahrt anfängt, sich nordwärts zu wenden, in Richtung Europa und Vereinigte Staaten. In dieser Nacht stand ich im Pyjama auf dem heißen Deck und sah zu, wie die ruhige See gelassen an die Flanke der Lotus plätscherte. Ein Schiff näherte sich uns – zwei punktierte Lichtstreifen durchbrachen die Finsternis, seine grüne Steuerbordlampe schien in die unsere hinein. Ein Aldis-Licht zuckte auf der Brücke und forderte uns zum Signalisieren auf. Ich sah, wie der Dritte darauf antwortete. Ich glaube, sie wünschten einander nur frohe Weihnachten und tauschten die üblichen Höflichkeitsfragen bezüglich Namen und Ziel aus, doch zum erstenmal wurde mir bewußt, daß die Lotus nicht das einzige Schiff auf See war: über die ganze Erde waren diese winzigen schwimmenden Gemeinden verstreut, auf denen dieselbe Sorte Menschen dieselben Dinge wie wir taten – gleichzeitig Wache hielten, ähnliche Mahlzeiten aßen, den gleichen Schlägen verschiedener Schiffsglocken lauschten. Es gab also auch andere Ärzte, andere Maate, andere Kapitäne; jedes Schiff kämpfte mit seinen eigenen anscheinend höchstwichtigen Problemen. Ich gähnte, als ich Kapitän Hogg in dieser beruhigenden Perspektive zusammenschrumpfen sah.

Als ich zurückkehrte, fand ich Hornbeam in meiner Kabine sitzen.

«Hallo, Doc! Bin nur auf ein letztes Schlückchen hereingesprungen, in Anbetracht dessen, daß es Weihnachtsnacht ist. Stör' ich Sie?»

«Nicht im geringsten. Bedienen Sie sich mit Whisky.»

«Danke schön.»

Er legte seine Füße aufs Schreibpult.

«Väterchen hat sich heut' fein produziert», sagte er.

«Wo ist er jetzt?»

«Schläft seinen Rausch aus. Ich war grad oben, um nachzuschaun, ob der Dritte nüchtern ist. Sie haben noch nie jemanden von uns angesäuselt Wache halten gesehn, was?»

«Nein, nie.»

«Beim Alten macht's ja nichts aus. Einige von denen brechen täglich einer Flasche den Hals und bleiben trotzdem auf ihrem Posten.» Er reckte sich. «Ich wünschte, er fiele um und wäre hin», sagte er herzlich.

«Sie würden dann befördert, meinen Sie?»

Er nickte.

«Ich steh als nächster auf der Liste. Das Blöde ist, alle andern Kapitäne der Gesellschaft sind so gesund wie Schiffsjungen. Die müssen mir bald ein Kommando geben», fügte er traurig hinzu. «Ich werd' sonst zu alt und zu fett, um die Leitern hinauf- und hinunterzulaufen.»

«Sie werden bald eins bekommen.»

«Na, ich weiß nicht. Ich will nur ein Kommando – es ist mir wurst, ob das Schiff sinkt, sobald wir aus dem Hafen heraus sind. Nur damit ich mich endlich Kapitän nennen kann. Dafür bin ich alle diese Jahre auf See gewesen – die ganze Eselsleiter hinauf, Schiffsjunge, Dritter, Zweiter, Erster. Das allein hält die meisten von uns noch bei Verstand – das Warten aufs eigene Schiff. Dann geb' ich das Seemannsleben auf und beginne Kücken zu züchten.»

«Möchte wetten, daß Sie das nicht tun werden!»

«Es ist schon so. Ist man einmal ein paar Jahre dabei gewesen, dann ist man so weit, wie die einen haben wollen. An Land ist für unsereinen nichts zu holen – was nützt einem das Kapitänspatent beim Arbeitsamt? Die See ist schon einmal eine herrschsüchtige Hure. Man kann ihr nicht davonlaufen, wann man will.»

«Da haben Sie, glaub' ich, wohl recht.»

«Bleiben Sie auf See, Doc?»

«Ich? O nein. Ich kehre wahrscheinlich zur allgemeinen Praxis in die Provinz zurück.» Ich sah die grauen Straßen, den grauen Himmel, die grauen Gestalten der Patienten vor mir; nasse Winter- und windige Sommermorgen; verängstigte Gesichter um drei Uhr früh im Haustor; Nachmittagsgesellschaften mit einer Konversation, die dem schwachen, übersüßten Tee die Waage hält; umhegte Achtbarkeit, die ewige Beschränktheit des eingefleischten Provinzlers.

«Vielleicht, vielleicht auch nicht», schloß ich.

«Na schön», sagte Hornbeam. «Das einzige, was man mit dem Leben anfangen kann, ist, es zu leben, nicht wahr? Sollen wir uns noch einen letzten genehmigen?» Ich reichte ihm die Flasche. «Morgen sind wir in B. A.», fügte er etwas munterer hinzu. «Da können Sie ein bißchen Spaß finden.»

«Alles ist hier tipptopp seit der Säuberungskampagne», sagte der Dritte. «Nun ist's hier so adrett wie in Blackpool. Ein Jammer!»

Wir lagen von der großen, weißen, ebenen Stadt Buenos Aires ab; Reihen hoher, rechteckiger Gebäude liefen die saubere Uferstraße entlang.

«Hier im Neuen Hafen ist's ja recht hübsch», fuhr der Dritte fort.

«Wohin fahren wir denn?» fragte ich.

«Hinunter zu den Fleischhallen.»

Zwei Stunden später wurde die Lotus durch die schmale Einfahrt des Südhafens gelotst und unweit der großen grauen Kühlanlagen vertäut.

«Da riecht's wie in einem Bauernhof, nicht?» bemerkte Easter, als wir anlegten. «Eine schöne Menge Fliegen gibt's hier. Dick wie die Bremsen bei einem Rennen sind sie.»

«Von hier stammen also die Mastochsen?»

«Jawohl. Bei dem einen Ende marschieren sie hinein, und eine halbe Stunde später rollen sie als Konserven heraus. Die Burschen hierzulande können schon allerhand.»

Uns wurde derselbe Empfang wie in Santos zuteil, nur daß hier jedermann spanisch sprach. Dieselben Beamten hasteten an Bord, suchten die Kabine des Maats auf und tranken den Gin des Maats – dies schien für ihre Tätigkeit auf dem Schiff unerläßlich. Doch Hornbeam war endgültig entschlossen, an Land zu gehen.

«Hab' den ganzen Tag nur ein paar Gläschen gekippt», sagte er stolz zu mir. «Sehn Sie sich selber die Flasche an. Heut' nacht führ' ich euch Jungens aus. Auf Wiedersehn um zehn.»

«Ich nehm' Sie beim Wort.»

«Ehrenwort, Doc.»

Hornbeam hielt sein Versprechen. Als Trail, Archer und ich ihn in seiner Kabine aufsuchten, glühte er, doch war er nicht erloschen.

«Schnell noch einen, bevor wir losziehn», sagte er, indem er die Kapsel von einer neuen Ginflasche löste. «Heut' nacht bin ich der Gastgeber, Jungens. Hab' einen Haufen Pesos.»

«Wie haben Sie sich denn die beigebogen?» fragte Archer.

Hornbeam zwinkerte.

«Ein Maat muß nun mal ein bißchen geschmiert werden», erklärte er. «Kleine Geschenke von den Stauern, damit wir sie mit unsrer Kundschaft beehren. Und von den Schiffslieferanten als ein Zeichen der Wertschätzung dafür, daß sie uns mit Vorräten versorgen dürfen. Selbstverständlich verstößt das strikt gegen die Vorschriften der Gesellschaft. Oh, ich hab'» – er zog ein paar Banknoten aus der Tasche – «so an die tausend Pesos bei mir.»

«Das sind vierzig Pfund Sterling», sagte Trail ehrfurchtsvoll.

«Heut' nacht ist das Beste für uns gut genug!» fuhr Hornbeam fort. «Trinkt aus, und dann stellen wir die Stadt auf den Kopf.»

«Das ist die Boca», erklärte Hornbeam, als wir über die Eisenbahngeleise auf die ungeschlachte deutsche Signalbrücke zuschritten. «Einer der wüstesten Plätze in Südamerika. Ein Bos'n, mit dem ich einmal segelte, wurde hier herum überfallen. Nur die Schuhe ließen sie ihm. Und dabei war er ein Riesenkerl.»

«Ich wollte, die ließen die Schiffe nicht in einer so ungesunden Gegend anlegen», sagte ich. «Es ist so, als lebte man in den Slums.»

«Wahrscheinlich glauben die, daß die Slums für Seeleute gut genug sind.»

Um in die Stadt hineinzugelangen, kletterten wir in ein kleines Boot und ließen uns über den schlammigen Fluß zur Hauptstraße der Boca hinüberrudern.

«Heutzutage ist es keine leichte Sache, in B. A. ein Taxi aufzutreiben», sagte Trail. «Steigen wir lieber in ein *colectivo.*»

«Zuerst noch schnell auf einen bei der alten Mutter Whitehead», drängte Archer. «Schließlich kennt sie jeder Liverpooler Heizer, seit es Dampfschiffe gibt.»

Wir nahmen ein paar Drinks, die vorsichtigerweise als «Spezialcocktails» bezeichnet wurden, und aßen Fleichstückchen, Nüsse, Muscheln, Käse und Oliven aus den kleinen Schalen, die die Bürger von Buenos Aires mit den Getränken vorgesetzt haben wollen.

«Auf meine Rechnung», erklärte Hornbeam mit Bestimmtheit, indem er eine Fünfzig-Peso-Note hervorzog. «Jetzt gehn wir stadtwärts auf ein Steak.»

Wir schritten auf die breite, strahlend erleuchtete Avenida Corrientes zu, den Broadway von Buenos Aires. In einem der Grillrooms ließen wir uns nieder und aßen zehn Zentimeter dicke Steaks.

«Nichts kommt einem nahrhaften Bissen gleich», bemerkte Hornbeam. «Ich bestell' mir noch eine Portion davon. Was ist mit Ihnen, Doc?»

Ich schüttelte meinen Kopf, da ich den Mund zu voll hatte, um sprechen zu können.

«In ein paar Wochen werden Sie sich danach zurücksehnen, wenn Sie unsere lieben Spaghetti vorgesetzt kriegen. Wie wär's mit einer Flasche argentinischen Wein? Alles auf meine Rechnung. Burschen.»

Etwas mühsam erhoben wir uns, als Hornbeam zahlte. Jetzt lag noch der Schwerpunkt seiner großzügigen Einstellung dem Abend gegenüber in einem üppigen Essen.

«Nun werd' ich euch Jungens mal in die Stadt führen», sagte er nobel. «Alles auf meine Rechnung. Wohin sollen wir gehn?»

«Wie wär's mit *El Nidito*?» schlug Archer vor. «Oder dem *Atelier*?»

«Da um die Ecke herum weiß ich ein Plätzchen, wo ich oft eingekehrt bin», sagte Hornbeam und kratzte sich die Stirne. «Ein kleiner Rotschopf spielt die Gitarre.»

Er entdeckte voll Entzücken, daß die Bar noch existierte, wenn begreiflicherweise auch ohne Rotschopf. Es war ein kleines, düsteres Lokal; in einer Ecke spielte eine Kapelle Sambas, und ein schlankes Mädel umschlang ein Mikrophon, das nicht um vieles dünner war als sie selbst.

«Netter Bissen, das!» sagte Hornbeam voll Wohlgefallen. «Was soll's sein? Scotch?»

Scotch gab es keinen, doch man servierte uns den hierorts destillierten Whisky, der wie eins der altmodischen Mittel gegen Blähungen schmeckte. Trail verstrickte sich in ein ernsthaftes Gespräch mit dem Mädel hinter der Bar, das aus Lytham St. Anne kam, und ich saß da und fragte mich, was der Whisky wohl meiner Magenwand antun würde.

«Von diesem Platz hab' ich jetzt genug», sagte Hornbeam nach ein paar Minuten ungeduldig. «Gehn wir weiter!»

«Aber wir sind doch grade erst hergekommen!»

«Hier ist's zu still. Kommt, Jungens. Das ist *mein* Abend, also kann ich ihn auch anderswo verbringen.»

Wir suchten eine ganze Menge von Trinkstuben auf. Alle boten sie dasselbe – trübe Beleuchtung, Sambas, einheimischen Whisky und ein Barmädel, das aus einem ähnlichen Ort wie Lytham kam.

«Es ist halb zwei», sagte ich später einmal zu Archer. «Geht in B. A. niemand schlafen?»

«Jetzt beginnt's erst. So geht's die ganze Nacht durch.»

«Die müssen eine zähere Rasse sein als wir. Außer mit den Stunden scheinen sie's auch mit ihrem Whisky aufzunehmen.»

Hornbeam wurde von einer endgültigen Inspiration erfaßt.

«Jetzt gehn wir ins *Saratoga*, Jungens», kündigte er an.

«Das ist eine piekfeine Sache», sagte Trail zweifelvoll zu ihm. «Ein stinkteures Lokal, besonders zu dieser Nachtzeit.»

«Nur das Beste ist gut genug für uns», wiederholte Hornbeam. «Jetzt kommt das *Saratoga* dran. Ich möchte die Tanzmädels sehn.»

Wir trieben einen Wagen auf und fuhren die Straße zum *Saratoga* hinunter. Dieses rangierte um eine Klasse höher als die Bars und Nachtklubs, in denen wir bisher gewesen waren – es war ein kleines, mit Seidentapeten ausgestattetes Lokal, mit zwei Kapellen, einem winzigen Tanzparkett und einer Bühne. Hornbeam stolzierte hinein und verlangte einen Tisch in der vordersten Reihe.

«Das sieht eher nach was aus!» sagte er zufrieden. «Diese Slumkneipen wachsen mir schon zum Hals heraus.»

Er bestellte Champagner.

Ich sah mich um und erkannte, daß dieses Lokal jedenfalls glücklicher in der Zusammensetzung seiner Besucher war als jene, die wir bisher aufgesucht hatten. Der gute Ton wurde nur durch unsere Gesellschaft beinträchtigt, als Hornbeam sich in seinem Stuhl zurücklehnte, in die Hände klatschte und rief: «Herbei mit den fetten Weibern!»

«Es sind überhaupt keine hier, oder doch?» fragte ich Archer.

«Warten Sie nur ab, Doc», sagte er. «Drei Kerle können nicht allein irgendwo südlich von Panama sitzen, ohne daß eins auftaucht.»

Er behielt recht. Eine gut aussehende Blondine in einem weißen Abendkleid saß auf einmal neben mir.

«Du mir was kaufen zu trinken, ja?» sagte sie.

Schon war der Kellner erschienen und hatte ihr ein fingerhutgroßes Likörglas mit einer roten Flüssigkeit serviert. Außerdem reichte er ihr einen grünen Verrechnungszettel, den er gleich mitgebracht hatte. Diesen steckte sie in ihre Handtasche.

«Es ist besser, ich kläre Sie gleich auf», sagte Archer über den Tisch herüber. «Hier kaufen Sie ihr das gefärbte Wasser, und sie kriegt ihre Prozente davon. Wenn Sie's bis vier Uhr früh durchhalten, können Sie sie gratis nach Hause mitnehmen.»

«Glaub' nicht, daß ich's die nächsten zehn Minuten durchhalten kann.»

Das Mädel leerte ihr Glas so schnell wie eine übelschmeckende Medizin.

«Du mir noch was kaufen zu trinken, ja?»

Der Kellner gab ihr ein zweites Glas und einen zweiten Verrechnungszettel.

«Das wird ein teurer Spaß werden», sagte ich.

«Alles auf meine Rechnung, Doc», sagte Hornbeam großartig. «Sagen Sie ihr, sie soll ihre Freundinnen herschicken.»

Zwei weitere Mädchen erschienen und begannen mit der gleichen erschreckenden Schnelligkeit wie ihre Gefährtin zu trinken. Dennoch wurden wir miteinander sehr vertraut, und Hornbeam bestellte nochmals Champagner.

Als Trail schlafend über dem Tisch zusammenbrach, sagte ich: «Sollten wir nicht lieber die Rechnung verlangen, Chef? Ich hätte selber gegen ein bißchen Schlaf nichts einzuwenden.»

«*Mozo*!» forderte Hornbeam. «Die Rechnung, *pronto*!»

Sie wurde ihm sofort, fein säuberlich zusammengefaltet, auf einem Teller überreicht. Er runzelte angesichts der Zahlen die Stirne und begann die Banknoten aus seiner Tasche hervorzuzählen.

«Du mir noch was kaufen zu trinken, ja?» sagte die Blondine.

«Nein. Die Bar ist schon gesperrt.»

Sie stand auf und stelzte weg.

«Sagen Sie mal, Doc», rief Hornbeam, «können Sie mir fünfhundert Pesos borgen?»

«Was?!»

«Scheine ein bißchen knapp zu sein.» Hornbeam breitete seine Banknoten auf dem Tisch aus. Seine Großzügigkeit hatte ihn bis zum Abgrund der Insolvenz getrieben.

Wir durchsuchten unsere Taschen und weckten Trail auf, ein gleiches zu tun.

«Achtundneunzig Pesos», sagte Archer. «Das ist alles, was wir zusammenkratzen können.»

Hornbeam blickte verstohlen über seine Schulter. Der Kellner, der mit jenem zweiten Gesicht ausgestattet war, das Kellner zu besitzen pflegen, hatte bemerkt, daß die Sache einen Haken zu haben schien, und warf unheilschwangere Blicke auf uns. Visionen argentinischer Kerker zogen an meinen Augen vorbei: ich war dessen sicher, daß die Polizei von Buenos Aires mit derselben Behendigkeit Verhaftungen vornehmen würde wie ihre Kameraden in Santos.

«Es steht ernst», sagte ich. «Hat einer überhaupt noch irgendein Geld mit?»

Wir durchsuchten neuerlich unsere Taschen.

«Nicht einen Centavo», sagte Trail. «Ich hab' nur ein paar Shillinge.»

«Einer von uns muß aufs Schiff zurück und Geld auftreiben», sagte Archer. «Es bleibt uns nichts andres übrig. Die andern bleiben hier sitzen und tun so, als ob sie sich amüsierten. Wir wollen auslosen, wer zu gehn hat.»

Wir warfen das Los mit einem Zwanzig-Centavos-Stück. Ich verlor.

«Nehmen Sie lieber die achtundneunzig Pesos mit und sehn Sie zu, daß Sie einen Wagen kriegen», sagte Hornbeam. «Machen Sie's gut. Zehn Pfundnoten werden zum Schwarzen-Markt-Kurs genügen.»

Ich stand draußen in der heißen, trockenen Luft und spürte schon die verhaftende Hand auf meiner Schulter. Als ich auf der anderen Straßenseite einen leeren Wagen sah, sprang ich mit einem Satz in ihn hinein.

«Zum Hafen Sul», sagte ich.

Doch der Fahrer konnte mich nur bis zum Ruderboot bringen. Ich mußte den Fluß übersetzen und allein über die Eisenbahngeleise zum Schiff gehen. Atemlos schritt ich in der Mitte der Straße dahin und blickte mehr hinter mich als nach vorne. Eine Katze sprang, aus einem Schattenstreifen in den andern flüchtend, mir über den Weg, und ich stieß einen Schrei aus. Durch den Hafenzugang und über den Laufsteg rannte ich.

Die Lotus war wie ausgestorben. Der Quartermeister schlief in einem Sessel neben dem Laufsteg. Jedermann, der nicht an Land gegangen war, lag in seiner Koje und suhlte sich in jenem tiefen, ungehemmten, bewußtlosen Schlaf, der den Wachtposten in einem Hafen eigen ist. Meine beste Chance, dachte ich, stellte der Chefingenieur dar. Er lag mit offenem Mund auf seiner Koje.

«Chef!» rief ich gedämpft. Ich schüttelte ihn. «Chef!»

Er hörte zu schnarchen auf und grunzte.

«Chef! Wachen Sie auf!»

Er öffnete die Augen.

«Pumpen stoppen und alle Ingenieure antreten!» sagte er.

«Nein, nein, Chef! Ich bin's, der Doktor. Können Sie mir etwas Geld borgen?»

«Geld? Wozu, Mensch? Zu dieser Nachtstunde?»

«Das erkläre ich Ihnen später. Ich muß es jetzt haben. Gleich.»

«Warten Sie, bis ich mein Gebiß eingesetzt hab', Junge.»

Er gab mir fünf Pfundnoten. Den Rest trieb ich ein, nachdem ich Whimble, den Zweiten Steward, drei oder vier Ingenieure und Easter aufgeweckt hatte.

Ich lief zur Überfuhr zurück, die Noten in der Hand zerknüllend. Eine halbe Meile der langen Straße zur Stadt mußte ich zu Fuß zurücklegen, bevor ich ein Taxi fand. Als ich heraussprang, entdeckte ich, daß meine Expedition nahezu eine volle Stunde gedauert hatte und daß das *Saratoga* zu einem letzten Ausbruch von Betriebsamkeit ansetzte, bevor es seine Pforten für diese Nacht schloß. Ich blickte nervös hinein, um zu sehen, ob meine Gefährten bereits von der Polizei weggeführt worden waren, oder ob man ihnen großmütig gestattet hatte, im Souterrain Teller zu waschen.

Keins dieser Mißgeschicke hatte sie ereilt. Während meiner Abwesenheit hatten sie sich frischen Kredit beschafft und amüsierten sich kolossal. Sie erfreuten sich an drei neuen Mädchen und an einer weiteren Champagnerflasche.

«Ich hab' das Geld aufgetrieben», sagte ich außer Atem und ließ mich in einen Sessel fallen.

«Ah, da ist ja unser guter alter Doktor!» rief Hornbeam überrascht. «Von woher kommen Sie denn?»

«Ich bin doch weggegangen, um Geld zum Bezahlen der Rechnung zu holen», sagte ich ärgerlich. «Erinnern Sie sich nicht?»

«Richtig!» bestätigte Archer. «Der liebe alte Doktor! *Mozo*! Zahlen!»

Eine neue Rechnung wurde präsentiert. Bevor sie noch die Zahlen lasen, wußte ich, was kommen würde.

«Diese zehn Pfund sind soviel wie fünfhundert Pesos», sagte Hornbeam feierlich. «Dann kommt noch etwas hinzu – ist Ihnen was übriggeblieben, Doc?»

Ich warf ihm ein paar Peso-Noten hin.

«Hm», sagte er. «Sieht ganz so aus, als ob wir noch an die fünfhundert Pesos brauchten.»

«Na», meinte Trail vergnügt, «da sollte der Doktor lieber noch einmal Geld holen gehn.»

Ich hieb auf den Tisch.

«Nein!» sagte ich. «Nein, verdammt nochmal, das tu' ich nicht! Mir ist es egal, ob wir alle ins Gefängnis kommen, aber aufs Schiff zurück geh' ich nicht!»

Der Direktor, der in der Entfernung wie ein säuberlich geputzter Geier auf seine Beute gelauert hatte, steckte seinen Kopf in unsere Gruppe hinein.

«Ist etwas nicht in Ordnung, meine Herren?» fragte er.

«Ja», sagte ich. «Wir können die Rechnung nicht bezahlen.»

Ich verschränkte die Arme und bereitete mich mit der Würde eines Briten darauf vor, verhaftet zu werden.

«Peinlich», sagte der Direktor.

«Verdammt peinlich», sagte Hornbeam.

«Welcher Betrag fehlt den Herren? Fünfhundert Pesos, wie ich sehe. Die Herren sind von der Marine, nicht wahr?»

«Sehen wir nicht so aus?» fragte ich.

«Keine ungewöhnliche Situation bei Herren von der Marine. Sie haben eine hübsche Uhr», sagte er zu Trail. «Die ist mindestens ihre hundert Pesos wert.»

«Sie hat in Durban zwanzig Pfund gekostet», sagte Trail hitzig. Ich gebot ihm Einhalt.

«Geben Sie sie ihm», sagte ich.

Mürrisch löste er ihren Riemen.

«Die anderen Herren besitzen ebenso wertvolle Uhren», fuhr der Direktor fort.

«Jetzt kommen Sie dran», sagte Trail, sich ein bißchen aufheiternd.

Hornbeam, Archer und ich übergaben sie.

«Und nun, glaube ich», sprach der Direktor weiter, «würde eine Parker 51 die Rechnung zu Gänze begleichen.»

Ich gab ihm die Füllfeder aus meiner Rocktasche.

«Jetzt hinaus mit euch, Kerls», schrie er, «oder ich hetze euch die Polizei auf den Hals!»

Wir standen draußen auf der Straße, ein gottverlassenes Quartett.

«Ja, ja», sagte Hornbeam. «Sie erinnern sich doch, was ich Ihnen gestern nacht sagte? Das einzige, was man mit dem Leben anfangen kann, ist, es zu leben. Also setzen wir uns in Marsch und gehn wir zum Schiff zurück.»

14

WENN MAN SCHON UNBEDINGT ABGEBRANNT SEIN MUSS, SO SPRECHEN viele Vorteile dafür, als Angehöriger einer Schiffsbesatzung in punkto Artikeln abgebrannt zu sein, die auf dem Schiff vorhanden sind. Die lebensnotwendigen Dinge, wie Kost und Quartier, Zigaretten und Gin, erhält man weiterhin regelmäßig bis zum Ende der Fahrt – entweder frei oder gegen Verrechnung, und die Situation erregt unter den Kameraden eine lebhafte Anteilnahme, die einem an Land nur bei schweren Krankheitsfällen oder ähnlichem Mißgeschick entgegengebracht wird. Als sich die Geschichte von unserem Besuch im *Saratoga* am nächsten Morgen auf dem Schiff herumgesprochen hatte, überboten alle einander mit Hilfeanträgen.

«Höre, Sie haben keine schöne Nacht hinter sich, Doc», sagte Easter munter.

«Leider nein.»

«Ich hab' für solche Saratoga-Lokale nichts übrig», fuhr er nachdenklich fort. «Es gibt zwar ein paar sehr fesche Huren dort, wirklich sehr fesche. Aber sie sind trotzdem nicht das halbe Geld wert. Sind sie's wert, frag' ich Sie? Na, ich und Chippy, wir gehn immer ganz friedlich an Land und trinken ein paar Glas Bier bei der alten Whitehead. Wenn uns was überkommt, wie man so sagt, dann gehn wir hintenherum zu einem Plätzchen, wohin Chippy zum erstenmal von seinem Vater mitgenommen worden ist, wie er noch Schiffsjunge war. Sind gerade keine überwältigenden Schönheiten dort beisammen, wissen Sie. Chippy meint sogar, 's sind dieselben, die noch sein Vater gut gekannt hat. Aber sie kommen nicht teuer, und das will heutzutag schon was heißen, was Doktor?»

«Vielen Dank, Easter. Ich weiß Ihre kleine Vorlesung über gutes Wirtschaften zu schätzen.»

«Durch Schaden wird man klug, Doktor. Wie wär's mit einem kleinen Beitrag, wenn Sie schon so abgebrannt sind?» Er zog ein Bündel Peso-Noten aus seiner Rocktasche.

«Nein, ein ganz entschiedenes Nein!» Ich hob die Hand. «Ich bestehe darauf, die gerechte Strafe für meinen Leichtsinn zu erdulden. Außerdem stehe ich bereits in Ihrer Schuld. Wenn Sie mir noch was borgen, könnte es sein, daß Ihnen nicht genug für Ihre eigenen bescheidenen Vergnügungen, wie Sie sie eben geschildert haben, übrigbleibt.»

«Schon gut, Doktor. Ich hab' grad ein bißchen was von unserm unwirksam gewordenen Penicillin verschachert. Dr. Flowerday und ich pflegten fünfzig zu fünfzig zu teilen, aber ich mach's auch gern vierzig zu sechzig, aus Freundschaft zu Ihnen. Sind ganz versessen aufs Penicillin, diese Argentinier. Bin auch diese Pillen losgeworden, von denen wir nicht wußten, was sie sind – diese grünen hinten im Kästchen. Hab' ihnen gesagt, daß sie gut für die Manneskraft sind, und hab' sie für jede einen Peso verrechnet. Für solches Zeugs haben sie hier eine Menge übrig.»

«Sehr freundlich von Ihnen, Easter, aber – aus Gründen, die ich schamhafterweise verschweigen möchte – es ist mir lieber, wenn Sie den Erlös für sich behalten.»

«Wie Sie wollen, Doktor. Sie brauchen mir nur einen Wink zu geben, wenn Sie irgendwas verschachern wollen. Möchten Sie nicht ein paar Dosen Rindfleisch, nein? Hab' ein bißchen was beiseitegebracht, als eine Kiste beim Verladen in den Einser-Raum kaputt ging.»

«Nein, danke schön. Doch ich weiß Ihr großzügiges Angebot zu würdigen. Holen Sie mir bitte nur noch eine Kanne Eiswasser aus der Küche.»

Ich setzte die Mütze auf und ging auf Deck. Es war fast Mittagszeit geworden. Die Sonne brannte, rücksichts- und hemmungslos wie alles in diesem Landstrich, wild glühend auf die weißen Planken und braunen Stahlbeschläge der Decks nieder; doch der Strom, die Schiffe und der Kai lagen so friedlich da wie ein englisches Dorf an einem Hochsommernachmittag. Längs des Docks standen die surrenden elektrischen Kräne still, in willkürlichen Winkeln geneigt, Kisten mit Gütern zu ihren Füßen; die Hafenarbeiter hatten sie wegen der Mittagspause stehengelassen. Einige von den Stauern lagen schlafend in den Schatten, die da und dort von Ecken und Rinnen scharf ausgeschnitten waren; andere wieder kauten gemächlich hinter den Türen der undurchlüfteten Schuppen an ihrem Lunch. Von irgendwoher stromabwärts drangen das gedämpfte Heulen einer kleinen Schiffssirene und das regelmäßige dumpfe Pochen einer Benzinpumpe herüber. Die Stiere brüllten von Zeit zu Zeit in den unsichtbaren Gehegen hinter den Fleischhallen, und die von der allgemeinen Erschlaffung unangefochtenen Fliegen summten überall in dichten, aufreizenden Schwärmen herum.

Ich lehnte an der heißen Reling und blickte auf die grauen Mauern des *Frigorifico Anglo,* in dem es augenblicklich wegen der Mittagspause sehr geruhsam zuging. Ich begann die Nachteile meiner plötzlichen Armut zu erfassen: wir würden mindestens vierzehn Tage in Buenos Aires bleiben, und der Frigorifico würde – mochte er auch als kommerzielles und technisches Unternehmen von überragender Bedeutung und als Beispiel moderner Zweckbaukunst höchst verdienstvoll sein – als das größte Segment meines tagtäglichen Horizonts bald erdrückende Ausmaße annehmen. Ich besaß nicht einmal das Fahrgeld für den Autobus in die Stadt.

Während ich diesen trostlosen Aussichten nachhing, kam Trail daher und lehnte sich neben mir an die Reling. Wir wechselten ein paar Worte über unsere Lage.

«Wenn man pleite ist, läßt sich hier nicht viel unternehmen», bemerkte er. «Wir könnten aber, glaub' ich, genug zusammenkratzen, um ins Kino zu gehn.»

«Das kann ich auch in London.»

«Das ist wahr. Es gibt ein paar nette Parks hier, hab' ich mir sagen lassen.»

Wir hatten uns schon auf einen trübseligen Aufenthalt in einer der heitersten Hauptstädte der Welt gefaßt gemacht, als plötzlich aus einer unerwarteten Lichtquelle ein heller Strahl der Freuden in unser Leben einbrach. Ich lag nach dem Mittagessen auf meiner Koje und las den ersten Abschnitt von «Krieg und Frieden» mit der schläfrigen und unaufmerksamen Rechtschaffenheit eines braven Kirchgängers, der zur Sommerszeit eine Predigt absitzt, als Easter den Türvorhang beiseiteschob.

«Väterchen läßt schön grüßen», sagte er. «Und Sie sollen pronto, pronto in seine Kabine kommen.»

«Du lieber Himmel! Was hat der alte Knabe jetzt schon wieder ausgebrütet?»

«Da fragen Sie mich umsonst, Doktor. Er hat auch den Maat und den Lieblingsbissen holen lassen.»

«Den Lieblingsbissen?»

«Den Chefsteward, Mr. Whimble.»

«Na schön.» Ich ließ mich von der Koje hinunterrollen und nahm die Mütze vom Haken über dem Schreibpult. «Hoffentlich macht ihm nicht schon wieder sein Magen zu schaffen.»

Hornbeam und Whimble saßen bereits auf der Sitzband in der Kajüte des Kapitäns. McDougall hatte in einem der Fauteuils Platz genommen. Zu beiden Seiten des Schreibtisches saßen Kapitän Hogg und Mr. Montmorency, der Direktor der Fathom Line in Buenos Aires. Alle rauchten Zigarren und tranken Likör.

«Ah, Doktor, kommen Sie nur weiter!» rief Mr. Montmorency, als ich den Türvorhang zur Seite schob. Er erhob sich und faßte mich bei der Hand. «Nehmen Sie Platz. Rücken Sie weiter, Mr. Whimble. Zigarren gefällig? Echte Havanas! Die werden Sie in England nicht finden, was? Wollen Sie Benediktiner, Curaçao oder Brandy? Oder vielleicht Kümmel, oder Pfefferminzlikör?»

«Wenn ich um Benediktiner bitten dürfte», sagte ich. Ich ließ mich zwischen Whimble und Hornbeam nieder, während mir Mr. Montmorency die Zigarre anzündete. Er war ein magerer, braungebrannter Mann mit einem flotten schwarzen Schnurrbart; er trug einen frischen Leinenanzug. Als Büromensch erfreute er sich allgemeiner Verachtung; doch insgeheim wurde er von allen, die mit ihrem Lebensunterhalt von der Fathom Line abhingen, als eine einflußreiche und gefährliche Persönlichkeit respektiert. Unterhalb seiner sonnverbrannten herzlichen Schale steckte ein hart zupackender Verstand, der darauf erpicht war, verdammende Depeschen nach St. Mary Axe zu senden, deren spärliche chiffrierte Worte Beförderungen um zehn Jahre hinauszuschieben oder jemand Mißliebigen auf den ungewissen Arbeitsmarkt zurückzustoßen vermochten. Sogar Kapitän Hogg war zu Mr. Montmorency liebenswürdig.

«Nun also, meine Herren», setzte Mr. Montmorency wirkungsvoll seine Rede fort, «ich habe Sie heute aus einem ganz bestimmten Grund hier heraufgebeten, vom Vergnügen abgesehen, das mir das Zusammentreffen mit Ihnen bereitet. Kapitän Hogg versichert mir, wie ich mit Freuden feststelle, daß er von Ihren Diensten unter seinem Kommando die höchste Meinung hat.»

«Ein äußerst zufriedenes Schiff», erklärte Kapitän Hogg. Er kippte ein halbes Glas Benediktiner und starrte uns, jedem Widerspruch Trotz bietend, an.

«Ich bin dessen sicher, Kapitän. Nun, meine Herren, möchte ich zu Ihnen über ein überaus ernstes Thema sprechen. Es handelt sich um das britische Prestige.» Er legte sich seine elegantesten

Handelskammer-Manieren zu. «Ich brauche wohl kaum auf den Verlauf der Ereignisse in diesem unruhigen Sub-Kontinent seit dem Einstellen der Kampfhandlungen hinzuweisen – Kampfhandlungen, meine Herren, unter denen die Gesellschaft, die wir repräsentieren, ebenso empfindlich litt wie jede andere –, doch Sie alle werden es, dessen bin ich sicher, zu schätzen wissen, daß das Interesse unseres Vaterlandes an unseren Angelegenheiten sich eher vergrößert als vermindert hat, wenn auch angesichts einer scharfen und uns manchmal unerklärlichen Opposition. Benediktiner gefällig, Kapitän?»

«Danke, Mr. Montmorency.»

«Lassen Sie die Flasche herumgehen, meine Herren. Wie gesagt: der Schwanz des britischen Löwen ist in bedenkenerregender Weise aus den Fugen geraten...»

Er verbreitete sich über die Handelsmarine, den Freihandel, die Sozialisten, die Verstaatlichung, die schweren Zeiten, die Notwendigkeit, zusammenzuhalten, fest zuzugreifen, einen geraden Kurs zu steuern und das Schifflein unbeirrt weiterzulenken. Wir alle fragten uns dumpf, wohin ihn seine Rede noch führen würde, und erforschten unbehaglich und schuldbewußt unser Gewissen. Ich berechnete nervös den Umsatz von Easters pharmazeutischen Hafen-Transaktionen, Hornbeam dachte verschreckt an die Präsente seiner Stauer, und Whimble überlegte, wie er sich für den Schinken und die zwei Kisten eingelegte Birnen rechtfertigen sollte, die irgendwo zwischen Santos und dem Rio de la Plata verschwunden waren. Doch, mochten diese Gespenster dem durchdringenden Auge Mr. Montmorencys auch nicht entgangen sein, er kam nicht auf sie zu sprechen. Plötzlich schnappte ich seine Worte auf: «... selbstverständlich wird es ein Büffet geben und an Getränken das Beste, was wir auftreiben können. Das Ganze wird der hiesigen britischen Kolonie etwas Ähnliches wie eine Vergnügungsparty bieten, die einheimischen Geschäftsleute in ihrem Vertrauen stärken, das Prestige der Fathom Line und in gewissem Sinne auch das unseres Heimatlandes heben. Außerdem leitet es auch passend das neue Jahr ein. Haben Sie etwas dazu zu bemerken?»

McDougall, der inzwischen eingenickt war, wachte bei den Worten «das neue Jahr» auf und schneuzte sich kräftig.

«Ein äußerst großzügiges Angebot», knurrte Kapitän Hogg. «Ich möchte der Direktion im Namen meiner Offiziere und meiner Mannschaft hierfür meinen Dank aussprechen.»

«Ich danke Ihnen, Kapitän. Nun, meine Herren, Sie sind die Rangältesten. Sie kennen jetzt meine Pläne, und ich erwarte, daß das Unternehmen ein voller Erfolg wird. Dieser Ball an Bord muß Buenos Aires als eines der Ereignisse der Saison in Erinnerung bleiben.»

Ein Ball an Bord... Mit einemmal sah ich Tissots Bild vor mir – parkettartige Decks, filigrane Relings, zierliche glänzende Messingbeschläge; sommerlich gekleidete Offiziere mit flaumigen Bakkenbärten, in Gold und Blau und Weiß erstrahlend; adrette Matrosen, muntere Musiker, zarte Damen in einem Geriesel von Spitzen und Rüschen, kokette Sonnenschirme unter einem Baldachin pirouettierend, der aus den Hoheitszeichen und Flaggen eines halben Dutzends nun vergessener Reiche bestand ... In dergleichen wollten sie die Lotus verwandeln, die Lotus, die bei den Fleischhallen vertäut lag.

Die Nachricht vom Neujahrsball brach über die Besatzung des Schiffes herein wie eine Sturzflut über den Strand und überspülte die kleinen Wellen, die bereits durch unser Mißgeschick im *Saratoga* in der vergangenen Nacht aufgeworfen worden waren. Die Reaktionen angesichts der bevorstehenden Party divergierten heftig. Easter war regelrecht aufgebracht.

«Ich bitte Sie!» sagte er, als er in meine Kabine kam und einen Armvoll Wäsche verdrießlich auf die Koje schleuderte. «Was für ein Getu! Flaggen, Lampions und Damentoiletten! Herrje! Für was halten die eigentlich diesen alten Kahn? Die *Queen Mary* ist er einmal nicht.»

«Nach Ihren Erfahrungen auf den Überseedampfern werden Sie es doch sicher begrüßen, Easter, wieder einmal etwas von der Atmosphäre eines Ozeanriesen zu spüren zu bekommen?»

«Was, auf diesem alten Frachter? In einem Rauchsalon erster Klasse, da ist das was andres. Die ganzen Bonzen da drin nehmen was Gehaltvolles zu sich und merken nicht, wie man sie beim Einschenken bemogelt. Und stecken einem ein bis zwei Pfund zu, damit man sie zur Kabine von einem jungen Weibsbild führt – ganz diskret natürlich. Was werden wir dafür auf diesem alten Kübel zu sehen kriegen? Haufenweise Landratten, die's auf einen Gratissuff abgesehn haben, die werden wir zu sehn kriegen! Von denen haben wir schon was!»

«Sie könnten einige von ihnen vielleicht für den Drei-Karten-Trick interessieren.»

Er heiterte sich ein wenig auf. «Das könnt' ich tun, Doktor. Aber hierzulande gibt's zu viele geriebene Burschen.»

Trail war hingerissen. «Haben Sie das schon gesehn, Doc?» rief er mir am nächsten Tag entgegen, indem er ein Blatt maschinenbeschriebenes Papier schwenkte. «Die Gästeliste. Hoch anständig. Gibt sich nicht erst ab mit solchen Leuten wie dem Herrn Gesandten oder Bischof und so weiter, die verhindert sind, der Einladung Folge zu leisten ... Sehn Sie mal her: Mister und Missis *und Tochter*. Hier noch einmal: *und Töchter*. Die ganze Liste hinunter: *Miss, Miss, Miss*. Fabelhafte Sache! Das Schiff wir um acht Glasen wie ein Harem sein, verdammt nochmal!»

«Ich glaube nicht, daß Sie sich übertriebenen Hoffnungen hingeben sollen, Dritter. Die Misses sind wahrscheinlich ältliche Damen, die Stützen der Mission, und die Töchter werden aller Voraussicht nach noch im kurzen Röckchen herumlaufen. Jedenfalls können Sie Gift drauf nehmen, daß sie auf einem Schiff wie diesem unter der strengen Aufsicht ihrer wachsamen Eltern stehen werden.»

«Unken Sie nicht, Doc! 's wird schon ein paar nette knusprige Dinger darunter geben. Glaub' übrigens, daß ich die eine da unten schon kenne. Hat im Büro der Gesellschaft in Corrientes gearbeitet.» Er rieb sich die Hände. «Das wird ein gutes Neujahrsfest werden, da gibt's nichts!»

Hornbeam war weniger begeistert. «Noch mehr Arbeit für den verdammten Maat», sagte er. «Das halbe Flaggenzeug ist schimmelig geworden, und der Bos'n hat bei der letzten Fahrt die Sonnensegel auf den Kanarischen Inseln verschachert. Wie soll ich, zum Teufel, binnen drei Tagen das Bootsdeck gescheuert und frisch gestrichen kriegen? Und ich möcht' wetten, daß wir dafür auf der Heimfahrt an Scotch Whisky knapp sein werden.»

Whimbles bemächtigte sich die nackte Verzweiflung. Auf ihn fiel der Löwenanteil der Vorbereitungen, und er hatte für alles, was aus seinem Vorratslager ausgegeben wurde, angefangen von einer Kiste Whiskyflaschen bis zu einem Einmachglas mit Maraschino-Kirschen, Rechenschaft abzulegen. Tischtücher, Obstschalen, Gläser und Silber wurden aus halbvergessenen Strohnestern in staubigen Kisten hervorgeholt, die unter Zentnerladungen von Mehl, Reis und Gemüsekonserven verstaut worden waren, sowie eine Kiste Gordon's Gin, die er vor drei Fahrten verloren und derentwillen er seither die Getränkebuchhaltung angstvoll frisiert hatte, um den Verlust zu ersetzen.

«Ogottogott», sagte er, als er, sein schweißdurchtränktes Hemd an die Brust geklebt, aus dem Lager auftauchte, «jetzt wollen die noch Luftballons haben! Haben Sie sowas schon je gehört? Was wird das Büro dazu sagen, wenn wir heimkehren?»

Die Luftballons waren eine Grille Kapitän Hoggs; er hatte ein begeistertes und brennendes Interesse am Ball gefunden und verbrachte den Großteil des Tages damit, auf dem Bootsdeck auf und ab zu spazieren und die Ausstattungs- und Dekorationsstücke umzustellen.

«Mr. Whimble!» schrie er des öfteren. «Mister Whimble! Wo, zum Teufel, stecken Sie denn? Ich glaube, das Büffet würde sich besser auf der Backbordseite ausnehmen. Dort sind nicht so viele Fliegen. Lassen Sie es umstellen. Was ist mit Mr. Hornbeam los? Bos'n, nehmen Sie das dritte Sonnensegel herunter und takeln Sie es achtern vom Schornstein, damit man die Löcher nicht so sieht. Mr. Trail, Ihnen unterstehen, scheint mir, die Rettungsboote?»

«Ja, Sir.»

«Sie sind nicht einmal fähig, ein Spielzeugboot auf einem Teich fahren zu lassen. Sehen Sie zu, daß die Taue anständig verstaut werden.»

«Ay ay, Sir.»

«Doktor!»

«Sir?»

«Die Fliegen, Doktor. Die Schmeißfliegen aus den Fleischhallen. Die sind ein sanitäres Problem, nicht wahr?»

«Ja, Sir. Sie sind im Prüfungslehrplan des öffentlichen Gesundheitsdienstes aufgenommen.»

«Ich mache Sie für sie verantwortlich. Morgen abend wünsche ich keine einzige verdammte Fliege auf meinem Schiff zu sehen. Verstanden?»

«Das ist ein recht weitreichender Befehl, Sir.»

«Ihre Sache, wie Sie damit fertig werden. Lassen Sie sich von Mr. Hornbeam ein Insektenvertilgungsmittel geben. Es ist mir egal, wie Sie die Sache anpacken, aber Fliegen darf es keine geben.»

«Sehr wohl, Sir.»

Ich konnte nur für einen einzigen Zerstäuber Insektenvertilger auftreiben; diesen gab ich Easter mit der Anweisung, ihn jedesmal, wenn er auf Deck kam, kräftig rund um den Kapitän zu betätigen. Dies schien ihn zufriedenzustellen. Er ließ mich bis zum Vorabend des Balls ungeschoren, als er die Offiziere zu einer Konferenz in seine Kabine berief.

«Das muß eine verdammt gelungene Veranstaltung werden», begann er streng. «Das Büro erwartet, daß sich jedermann gut unterhält, und Sie müssen wie der Teufel dahinter sein, daß das auch geschieht. Verstanden? Und nun passen Sie auf.» Er griff nach einem Blatt Papier auf seinem Schreibtisch. «Für morgen abend gelten folgende Befehle: erstens, Uniformzwang. Frisch gewaschene Zehner-Garnitur, korrekte Epauletten und weiße Schuhe. Die Krägen haben ordentlich zugeknöpft zu sein.» Er faßte McDougall ins Auge, der zum Abendessen gemütlich in gestickten Pantoffeln anzuschlurfen pflegte, wobei der hohe Kragen seiner Jacke weit genug offenstand, daß man den auf seine Brust tätowierten Drachen neckisch über seinen zweiten Messingknopf hervorlugen sehen konnte. «Doktor, Sie haben weiße Leinenhose, weißes Hemd und schwarze Krawatte zu tragen.»

«Und die Dienstmütze der Gesellschaft, Sir?»

«Wenn erforderlich. Zweitens: die Gäste werden oben am Laufsteg vom Kapitän und den älteren Offizieren empfangen. Sorgen Sie dafür, daß der Quartermeister in Uniform und nüchtern ist, Mr. Hornbeam.»

«Ay ay, Sir.»

«Drittens: eine Unterhaltung mit Damen darf unter keinen Umständen in den Offizierskabinen oder anderswo als auf den hierfür bestimmten Teilen des Bootsdecks stattfinden.»

«Damit ist der Abend für Trail futsch», flüsterte ich Hornbeam zu.

«Viertens: alle alkoholischen Getränke an Bord sind ab morgen mittag in sicherer Verwahrung zu halten und sind Getränke solcher Art keinem Mitglied der Besatzung vor dem Eintreffen der Gäste, morgen, zehn Uhr abends, zu servieren. Fünftens: jedweder Landurlaub hat ab morgen mittag zu unterbleiben. Sechstens: sämtliche Angehörige der Besatzung haben während der morgigen Nacht anständig und nüchtern zu bleiben. Mein Schiff hat morgen Parade, meine Herren. Verstanden?»

Mit einem Murmeln nahmen wir die Bedingungen zur Kenntnis.

«Die Musik wird von der Kapelle eines englischen Klubs bestritten werden», fuhr Kapitän Hogg fort. «Veranlassen Sie, daß der Funker den Lautverstärker in Betrieb setzt, falls wir Schallplatten spielen müssen, Mr. Hornbeam. Haben Sie das Schallplattenarchiv des Schiffs durchgesehen, Mr. Whimble?»

«Opern und solches Zeugs scheinen da zu sein, Sir.»

«Ausgezeichnet! Opern mag ich manchmal sehr. Nun gut, meine Herren. Richtig, Doktor, ich habe Ihren Mann mit der Führung der Bar betraut.»

«Wen? Easter?»

«Ja, gewiß. Er scheint mir ein verläßlicher und ehrlicher Bursche zu sein.»

Ich schluckte meine Entgegnung hinunter. Ich hatte das Gefühl, daß jede Meinungsäußerung meinerseits das Wohlbehagen beider Teile zerstören würde.

«Na schön. Die Konferenz ist beendet.»

Als wir die Kajütentreppe zusammen hinunterstiegen, sagte ich zu McDougall: «Die Prohibitions-Order bedeutet wohl keinen guten Start für eure schottische Neujahrsfeier.»

Er zwinkerte mir verschlagen mit einem seiner rotumrandeten Augen zu.

«Da müssen schon andere Hindernisse als dieser alte Scheißer auftauchen, um einen Schotten vom Neujahrsfest abzuhalten, Junge. Kommen Sie morgen mal in meine Kabine 'rüber, wenn Sie Ihren Tee ausgetrunken haben. Irgendwo werden wir schon ein oder zwei Schlückchen für Sie zusammenkratzen.»

15

ICH WURDE AM NÄCHSTEN ABEND VON MEINER DUSCHE ABBERUFEN, UM ein Dutzend Stiche an der Stirne eines Heizers anzubringen, der von der Leiter des Heizraumes herabgestürzt war. Aus diesem Grund war ich der einzige Offizier, der nüchtern an Deck kam, um die Gäste zu begrüßen. Kapitän Hoggs Anordnungen waren peinlich genau befolgt worden, mit Ausnahme der einen, die sich auf die Alkoholausgabe auf dem Schiff bezog; seit der Teestunde hatte Whimble sein Haupt in sein Kästchen gesteckt, wie ein nervöser Vogel Strauß in einer von Gefahren erfüllten Wüste; in der Kabine des Chefingenieurs hatten sich, von purem Whisky ausgelöst, rauhe schottische Töne erhoben, Hornbeam und die Maate hatten den Gin aus den Wasserflaschen über dem Waschbecken ausgeschenkt, und selbst Kapitän Hogg hatte Mr. Montmorency und dessen mondäne argentinische Gattin gastlich bewirtet.

Das Bootsdeck der Lotus sah überraschend einladend aus. Lampions leuchteten auf das frisch geweißte und gescheuerte Deck nieder, Flaggen und Wimpel hingen in Reihen von der Reling und verwischten die Konturen des massiven Frigorifico, und auf den langen, mit flammenden argentinischen Blumen geschmückten Tischen stachen Gläser und Leinen angenehm und verheißungsvoll ins Auge. Die Kapelle – bestehend aus drei Argentiniern mit Klavier, Gitarre und Schlagzeug – stimmte hinter der Flagge Australiens feierlich die Instrumente. Am oberen Ende des Laufstegs, der mit Wimpeln und einer Reihe Glühbirnen dekoriert war, stand nervös ein Quartermeister in weißer Matrosenparadeuniform; Stewards in grellen Jacken mit Silbertabletts und Servietten waren zwischen den frischgestrichenen Ventilatoren aufgestellt; hinter der Bar waltete Easter mit dem entwaffnend ehrlichen Gesichtsausdruck eines Bischofs, der mit zwei Flaschen Brandy in seiner Soutane die Zollkontrolle in Dover passiert, seines Amtes.

Neben dem Quartermeister standen – in frischen weißen Zehner-Uniformen, weißen Schuhen, korrekten Epauletten, ordentlich zugeknöpften Krägen – die Offiziere und begrüßten die Gäste mit Charme und Liebenswürdigkeit. Mir kam es so vor, als wiesen die Manieren meiner Gefährten eine gewisse Unsicherheit, eine nervöse Überbetontheit auf. Das konnte man an der Kühnheit erkennen, mit der der Chefingenieur den Damen die Hand küßte; am Zögern, mit dem Whimble den Gästen die Zigaretten anzündete; an Hornbeams brüllendem Gelächter; an der Besessenheit, mit der Trail offenstehenden Mundes jede Frau unter Vierzig, die den Laufsteg heraufkam, im Geiste entkleidete; und an der Hingabe, mit der Kapitän Hogg Mrs. Montmorency ins Hinterteil kniff.

Jemand zerrte mich am Ellbogen. Es war Easter, der sich über die Bar beugte und mir ein hohes Glas mit einer bräunlichen Flüssigkeit entgegenhielt.

«Ergebenster Diener, Doktor», sagte er heiser. «Das ist das Gesöff, das ich für mich und meine Kam'raden zusammenbrau'.»

«Was ist es denn?»

«Ein kleiner Cocktail, den ich auf einem Trip im Westen erfunden hab'. Hab' ihn ‹Feueralarm› getauft.»

«Danke schön, Easter. Bilde mir ein, ich hätte einiges nachzuholen.»

Die Gäste schienen sich aus Seeoffizieren und älteren Angestellten der Fathom Line zusammenzusetzen, die einander und Mr. Montmorency gut kannten und daher des lästigen gesellschaftlichen Geplauders enthoben waren, während man sich über die Getränke und Hummerpasteten hermachte. Da ich nicht in Uniform war, nahm sich niemand die Mühe, mich anzusprechen, und ich war's zufrieden, im Schatten eines Ventilators bei der Bar zu stehen, Schiffszigaretten zu rauchen, einige Feueralarms zu trinken und die Unterhaltung meinen Gefährten zu überlassen.

«*Ché, un cigarillo por favor.*»

Eine schlanke Brünette mit schimmernden Augen und Zähnen stand vor mir.

«Wie bitte?»

«Oh, Sie sprechen nicht Spanisch? Ich möchte nur um eine Zigarette bitten!»

Ich bot ihr eine aus meiner eigenen Tabatiere an.

«Danke. Sie sind auch in den Fleischhallen angestellt, nicht wahr?»

Ich war verletzt. Mochte die Lotus auch ein verrosteter altmodischer Frachter sein, heute nacht war ich stolz auf sie.

«Keineswegs. Ich bin einer der Offiziere.»

«Was, von diesem alten Kübel da? Sie sehen viel zu seriös aus dafür. Warum tragen Sie nicht Uniform?»

«Ich bin der Schiffsarzt», erklärte ich steif.

Ihre Augen begannen sofort noch strahlender zu blicken. «Ach nein! Sie müssen wissen, ich hab' geradezu lähmende Schmerzen in meinem Rücken.»

Ich erfaßte sogleich, daß ich einen gesellschaftlichen Fehler begangen hatte. Während meiner kurzen Arbeitszeit in der allgemeinen Praxis hatte ich erfahren müssen, daß die Teilnehmer einer Gesellschaft, wenn sie einen Arzt kennenlernen, des Glaubens sind, sich mit ihm nur damit unterhalten zu können, daß sie lebhaft ihre Leiden hervorheben. Werden sie einem Bankdirektor vorgestellt, beginnen sie durchaus nicht gleich davon zu sprechen, daß sie ihr Konto überzogen haben, und schütteln sie dem Friedensrichter die Hand, sehen sie sich gar nicht veranlaßt, ihm die Zahl ihrer Vorladungen anzuvertrauen. Doch sie haben die fixe Idee, daß man einen Arzt eine gute halbe Stunde lang mit einer detaillierten Schilderung der eigenen Leiden oder, noch besser, der Leiden entfernter Verwandter oder verstorbener Bekannter amüsieren kann.

«Es sticht mich da herum», fuhr sie fort, indem sie ihren Arm um den Rücken schlang und dabei ihren Spitzbusen vorwärts stieß. «Sooft ich eine rasche Drehung mache – autsch! Verstehen Sie, was ich meine? Ich bin bei Ärzten auf der ganzen Welt gewesen – in London, Paris, New York und hier in B. A. Und dabei hat mir kein einziger ein bißchen was geholfen. Ich hab' noch immer meinen Schmerz. Manchmal wachte ich mitten in der Nacht auf und fing zu schreien an.»

«Sicherlich höchst betrüblich für Sie.»

«Oh, ich hab' schon den Glauben an die Ärzte zu verlieren begonnen. Sie sind mir doch nicht böse, daß ich das sage, nicht wahr?»

«Durchaus nicht. Nehmen Sie einen Feueralarm.»

«Was ist das?»

«Ein Drink. Ausgezeichnet gegen Rückenschmerzen.»

Sie kicherte. «Na, ich war einmal bei einem Orthopäden in der Whimpole Street – süß war der. Er sagte mir, daß ich ein verschobenes Rückgrat hätte. Na, und was glauben Sie? Er schob es wieder zurecht, so wie wenn man eine Türe schließt, ganz einfach!»

«Ich glaube, daß ...»

«Ich hab' danach nur wieder Schmerzen bekommen, wenn es regnete. Woher kommt das, was glauben Sie? Und dann war ich vergangenen Monat draußen im Hurlingham Club Tennis spielen, und da ...»

«Darf ich Ihnen unseren Dritten Offizier vorstellen?» unterbrach ich sie. «Sie werden ihn reizend finden.»

Während der letzten Sekunden hatte Trail meine Gesellschafterin offenen Mundes angeglotzt. Auf meine Bemerkung hin sprang er so hoch, daß er seinen Drink auf das Deck verschüttete; dann schritt er näher mit dem Ausdruck eines hungrigen Matrosen, der zum Sonntagsmahl antritt.

«Mr. Trail», sagte ich. «Miss ...?»

«Ella Robinson.»

«Mr. Trail ist unser beliebtester Offizier», flüsterte ich ihr ins Ohr. «Der Kapitän schätzt ihn überaus hoch ein. Doch wenn ich mir als sein Kamerad eine Bemerkung erlauben darf: er ist ein bißchen schüchtern und bedarf der Ermunterung. Gefällt Ihnen der Ball, Dritter?»

«Trinken Sie noch einen», sagte Trail mit dicker Stimme.

«Ich glaub', der hat's faustdick hinter den Ohren», entschied Miss Robinson, indem sie ihm einen schnellen Blick der Anerkennung zuwarf. Seit wir Santos verlassen hatten, hatte ich seine Pusteln in Behandlung genommen, und mit seiner reinen weißen Jacke und seinem emsig mit Brillantine niedergebügelten Haar sah er so repräsentativ aus wie ein geschniegelter Bühnen-Lebemann.

«Hoho!» sagte Trail. «Wie wär's mit einem Tänzchen?»

«Mmm! Hab' noch nie mit einem Seebären getanzt! Seien Sie ein Schatz, Doktor, und halten Sie mein Glas.» Leicht grinsend schleppte Trail sie zum geweißten Viereck des Decks und begann mit jenem Feuer zu tanzen, das ihm allnächtlich die Herzen in Reeses Tanzhalle in Liverpool zufliegen ließ. Zufrieden genehmigte ich mir einen weiteren Feueralarm und lehnte meinen Rücken an den Ventilator. Seit der Nacht im *Saratoga* war mir jedes so penetrant feminine Wesen wie Miss Robinson zuviel.

Als die Musik aussetzte, kam das Pärchen zu meinem Winkel zurück. Beide waren erhitzt und atemlos.

«Sie sind ein flotter Tänzer», sagte Miss Robinson zu Trail, indem sie ihm einen heißen und bewundernden Blick zuwarf.

«Wirklich?» fragte er eifrig. «Im Ernst?»

«Ja, wirklich. Nicht wie die meisten anderen Engländer hier. Wenn ich mit Ihnen tanze, weiß ich endlich einmal mit Bestimmtheit, daß ich tanze.»

«Trinken Sie noch einen Feueralarm», sagte ich und gab Easter einen Wink.

«Tanzen *Sie*, Doktor?» fragte sie.

«Da muß ich mit einem dezidierten Nein antworten. Ich entstamme einer Familie, die diesbezüglich äußerst strenge Ansichten hatte.»

«Wie amüsant! Wissen Sie, mein Schmerz kehrt wieder. Sehen Sie mal!» Sie drehte sich um. «Lassen Sie Ihre Hand mein Rückgrat hinuntergleiten. Recht so – gerade da! Irrsinnig schmerzhaft! Was, glauben Sie, soll ich dagegen tun?»

«Ich würde an Ihrer Stelle einen Arzt konsultieren.»

Sie lachte neckisch. «Gehn sie, Sie sind aber ein komischer Kauz! Sie sind der netteste Doktor, den ich je kennenlernte.»

«Danke vielmals. Ex getrunken!»

Wir kippten unsere Feueralarms, und die Kapelle begann wieder zu spielen.

«Tanzen wir noch einmal», sagte sie zu Trail.

«Kommt jetzt nicht in Frage!» sagte der. «Ich möchte Ihnen die Steuerung zeigen.»

«Wozu um alles in der Welt soll ich mir die Steuerung ansehen?»

«Sie sieht im Mondlicht äußerst reizvoll aus», fügte ich ermutigend hinzu. «Nicht viele Leute sind berechtigt, sie zu betrachten. Nur Mr. Trail und der Kapitän besitzen den Schlüssel dazu.»

«Kommen Sie», sagte Trail. Er warf ihr einen Blick zu, der das Herz eines jeden englischen Mädchens zum Erbeben gebracht hätte, und schlenderte, Hand in Hand mit ihr, zielbewußt auf die dunklen Winkel des Hecks zu. Ich ging zur Reling, beugte mich über den Streifen schmutzigen, petroleumbelegten Wassers zwischen der Lotus und dem Kai und tauschte Blicke mit den zwei verdrossenen argentinischen Polizisten aus, die unten beim Laufsteg standen. Die Nacht war heiß, und die Sonnensegel hielten jeden Luftzug ab. Mit einem kurzen Griff hakten die Offiziere ihre hohen Krägen auf und wischten sich die Stirnen mit ihren bunten Taschentüchern, und Schweiß begann an den Gesichtern der Gäste herunterzurinnen.

Niemand belästigte mich, so nippte ich gemächlich mein Glas leer und dachte schuldbewußt an England. Da unterbrach das Singen von *A hundred pipers an' a'*, aus der Ecke dringend, wo die Kapelle gespielt hatte, mein Sinnen. Es war fast halb zwölf, und der Maschinenraum gab nunmehr den Ton in der Gesellschaft an. Die Ingenieure lungerten um das Klavier herum mit einer Miene heiterer Besitzergreifung, die alles in Sehweite umfaßte, und McDougall war bis zum Gürtel nackt; sein Drachen, seine Herzen und Segelschiffe leuchteten durch die grauen Haarbüschel hervor, die ihm auf Brustkorb und Schultern so üppig wie Farn auf einem Hochlandhügel sproßten. Ihnen im Gesang vereint waren Kapitän Hogg, der bis zur völligen Harmlosigkeit betrunken war, und die Montmorencys. Die musikalische Begleitung wurde von Easter beigestellt, der im Stil Chico Marx' Klavier spielte.

Easter beendete soeben sein Stück mit einem kunstvollen Triller, erhob sich und kündigte feierlich an: «Meine Damen und Herren, als nächste Nummer hören Sie heute abend meine Wiedergabe der berühmten altenglischen Ballade *Die Lily von Laguna*. Glückauf, meine Herren, glückauf!» Schwer ließ er sich niederplumpsen und begann die Melodie zu spielen, zu der die meisten Zuhörer den Text von *Annie Laurie* zu singen begannen. Sodann rief McDougall aus, daß es nach Schiffszeit Mitternacht sei, da die Glocken um eine halbe Stunde vorgerückt werden müßten, und stimmte *Auld Lang Syne* an. Die Gesellschaft fiel ein, und ich wurde in eine Kette überkreuzter Hände hineingewirbelt. McDougall sang, zwischen zwei anderen Schotten schunkelnd, mit fest geschlossenen Augen; plötzlich brach er ab, schrie «Küßt alle Mädels!» und tauchte auf Mrs. Montmorency zu. Er umschlang sie mit seinen feuchten nackten Armen und küßte sie stürmisch ab, bis er von Macpherson, McPhail und Macintosh weggeboxt wurde. Diesen folgten Kapitän Hogg, Easter, Whimble, einer der argentinischen Polizisten vom Dock, der Quartermeister, Hornbeam und ich. Dann stimmten alle neuerlich *Auld Lang Syne* an.

Nach der letzten Strophe schrie Kapitän Hogg: «Acht Glasen! Quartermeister, schlagen Sie acht Glasen! Mitternacht ist's, nach Schiffszeit!»

Mrs. Montmorency breitete sofort ihre Arme aus und wurde von McDougall, Macpherson, Kapitän Hogg, noch einmal von McDougall, von mir, Easter, Hornbeam, ein drittes Mal von McDougall, von Macpherson, McPhail und McDougall geküßt. Sie schien diese uneingeschränkten Tribute durchaus zu genießen, wenn sich auch Mr. Montmorency, der zappelnd neben ihr stand, während der vierten Umarmung McDougalls bemüßigt fühlte zu murmeln: «Gib Ruh, Maria! Gib Ruh, Alte, sag' ich dir!» Wir sangen *Auld Lang Syne* und küßten Maria Montmorency noch mehrere Male, da einer aus dem Kreis in Erinnerung brachte, daß es nun Mitternacht in Greenwich, Glasgow, Greenock oder sonst einem Ort sei, der von überragender Bedeutung für den Betreffenden war. Schließlich packte Mr. Montmorency seine Gattin am Arm und führte sie zum Laufsteg, wobei jedermann sie hochleben ließ und Easter *Sons of the Brave* spielte.

Danach beschlossen die Ingenieure und Hornbeam, die Taxi-Girls auf der anderen Hafenseite aufzusuchen.

«Kommen Sie, Doc», drang Hornbeam in mich. «'s ist gleich bei der Fähre drüben. In zehn Minuten sind wir dort.»

«Ich dachte, Sie hätten kein Geld?»

«Hab' an den Polizisten ein bißchen Whisky verschachert. 's ist ein billiges Lokal – für zwanzig Pesos kriegen Sie von den Mädels ebensogut die Socken gestopft.»

Ich schüttelte den Kopf. «Danke, nein. Hab' in B. A. schon mehr als genug Wirbel gehabt. Außerdem bin ich müde. Ich geh' mich niederlegen.»

Ich verließ meine Kameraden, die sich bereits auf dem Laufsteg befanden; Flaschenhälse lugten aus den Taschen ihrer weißen Hosen. Ich war müde und alkoholschwer. Easters Feueralarms hatten so betäubend wie Äther gewirkt und in meinen Gliedmaßen eine erschreckende Starrheit und Unordnung hervorgerufen; ich hatte nur den einzigen Wunsch, mich in meine Koje zu legen, den Ventilator einzuschalten und in den sanften Schaum zu versinken, der über der dunklen, kühlen Flut der Bewußtlosigkeit liegt. Gähnend hakte ich die Jalousie meiner Kabine auf, schlug den Vorhang beiseite und drehte das Licht an. Auf dem Boden lag Trail in tiefem Schlaf; zwei halbvolle Whiskyflaschen und einige zerbrochene Gläser waren auf dem Pult zu sehen; auf meiner Koje war Ella hingegossen, den Rock bis zur Taille hinaufgeschoben; sie schnarchte dröhnend.

Ich begann an Trail einen Wiederbelebungsversuch vorzunehmen, indem ich den Rest meines Trinkwassers über ihn schüttete. Dabei wurde offenbar, daß er sich in einem Zustand tiefster chirurgischer Betäubung befand; ich hätte ihm ein Bein absägen können, ohne daß er es bemerkt hätte. Während ich ihn schüttelte und ihn ins Gesicht schlug, hörte ich von der Koje her ein tiefes Stöhnen und sah, daß Ella schlaff ihren Arm bewegte. Ich ließ Trail fallen und begann ihr Gesicht mit einem Handtuchzipfel abzuklopfen. Sie schüttelte den Kopf und murmelte etwas.

«Ella! Ella!» rief ich. «Wachen Sie auf! Schauen Sie um Gottes willen, daß Sie weiterkommen, Weib! Was sagen Sie?»

Ich neigte mein Ohr zu ihrem Mund.

«Mir ist zum Kotzen», sagte sie.

«Du lieber Himmel!» Ich warf ein Handtuch über sie, stellte meine leere Heißwasserkanne auf ihren Busen und eilte ins Schiffslazarett hinunter, um ein Riechsalz zu holen.

Als ich zurückkam, saß sie mit zugemachten Augen und weißem Gesicht auf dem Rand der Koje und hielt das Haupt schwer in den Händen; ihr schwarzes Haar hing ihr aufgelöst über Schultern und Stirn. Sie sah wie eine Patientin nach einer langen Operation aus.

«Hier, Ella! Trinken Sie das!» sagte ich aufmunternd.

Sie stieß mich rüde beiseite.

«Mag keinen Drink mehr.»

«Das ist kein Drink – das ist eine Medizin. Sie werden sich danach besser fühlen, hören Sie? Das Zeug schmeckt ausgezeichnet. Sehen Sie – ich trinke selber davon.»

«Ich möcht' nach Haus.»

«Ja, ich weiß. Aber trinken Sie das zuerst. Das ist was ganz Spezielles.»

«Um Christi willen, bringen Sie mich nach Hause. Um Christi willen!»

«Na gut. Wo wohnen Sie?»

Pause. Sie schüttelte langsam den Kopf.

«Weiß nicht.»

Ich blickte hoffnungsvoll zu Trail hinüber, der aber schien vor Mittag des folgenden Tags nicht imstande zu sein, an welcher Konversation immer teilzunehmen.

«Ella», sagte ich sanft. «denken Sie bitte nach. Wo wohnen Sie? Haben Sie keine Telephonnummer?»

«Ich möcht' ins Bett.» Sie machte Anstalten, sich in meine Koje zurückrollen zu lassen, doch ich fing sie noch auf.

«Nein, Sie dürfen nicht schlafen», sagte ich mit Bestimmtheit zu ihr. «Da wäre der Teufel los, wenn ich Sie nicht aus meiner Kabine hinaus- und vom Schiff wegbrächte. Nun denken Sie gut nach und versuchen Sie sich zu erinnern, wo Sie wohnen. Die Straße genügt.»

Ich zog ihre Handtasche hervor, die sich seitlich der Koje eingeklemmt hatte, öffnete sie und fand eine ihrer Visitenkarten. Diese trug eine Adresse im Palermo-Bezirk, der, wie mir schwante, am anderen Ende von Buenos Aires gelegen war.

«Schön», sagte ich und ließ meinen Arm unter ihre Schultern gleiten. «Jetzt machen wir einen kleinen Spaziergang.»

Der Quartermeister am Laufsteg grinste mich an.

«Netter Happen, was, Doktor?» sagte er. Er zwinkerte und schmatzte mit den Lippen, um seine Bemerkung zu unterstreichen, falls ich deren Bedeutung nicht erfaßt haben sollte.

«Benson», sagte ich streng. «Ich brauche an die zweihundert Pesos. Ich wäre Ihnen zu Dank verbunden, wenn Sie sie mir borgten – falls Sie sie haben. Ich sehe keine Möglichkeit, sie Ihnen vor unserer Heimkehr zurückzuzahlen, doch wenn Sie es mir abschlagen, werde ich Ihnen Saures geben, falls Sie auf der Rückfahrt krank werden sollten. Danke.»

Wir stolperten selbander den Laufsteg hinunter, Ella klammerte sich an meinen Kragen und stöhnte. Nachdem wir uns durch die Eisenbahngeleise und die Pfosten des Kais mühsam einen Weg gebahnt hatten, kamen wir zur kleinen Wachstube der Hafenpolizei neben der Sperre. Ich gab dem Polizisten zehn Pesos und bat ihn, ein Taxi zu rufen; zwanzig Minuten später holperten wir die schmutzige Straße neben dem Frigorifico entlang; Ella war neuerlich entschlafen und schnarchte auf meiner Schulter.

Der Wagen hielt vor einem hohen Wohnhausblock, mehrere Meilen vom Schiff entfernt. Ich schüttelte Ella, und sie schrak auf.

«Sie sind zu Hause», sagte ich. «Endstation.»

«O Gott, mir ist elend zumut'!»

«Mir auch.»

«Führen Sie mich hinein ... bitte!»

«Bringen Sie das nicht allein zustande?»

Sie schüttelte den Kopf.

«Na schön.»

Ich half ihr aus dem Wagen, indem ich dem Fahrer durch Zeichen andeutete, daß er warten sollte. Wir betraten eine kleine Halle, in der sich das Stiegenhaus und ein Lift befanden. Als ich die Lifttüre öffnete, lehnte sich Ella schwer auf meine Schulter und brach in Tränen aus.

Sie sagte mir, von Schluchzen unterbrochen, daß sie auf Nummer 17 im dritten Stock wohne; der Schlüssel befand sich in ihrer Handtasche. Ich brachte sie zur Eingangstür und sperrte auf. In diesem Augenblick wankten ihre Knie. Sie begann langsam den Türpfosten hinunterzugleiten.

«Das Zimmer vis-à-vis», stammelte sie. «Helfen Sie mir um Himmels willen hinein!»

Ich stützte sie beim Überqueren des Vorzimmers und führte sie in den Raum gegenüber der Wohnungstüre. Mit meiner freien Hand knipste ich das Licht an und entdeckte, daß ich mich in ihrem Schlafzimmer befand.

«Legen Sie Ihren Arm um meinen Nacken», befahl ich. Sie gehorchte, und ich hob sie empor und ließ sie schwer aufs Bett fallen.

«Na also», sagte ich. «Jetzt können Sie meinen Hals wieder loslassen.»

Ich hörte ein Geräusch hinter mir und drehte mich um. Auf der Schwelle stand ein großer, düsterer, angegrauter Herr mit steifgewichstem Schnurrbart und kriegerischem Blick, angetan mit einem gelbseidenen Schlafrock. Hinter ihm hielt sich eine schüchterne, fahl rothaarige, leicht übertragene Frau in einem verschossenen Hauskleid.

«Mir ist verdammt danach zumute, Sie mit der Reitpeitsche von hier herauszujagen», sagte der angegraute Herr mit Entschlossenheit.

«Hören Sie zu, ich ...», begann ich.

«Ich könnte Ihnen noch mitteilen, daß ich Sie für einen Erzlumpen halte. Ich habe keine Ahnung, welche Erziehung Sie genossen haben, doch kann ich mir nicht vorstellen, daß sie sehr gehaltvoll gewesen ist. Wäre ich ein paar Jahre jünger, dann würde ich Sie mit meinen blanken Fäusten traktieren. Ein junger Laffe wie Sie bedarf einmal einer gründlichen Lektion.»

«Sei vorsichtig, Charles», sagte die Frau nervös. «Erinnere dich, was du dem Rolleston-Burschen angetan hast.»

Charles zuckte mit seinen Muskeln unter dem Schlafrock. Ella hatte allem Anschein nach Bulldog Drummond zum Vater.

«Ich hätte es niemals zulassen dürfen, daß sie auf dieses verdammte Schiff geht», bemerkte er bitter. «Ich war des Glaubens, daß zumindest die Offiziere Gentlemen sind. Ich habe mich geirrt.»

«Bezähme dich, Charles», sprach das Weib schüchtern weiter, indem sie ihre Augen mit den Händen bedeckte.

«Hören Sie zu», sagte ich ergrimmt. «Ich versichere Ihnen, daß ich mit Ihrer Tochter nicht das mindeste zu schaffen hatte...»

Charles schnaufte: «Möchten Sie mir dann bitte erklären, wie dieser Lippenstift auf Ihr Hemd geraten ist? Eine geradezu abstoßende Zurschaustellung! Bei Gott, nach all dem bin ich doch nicht so sicher, daß ich Sie nicht mit der Reitpeitsche hinausjagen werde...»

«Charles! Charles!»

«Sie haben die ganze Geschichte falsch aufgefaßt...»

Charles hatte nunmehr Zeit genug gehabt, mich genau ins Auge zu fassen und herauszufinden, daß ich viel kleiner war als er. Er schritt auf mich zu, und sein Gesicht färbte sich hochrot.

«Hände hoch, Sie Lausebengel!» knurrte er.

Die Sache war aussichtslos. Ich warf einen von Ellas Polstern auf ihn, sprang rasch zur Seite und stürzte zur Türe. Ich schoß in den Lift hinein und war mit einem Satz im Taxi, wie ein Überlebender einer Schiffskatastrophe im Rettungsboot, und fuhr zum Schiff zurück, wobei ich bei jeder Kurve nervös durch das hintere Wagenfenster nach Autos Ausschau hielt, in denen grauhaarige Herren in seidenen Schlafröcken saßen, darauf erpicht, die würgende Monotonie des gesellschaftlichen Lebens in Buenos Aires dadurch zu beleben, daß sie die Ehre ihrer Töchter verteidigten. Und auf dem Schiff mußte ich entdecken, daß Trail inzwischen so weit zu Kräften gekommen war, um in meine Koje zu klettern.

16

ICH VERBRACHTE DEN REST UNSERES AUFENTHALTES IN BUENOS AIRES damit, daß ich die breiten, sonnenüberfluteten Straßen kreuz und quer nach einer billigen Uhr absuchte. Den Bars wich ich aus, und sooft ich glaubte, daß eine Frau mich ansähe, machte ich einen Satz.

Die Triebkraft, die uns Hals über Kopf in das Vergnügungsleben Südamerikas hineinsteuern ließ, hatte sich mit dem Ende des Balls erschöpft; danach führten wir das gesetzte und sensationslose Leben von Seeleuten, die im Hafen liegen. Jeden Morgen las ich sorgfältig die englische Ausgabe des *Buenos Aires Standard*, trank mit Hornbeam zusammen Tee und schlenderte über die von geschäftigem Leben erfüllten Decks; am Nachmittag füllte ich meine Kabine mit den letzten Spritzen aus unserem D.

D. T.-Zerstäuber und schlief tief und fest bis zur Teezeit, trotz der zu meinen Häupten ratternden Dampfwinde. Dann und wann griff ich nach «Krieg und Frieden», doch die eisigen Steppen Rußlands erschienen mir allzu phantastisch; daher erschlug ich ein paar Küchenschaben damit und legte schließlich die Bände für die Heimfahrt beiseite.

Abends, wenn die Sonne untergegangen war und manchmal eine Brise über den Rio de la Plata wehte und unseren Decks Erfrischung brachte, saßen wir in Hornbeams Kabine bei einer Kiste Bier und spielten brav Spiele wie Bridge und Würfeln. Ich hatte das Gefühl, daß ich schon ein Leben lang am Kai von Buenos Aires lag, und bisweilen blickte ich auf die vertrauten Winkel meiner Kabine und konnte mir nicht vorstellen, daß sie je von den Schatten eines englischen Wintertags in Dämmer gehüllt worden waren. Als ich dies eines Abends den andern anvertraute, sagte Hornbeam: «Sie würden sich dran gewöhnen, in der Hölle zu leben, Doc, wenn wir dorthin gefahren wären. Alle Orte sind einander irgendwie ähnlich.» Er lag halbnackt auf seiner Koje und fächelte sich mit einer Nummer der *Shipping World*. «Hitze und Schweiß und Kerle, die darauf aus sind, einem für ein Butterbrot die Gurgel durchzuschneiden, gibt's überall – im Fernen Osten wie an der Küste Afrikas. Auf hoher See ist nicht mehr Romantik zu finden als auf der Aldgate-Untergrundstation.»

«Wann geht's heimwärts?» fragte ich.

Er zuckte mit den Achseln. «Könnt's nicht sagen. Vielleicht in einer Woche, vielleicht in zwei. Hängt ganz von der Verladung der Fracht ab. Sobald man einmal in einem Hafen liegt, haben einen die Dockarbeiter in der Hand, ob er nun Cardiff heißt oder Kalkutta. Ich hörte heut' vom Agenten, daß die Burschen einen Streik planen. Dann würden sie uns schön festnageln.»

«Hätte jetzt nichts gegen einen frisch aus dem Faß gezapften Schoppen englischen Biers einzuwenden», sagte Archer tiefernst. «Oder gegen ein Scharmützel mit einem Liverpooler Barmädel. Man kriegt genug von diesen Hochdruck-Flittchen hier.»

Wir saßen da, starrten niedergeschlagen in unsere Biergläser und hatten alle plötzlich Heimweh.

«Glaube, ich hätt' heiraten und mich seßhaft machen sollen», fuhr Hornbeam fort. «Fast hätt' ich's einmal getan. Bin immer noch mit ihr verlobt, wenn man's genau nimmt. Sie lebt in Sydney. Schickt mir Briefe und Süßigkeiten und so Sachen. Ich seh' sie ungefähr alle zwei Jahre einmal.»

«Ich hätt' dabei bleiben sollen, Kühlschränke zu verkaufen», sagte Archer zu mir. «Nach dem Krieg hab' ich's eine Zeitlang getan, mußt' es aber aufgeben. Heutzutage geht das Geld an Land irgendwie in Luft auf.»

«Ihr Burschen von der Handelsmarine wißt nicht, wie gut ihr dran seid», sagte ich ihm.

«Die Handelsmarine!» rief Hornbeam und faltete nachdenklich seine Hände auf dem nackten Bauch. «Eine komische Institution. Eine Kreuzung zwischen Fred Kranos Armee und einem Haufen Kerle, die einen Job zu machen versuchen.»

«Auf See gibt's keine Sicherheit», fügte Archer düster hinzu.

«Vielleicht ist's hier doch besser, als in einem Büro auf dem Hintern zu sitzen, bis man tot umfällt», sagte Hornbeam. «Jeden Samstagabend Kino und im Sommer auf vierzehn Tage nach Margate. Da würd' ich auswachsen.»

«Margate ist ganz in Ordnung», bemerkte Trail, der sich endlich ins Gespräch einmengte. «Kannte mal ein Mädel, das dort lebte. Ihr Vater hatte eine Schießbude im Vergnügungspark.»

17

DAS WAR VIERZEHN TAGE VOR UNSERER ABFAHRT. ALS DIE MASCHINEN wieder zu zittern begannen, lief ein Schauer der Erregung durchs Schiff. Singend verrichteten die Matrosen ihre Arbeit – sie sangen keine Seemannslieder, weil sie diese nur gelegentlich im Kino hörten, doch alle Schlager, die sie sonst wußten, von *She'll Be Round the Mountain* angefangen bis *Rock of Ages.*

«Die Leute scheinen alle recht vergnügt zu sein», bemerkte ich zu Easter, als einer vorüberschlenderte und *Every turn of the screw brings me nearer to you* trällerte.

«Na, Doktor, es geht heimwärts!»

«Aber wir sind doch erst ein paar Monate weg!»

«'s ist trotzdem immer dasselbe, ob man nun zwei Jahre oder nur vierzehn Tage weg war. Man wird kribblig, wenn man den letzten Hafen verläßt.»

«Das kann ich nachfühlen. Für die meisten geht's aber doch nur, glaub' ich, zu einer Mansardenstube in Liverpool oder einem schmutzigen alten Haus in East End.»

«Trotzdem, 's ist daheim, Sir.»

«Sie haben schon recht. Wo sind Sie zu Hause, Easter?»

«Drunten in Cheltenham.»

«Nein, wirklich?»

«Ich wohn' bei meiner alten Dame», fuhr er fort. «Sie hat dort einen Laden mit Süßigkeiten. Wird ihr jetzt schon ein bißchen zuviel. Sie ist ein gutes Stück über Siebzig.»

Die Vorstellung, daß Easter eine Mutter besaß, war verwirrend. Mir war immer die Idee vorgeschwebt, er sei im Kielwasser der Venus aus dem Meer aufgetaucht.

«Halten Sie beim nächsten Trip wieder mit, Easter?»

«Glaub' schon», erwiderte er. «Hab's schon an Land versucht – mit allerlei Jobs. Außer in Vergnügungslokalen und bei den Rennen hab' ich schon in Wirtshäusern, Wäschereien, Hotels und

Fischbratküchen gearbeitet. War sogar auch schon bei Straßenbauarbeiten eingesetzt. Manchmal hab' ich mich mit einer seßhaften Arbeit abgegeben, aber ... na, Sie wissen schon, wie's geht. Da mach' ich an einem Samstagnachmittag einen Sprung in die Volksbücherei und werf einen Blick auf die Lloyd-Liste – und aus ist's. Ich mal' mir aus, wie fein es wär', irgendwohin in die weite Welt zu segeln, anstatt im Regen Schlange zu stehen.»

«Ich versteh' Sie leider nur zu sehr, Easter. Aber vielleicht werden Sie einmal heiraten?»

«Was, in meinem Alter? Und nach alldem, was ich an Weibern kennengelernt hab'? Herrje! Alle hab' ich gehabt, alle – schwarze, weiße, braune, gelbe. Schaun unterwärts alle gleich aus.»

«Lesen Sie Kipling, Easter?» fragte ich interessiert.

«Kipling? Der ist schon tot, nicht wahr?»

«Auf See scheint er nicht tot zu sein.»

«Ich les' nicht viel, Doktor. Hab' keine Zeit für Bücher. Man braucht heutzutag schon sein ganzes Leben dazu, um sich durchzufretten, was?»

Wir lösten uns von den Fleischhallen los und dampften langsam den langen, mit Bojen bezeichneten Kanal längs des seichten Teiles des Rio de la Plata in Richtung Montevideo und Atlantik hinunter. Danach hatten wir direkte Fahrt heimwärts, die nur auf den Kanarischen Inseln zwecks Heizölaufnahme unterbrochen werden sollte. Die See war ruhig und der Himmel ungetrübt. Nach Montevideo ließen wir die letzte anhängliche Möwe hinter uns und waren wieder allein mit dem Meer.

«Von heut' in drei Wochen», sagte Hornbeam, «werden Sie im Carradoc bei einem Schoppen Bier sitzen.»

«Hoffentlich wird mich das billiger zu stehn kommen als der letzte Drink.»

Er lachte.

«Erinnern Sie mich daran, daß Sie von mir eine neue Füllfeder kriegen, Doc. Übrigens dürften wir eine recht ruhige Fahrt bis zur Bay haben.»

Und so war es auch. Nach zwei Tagen Fahrt wurde Kapitän Hogg moroser denn je, dann zog er sich zurück. Ein paar Tage lang kam er noch zu den Mahlzeiten herunter, die er wortlos und ohne ein Anzeichen, daß er unsere Anwesenheit bei Tisch zur Kenntnis nahm, verzehrte. Da niemand anderes zu sprechen wagte, hieß das soviel, daß Mittag- und Abendessen in einem Schweigen konsumiert wurden, das Geräusch wie das Kauen von Sellerie zur Stärke eines tropischen Gewitters anschwellen ließ. Danach nahm er die Mahlzeiten in seiner Kabine ein und tauchte nur gelegentlich an Deck auf. Er pflegte ein paar Minuten lang vor seiner Türe zu stehen, sich am Kopf zu kratzen, zu schneuzen und dann für den Rest des Tages zu verschwinden. Jedermann war darob hocherfreut.

«Dem Alten liegt was Spezielles im Magen», sagte Hornbeam.

«Nie steckt er seine Nase auf die Brücke. Wenn ich zu ihm auf die Kabine geh', knurrt er nur und sagt, daß er mir das Kommando über das Schiff übergeben hat. Mir ist's recht. Das Leben ist jetzt nett und ruhig, was?»

«Ja, prächtig. Ich frag' mich nur, wie lang das dauert.»

Es dauerte bis zur Nacht des Schiffbruchs.

Als wir noch zwei Tagereisen von den Kanarischen Inseln entfernt waren, schlug das Wetter plötzlich innerhalb weniger Stunden um. Die Sonne wurde von schweren, echt englisch aussehenden Wolken verhangen, und ein kalter Wind blies vom Norden herab und streute ein paar Handvoll Regen über die Decks. Ich lag auf meiner Koje und schaukelte zufrieden und vertrauensvoll im Auf und Ab des Ozeans. Es war kurz nach Mitternacht, und ich schwebte im freundlichen Dämmerbogen zwischen Schlafen und Wachen und genoß die besten Teile von beiden. Da läuteten die Alarmglocken.

Ich setzte mich auf und drehte das Licht an. Sieben kurze Signale, die «Setzt Boote» bedeuteten. Offenbar hatte sich jemand auf der Brücke an die Alarmknöpfe gelehnt. Ich fragte mich gerade, was ich tun sollte, da blies die Sirene «Alle Mann von Bord!»

«Großer Gott!» sagte ich. Ich sprang von meiner Koje weg wie ein Sprinter von der Marklinie. Ich fiel über die Heißwasserkanne, raffte mich wieder zusammen und stieß die Kabinentüre auf. Trail, der eben von der Wache gekommen war, stand mir gegenüber. Er sah verstört aus.

«Was ist los?» fragte ich erschrocken.

«Signal ‹Alle Mann von Bord›.»

«Das weiß ich. Doch warum?»

«Fragen Sie mich nicht, Doc. Es war alles in Ordnung, als ich von der Brücke kam. Gehn wir lieber hinauf.»

Ich band meine Pyjamahosen fester und begann die Kajütentreppe zu erklimmen.

«Ihre Schwimmweste, Sie Idiot!» brüllte mir Trail zu.

«Du lieber Himmel! Die hab' ich ganz vergessen.»

Ich rannte in die Kabine zurück, zog die Schwimmweste über und begann sie festzubinden. Da kam mir der Gedanke, ich sollte etwas von meinem Hab und Gut zu retten versuchen; so griff ich nach meinem leeren Waschsäckchen und stopfte ein oder zwei Dinge, die gerade in der Nähe lagen, hinein. Später entdeckte ich, daß ich einen Schuhlöffel, zwei leere Zigarettenschachteln, eine Filmrolle und ein Exemplar von «Spanisch lernen – ein Vergnügen» vor dem Untergang bewahrt hatte. Dem Kästchen entnahm ich noch eine Packung Morphium, dann lief ich aufs Bootsdeck.

Die Besatzung der Lotus hatte laut Vorschrift des Verkehrsministeriums jeden Freitag nachmittag um halb fünf Schiffsübungen; diese waren stets zufriedenstellend in Ruhe und in einer Atmosphäre freundlicher Zusammenarbeit ausgefallen. Es gibt jedoch im

Ernstfall gewisse Faktoren, die Komplikationen schaffen und während der harmlosen Proben nicht auftreten. Vor allem ist es meistens Nacht, es weht ein kalter Wind, und es regnet. Die See geht hoch, und dies erschwert ein Auslegen der Boote ohne Beschädigungen. Jedermann ist aus tiefem Schlaf aufgeschreckt worden und übler Laune. Der Bos'n hat vergessen, wo die Kurbel an einem der Davits anzusetzen ist. Der Dritte hat die Namensliste verloren. Sämtliche Matrosen sind verstört und naturgemäß zu sehr damit befaßt, sich selbst in Sicherheit zu bringen, als daß sie rückhaltlose Begeisterung dafür aufwenden, ihre Kameraden zu retten. Außerdem sind alle Lichter erloschen.

Ich glitschte über das nasse Deck, das nun von hastenden Matrosen wimmelte, und bahnte mir einen Weg zu dem Haufen Männer, die mein Boot umstanden. Sie schnitten gerade unter der Anleitung des Dritten die Taue durch, die die Segeltuchhüllen hielten.

«Mein Gott, dieses Durcheinander!» sagte Trail. «Na also, Bos'n. Klarhalten zum Auslegen.»

«Alle Boote auslegen!» kam Kapitän Hoggs Stimme durch das Sprachrohr.

«Auslegen!» wiederholte der Dritte.

Drei Mann drehten an jeder Davitkurbel mit einer Energie, die auf See gewöhnlich nur dann aufgewandt wird, wenn man zehn Minuten vor der Sperrstunde der Wirtshäuser in einen Hafen einläuft.

«Auslegen!» wiederholte Kapitän Hogg. «Das Schiff geht unter!»

Eine Rakete flog in die Luft und explodierte zu lieblich herabfallenden bunten Sternen.

«Schneller, Leute!» brüllte er.

«Beeilt euch!» befahl Trail ungeduldig. «Klarhalten beim Takelwerk!»

«Verzeihen Sie, wenn ich unterbreche», sagte ich. «Aber für einen Untergang scheinen wir keine sehr große Schlagseite zu haben.»

«Halten Sie den Mund, Doc! Achtung, herunterlassen! In Ruhe, vorwärts, los!»

Hornbeam kam, in Schwimmweste und Unterhosen, atemlos zu uns herüber.

«Was ist los?» fragto ich.

«Fragen Sie mich nicht. Das Ganze geht vom Alten aus. Als ich auf die Brücke ging, hat er mich mit einem Tritt hinuntergejagt.»

Plötzlich leuchteten die Decklichter wieder auf. Wir hielten inne und blickten einander an.

«Achtung!» kam es durchs Sprachrohr. «Das war die jammervollste Darbietung, die ich in meiner ganzen Dienstzeit auf See je gesehen habe. Das waren Schiffsübungen, verstanden? So sollten sie vorgenommen werden, nicht wie dieser Unsinn bei den Freitagnachmittags-Kaffeekränzchen. Ihr seid die untüchtigste Mannschaft, mit der zu segeln ich je verurteilt war. Wieder einholen und abtreten.»

Die Boote wurden unter einem Chor ungehemmter Flüche und Zornausbrüche eingeholt und festgemacht.

Ich ging hinunter, um mich umzukleiden und einen Drink zu mir zu nehmen. Während ich mich noch abfrottierte, kam Trail herein.

«Für was, zum Teufel, hält sich der Alte eigentlich?» fragte er, indem er seine nasse Schwimmweste auf meine Koje warf.

«Wahrscheinlich darf er Schiffsübungen mitten in der Nacht abhalten, wenn er Lust hat.»

«Er darf, das schon. Der darf alles. Er kann unsereinen heiraten, begraben, in Ketten legen oder von der Rahnock baumeln lassen. Aber das heißt nicht, daß er das jede Nacht tun kann.»

«Wie verhält sich die Mannschaft dazu?»

«Sie wird bei ihrer Gewerkschaft Klage führen.»

«Ich wollt', ich könnt' das auch bei meiner!»

Trail zog seinen nassen Rock aus und setzte sich nieder. «Ich frag' mich nur, was den Alten dazu veranlaßt hat?» sagte er, ruhiger geworden. «Wir haben ihn doch seit einer Woche zum erstenmal gesehn.»

«Vielleicht wollte er sich uns in Erinnerung bringen.»

«Möglich. Na, jetzt ist Schluß. 's war scheußlich kalt da oben an Deck. Morgen werden Sie an die zwanzig Fälle Lungenentzündung haben.»

«Wollen Sie ein Schlückchen vor dem Niederlegen?»

«Danke, hätte gegen ein schnelles nichts einzuwenden.»

Ich reichte ihm gerade die Whiskyflasche, als die Sirene zum zweitenmal ertönte.

Die Szene auf dem Bootsdeck wurde wiederholt, doch diesmal in einem viel gemächlicheren Tempo abgespielt. Die Mannschaft zeigte überhaupt keine Begeisterung für die Übung.

«Beeilt euch!» kommandierte Trail. «Wenn's schon mal sein muß, ist's besser, ihr habt es schnell hinter euch.»

«Schneller!» brüllte das Sprachrohr. «Ihr wollt euch Matrosen nennen? Vorwärts bei Nummer vier, Mr. Trail!»

«Um des lieben Friedens willen, Burschen», sagte Trail, «macht den Alten glücklich.»

Langsam legte unser Boot aus, schaukelte im Wind und zerrte an den Armen der fluchenden Mannschaft.

Nach zwanzig Minuten Aufenthalt auf dem kalten, nassen Deck gab Kapitän Hogg den Befehl, wieder einzuholen. Die Boote wurden zu ihren Blocks zurückgeschafft, festgemacht und mit den Segeltuchhüllen bedeckt.

Hornbeam, der inzwischen Zeit gehabt hatte, seine Uniform anzulegen, kam zu uns zurück.

«Alles in Ordnung, Dritter?» fragte er ängstlich.

«Ay ay, Mr. Hornbeam.»

«Na schön. Abtreten.»

Wieder kam die Stimme durch das Sprachrohr:

«Achtung! Übung nochmals wiederholen!»

Hornbeam sprang herum.

«Nein!» brüllte er zur Brücke hinauf. «Wir wollen nicht mehr!»

Wind und Wetter machten einen hübschen Lärm, aber sie wurden vom Schweigen übertönt, das sich auf alle an Deck herabsenkte. Ich hielt den Atem an. Die Brücke war in Dunkelheit gehüllt, doch ich konnte mir die hochexplosive Gestalt, die dort stand, gut vorstellen.

Das Sprachrohr blieb für einige Sekunden stumm.

«Das ist Meuterei!» brüllte es dann.

Hornbeam zuckte die Achseln.

«Abtreten, Leute», sagte er. «Beachtet alle weiteren Alarmsignale nicht mehr.»

«Mr. Hornbeam, ich werde Sie in Ketten legen lassen!»

Hornbeam nahm davon keine Notiz.

«Dafür werden Sie teuer zu bezahlen haben, bei Gott!»

«Sie sehen zu, daß alles festgemacht ist, Dritter», fuhr Hornbeam ruhig fort. «Ich geh' auf die Brücke.»

Er bewegte sich auf die Leiter zu.

«Wenn Sie heraufkommen, schlag' ich Ihnen die Zähne ein!»

Er erreichte das Ende der Leiter. Ein schwerer Kohleneimer fiel aufs Deck, um ein Haar seinen Kopf verfehlend. Ich packte Hornbeam und zog ihn zur Seite.

«Hören Sie», sagte ich. «Seien Sie kein Narr. Lassen Sie mich hinaufgehn und mit ihm sprechen. Schließlich gehör' ich mehr oder weniger nicht dazu. Ich kann ihm erklären, daß die Übung aus medizinischen Gründen der Mannschaft schädlich ist, oder sonstwas. Gegen mich kann er nichts unternehmen. Ich kann als Mittelsperson dienen.»

«Lassen Sie das, Doc. Das ist meine Aufgabe.»

«Nein, keineswegs. Ich möchte nicht den Rest der Nacht damit verbringen, Ihren Skalp zusammenzuflicken. Ich bin dessen sicher, daß er auf mich nichts schmeißen wird.»

«Na schön, Doc», sagte er. «Aber seien Sie auf der Hut!»

Die Zähne zusammenbeißend, erklomm ich die Brückenleiter. Zuerst glaubte ich, daß das Ruderhaus leer sei. Dann erblickte ich den Kapitän, der neben dem schreckerstarrten steuernden Quartermeister stand. Er sah wie ein bösartiger fetter Affe aus.

«Wer da?» knurrte er.

«Der Doktor, Sir», begann ich. «Ich komme wegen des Maats . . .»

«Herunter von meiner Brücke!»

«Ich möchte Ihnen gern erklären, daß auf Grund rein medizinischer Erwägungen . . .»

«Hinaus mit Ihnen!»

«Meine berufliche Ansicht ist . . .», fuhr ich entschlossen fort.

«Hinaus!» schrie er. «Oder ich schlag' Ihnen Ihren verdammten Schädel ein!»

Er griff nach irgendeinem schweren Instrument am Schott. Es war, glaube ich, ein Marlpfriem oder ein ähnliches Werkzeug, das Kapitäne traditionsgemäß zum Einschlagen der Schädel ihrer Mannschaft verwenden. Ich wartete nicht so lange, bis ich es herausfand. Ich stolperte die Leiter hinunter und fiel hart auf Deck auf. Ich verletzte mir den Arm und zerriß meinen Pyjama; doch schnell hatte ich den Zwischenfall vergessen. Ein neuer und erschreckender Gedanke war mir gekommen: Kapitän Hogg war zweifellos irrsinnig geworden.

18

«GRÖSSENWAHNSINN», LAS ICH LAUT VOR, «TRITT IN DIESEM STADIUM häufig ein.»

Es war am nächsten Morgen. Hornbeam und Trail saßen in meiner Kabine, während ich aus einem medizinischen Lehrbuch vorlas. Das Wetter hatte sich beruhigt und der Sturm, der in der vergangenen Nacht durch das Schiff geblasen hatte, hatte sich gelegt. Nachdem mich Kapitän Hogg von der Brücke hinausgeworfen hatte, war er sofort in seine Kabine gegangen, hatte die Türe versperrt und sich niedergelegt. Am Morgen erschien er wieder, ohne eine Anspielung auf die Aufregungen der Nacht zu machen, und war sogar zu jedermann an Bord leise freundlich. Er erweckte den Eindruck, daß er von der Vorstellung erfüllt sei, das rege Leben auf dem Bootsdeck habe einem besonders vergnüglichen Traum angehört.

«Sie hören also», erklärte ich den andern, «Größenwahnsinn. Ich hätt' schon früher draufkommen sollen. Aber bei einem Schiffskapitän ist das schwer festzustellen. Niemand bemerkt's, wenn die ihn haben.»

«Was fehlt ihm eigentlich, Doc?» fragte Hornbeam voll Interesse.

«P. P. – progressive Paralyse, ohne Zweifel. Ein spätes Stadium von Syphilis. Hören Sie einmal: ‹Der Patient ist gewöhnlich ein Mann Mitte der Fünfziger, der plötzlichen Anfällen von Mißstimmung, Übelwollen und Mangel an Urteilsfähigkeit ausgeliefert ist. Diese können mit Perioden heftiger Erregungszustände abwechseln. Diese Verfassung wird gewöhnlich von den Familienangehörigen des Patienten früher als vom Arzt bemerkt.› Trifft das nicht alles zu? Der alte Knabe hat sich das Ganze vor dreißig Jahren an der brasilianischen Küste zugelegt, und wir müssen es jetzt ausfressen.»

Hornbeam rollte sich nachdenklich eine Zigarette.

«Das wäre eine ernste Sache, Doc, wenn Sie recht haben.»

«Ich bin dessen ziemlich sicher.»

«Gibt es irgendeine Art Test, um Sicherheit zu erlangen?» fragte Trail.

«Ich kann Ihnen nichts Bestimmtes sagen, bevor ich ihn nicht untersucht habe.» Ich ließ meine Augen die Zeilen entlanglaufen. «‹Der Patient hat die Empfindung, auf Watte zu gehen›», las ich vor. «‹Stechende Schmerzen in den Beinen während der Nacht ... Ausfall des Kniesehnen-Reflexes ... Ausfall von Schmerzempfindung in der Achilles-Sehne ... die Pupillen reagieren nicht auf Licht ...› Es gibt eine Menge Anzeichen, wie Sie sehen.»

«Ja, aber glauben Sie, er wird Sie in seine Kabine türmen und sich von Ihnen untersuchen lassen?» fragte Hornbeam. «Haben Sie schon darüber nachgedacht?»

«Damit haben Sie freilich auf eine große Schwierigkeit in der Diagnose hingewiesen», gab ich zu. «Ich hab' nicht das Gefühl, daß er ein sehr entgegenkommender Patient sein wird. Vor allem nicht nach der vergangenen Nacht.»

«Na, dann müssen wir halt dazusehn, daß er weiter sanft bleibt.»

Ich schloß das Buch und nahm die Brille ab.

«Ich hab' eine Idee», kündigte ich an. «Ich erinnere mich an die Methode, mit der ich Kinder zu untersuchen gelernt hab'.»

«Kinder! Ein schönes Baby!»

«Es handelt sich hier nur ums Prinzip. Man lehrte uns im Spital, daß man widerspenstige Kinder behandelt, indem man ihre Aufmerksamkeit ablenkt und sie dort untersucht, wo man will, während sie nicht zusehen. Verstehen Sie, worauf ich abziele? Die Kniesehnen-Reflexe, zum Beispiel. Ich werde ihn in ein Gespräch verwickeln und ein Buch oder eine Flasche oder was Ähnliches auf seine Patella werfen und so tun, als wär' es aus Ungeschicklichkeit geschehn. O ja, ich glaub', das ist die Lösung», sagte ich, mich für diese Idee erwärmend. «In ein paar Tagen hab' ich eine Diagnose aufgebaut und kann einen Bericht an die Gesellschaft schicken.»

«Hoffentlich beißt er Sie nicht», sagte Trail.

Zu Mittag nahm ich die Chance wahr, meine neue Technik der fragmentarischen Diagnose auszuprobieren. Kapitän Hogg erschien seit seiner Zurückgezogenheit zum erstenmal bei Tisch und schien in hervorragender Stimmung zu sein. Er setzte sich neben mich an das Kopfende der Tafel, steckte seine Serviette mit einer schwungvollen Bewegung fest und fiel über seine Hammelkoteletten her.

«Ausgezeichnetes Fleisch das, Mr. Whimble», sagte er, den Mund voll von Kartoffeln. «Heutzutage kriegt man so was nicht oft zu kosten. Wo haben Sie's gekauft?»

«In London, Sir.»

«Gut konserviert. Übrigens, Mr. Hornbeam, lassen Sie heut' abend den Lukendeckel von Nummer 3 abschrauben, wenn das gute Wetter anhält. Wir können in Teneriffa zwanzig Fuß auffüllen.»

«Sehr wohl, Sir.»

«Ich freue mich, daß sich das Wetter aufgeheitert hat, Sir», sagte ich mit strahlender Miene. «Diese frische Brise verleiht einem das Gefühl, als ginge man auf Watte.»

Er schwieg.

«Haben *Sie* je das Gefühl, als gingen Sie auf Watte, Sir?» fragte ich.

«Nein», sagte er. «Nie.»

Er schlang einen weiteren Happen Gemüse und Hammel herunter. Ich war stark enttäuscht.

«Das Schönwetter dürfte anhalten», sagte er. «Das Barometer steigt.»

«Ich hatte mal eine Tante», bemerkte ich, «die kriegte jedesmal, wenn das Barometer stieg, stechende Schmerzen in den Beinen.»

«So?»

«Kriegen *Sie* stechende Schmerzen in den Beinen, Sir?»

«Zum Teufel, was reden Sie da die ganze Zeit herum, Doktor?»

«Ach, ich meinte nichts Besonderes damit, Sir.»

Ich säbelte kläglich an einer Bratkartoffel herum. Es sah mir ganz danach aus, als führte meine Methode, dem Patienten Symptome zu entlocken, keineswegs zu einem klinischen Erfolg. Ich beschloß, einen weiteren Vorstoß zu wagen und die physischen Merkmale zu untersuchen. Ich ließ meine Serviette zu Boden fallen. Als ich mich bückte, um sie aufzuheben, zwickte ich Kapitän Hogg fest hinter dem Knöchel.

«Au!» schrie er.

«Bitte vielmals um Entschuldigung, Sir...»

«Was, zum Teufel, machen Sie sich da zu schaffen?»

«Ich glaubte... ich glaubte, daß es der Fuß des Maats sei.»

«Na, und was für ein Unterschied wäre das schon?»

«Wir haben ein Spielchen ausgemacht.»

«Ich mag Spiele nicht», sagte Kapitän Hogg. «Und schon gar nicht auf *meinem* Schiff.»

«Sehr wohl, Sir.»

Verdrossen stocherte ich während der übrigen Mahlzeit in meinem Siruppudding herum; schiere Verzweiflung hatte sich meiner bemächtigt.

«Na, haben Sie was herausgefunden?» fragte Hornbeam nachher in meiner Kabine.

«Nicht sehr viel. Das haben Sie wohl selber gesehn.»

«Ja, Sie haben einen ziemlichen Wirbel gemacht. Könnt's nicht sein, daß er gar nicht verrückt ist, sondern nur seine charmante Persönlichkeit zum Ausdruck bringt?»

«Ich bin dessen sicher, daß er irrsinnig ist», sagte ich hitzig. «Ganz sicher. Würde man ihn bei den Abschluß-Examina vorführen, käme jeder Student durch. Er ist ein klassischer Fall. Die einzige Schwierigkeit ist die, daß ich nicht nah genug Fühlung nehmen kann, um einen Beweis zu erbringen.»

«Wir müßten schon recht sehr auf Nummer Sicher gehn, bevor wir die Gesellschaft verständigen, Doc. Ich halt' auf meinem Schiff gern selber Ordnung.»

Ich hieb mit der Faust auf den Tisch.

«Verdammt nochmal! Da ist dieser Mensch – als irrsinnig überführt –, und jeder von uns ist ihm ausgeliefert! Der kann doch jederzeit wieder so ausbrechen wie in der vergangenen Nacht! Stellen Sie sich mal vor, er läßt uns bei den Kanarischen Inseln auf Grund auflaufen? Oder er rammt die *Queen Mary* oder was Ähnliches beim Bishop Rock? Der ist alles imstande. Was sollen wir dann tun?»

Hornbeam kratzte sich mit dem Mundstück seiner Pfeife die Wange.

«Er hält einen gern zum Narren, Doc. Wir müssen uns was andres ausdenken.» Er blickte auf seine Uhr. «Ich muß dem Bos'n sagen gehn, daß er den Deckel von Nummer 3 losschrauben soll. Sobald ich auf was Brauchbares gekommen bin, lass' ich Sie's wissen. Inzwischen will ich selber ein wachsames Auge auf Väterchen halten.»

«Danke. Ich werd' versuchen, ob ich was ausarbeiten kann. Wir sehn uns bei einem Schlückchen vor dem Abendessen.»

Ich verbrachte den Rest des Tages damit, in meinem Geist erfinderische Pläne für eine Diagnose zu entwerfen. Keiner von ihnen schien durchführbar. Ich erwog, dem Hafenarzt von Teneriffa offen zu gestehen, daß wir einen Irrsinnigen frei an Bord herumlaufen hatten, und ihn zu bitten, ein paar Hilfskräfte mit einer Zwangsjacke herzusenden; doch ich fühlte, daß der Hafenarzt, dem Schiffskapitäne nichts Neues waren, Kapitän Hogg nicht im mindesten abnormal finden würde. Ich hegte den aufrichtigen Wunsch, er möge Schaum vor dem Mund haben oder sonst etwas ähnlich Augenfälliges aufweisen, wenn wir einliefen.

Als Easter mir den Tee brachte, gestand ich ihm meine Bedenken.

«Ich glaub', der Kapitän ist irrsinnig», sagte ich zu ihm.

«Na, und wie», meinte er. «Der ist total verrückt.»

«Sie haben's also auch schon bemerkt, nicht wahr?»

«Dr. Flowerday war immer der Meinung, daß er übergeschnappt ist.»

«Hat er irgend was dagegen unternommen?»

«Er hat dem Koch einen halben Dollar zugesteckt, damit der ihm ein Narkotikum in seinen Tee tut, wenn's ganz schlimm mit ihm gestanden ist.»

«Daran hab' ich noch gar nicht gedacht. Das könnt' im Notfall ganz wirksam sein.»

«Hat nicht viel Erfolg gehabt, sooft es passierte. Er hat meist den Tee dem Steward ins Gesicht geschüttet.»

«Wir müssen uns irgend was ausdenken, Easter, um das ein für allemal in Ordnung zu bringen», sagte ich mit Festigkeit. «Ich bin entschlossen, Ihnen zehn Schilling zu geben, wenn Sie sich irgendein legales Mittel ausdenken, mit dem man den Kapitän bei der nächstbesten Gelegenheit vom Schiff entfernen kann.»

Easter kratzte sich den Kopf.

«Sehr freundlich von Ihnen, Doktor, wirklich. Aber so auf der Stelle fällt mir nichts ein.»

«Na, denken Sie nach, Mensch, denken Sie nach! Wenn mir nichts einfällt . . .»

Meine Rede wurde durch einen Krach vor meiner Kabine unterbrochen; ein lauter Schrei, wirre Rufe, Getrampel laufender Füße folgten.

«Was, zum Teufel, ist da passiert?» rief ich.

Die Türe wurde aufgerissen. Hornbeam stand draußen. Er grinste wie auf einem Zahnpaste-Plakat.

«Rasch, Doc!» sagte er. «Väterchen ist zwanzig Fuß tief durch die Dreier-Luke gestürzt!»

Ich rannte aufs Deck. Alles drängte sich um den Rand der Luke; man ließ eiligst eine Strickleiter hinab. Ich bahnte mir einen Weg durch die Menge und kletterte über das Süll. Binnen weniger Sekunden hatte ich herausgefunden, daß Kapitän Hogg all unsere Probleme dadurch gelöst hatte, daß er sich den rechten Oberschenkel an drei Stellen brach.

Easter und ich schienten Kapitän Hogg auf seiner Koje. Er war ein schwerer Bursche und noch immer kein merklich entgegenkommender Patient. Das Schienen nahm ein paar Stunden in Anspruch, und wir schwitzten rechtschaffen, als wir damit fertig waren.

«Diesen Bos'n werde ich ins Logbuch eintragen», knurrte er, als wir die Kissen unter seinem Kopf richteten. «Die Deckel so locker aufliegen zu lassen . . . Auch der Maat kommt ins Logbuch.»

«Sie verhalten sich nun ruhig», kommandierte ich. «Ich verbiete Ihnen, zu sprechen oder Bewegungen zu machen.»

«Zum Teufel, ich werde soviel sprechen, als mir beliebt.»

«Jetzt ist das Befehlen an mir. Ich bin Ihr Arzt.»

«Und ich Ihr Kapitän.»

«Easter», sagte ich, «machen Sie diese Schiene ein bißchen fester, ja?»

«Au!» schrie Kapitän Hogg.

«Wenn Sie jetzt», fuhr ich fort, «nur einen Moment stilliegen, kann ich meine Untersuchung vervollständigen. Tun Sie das nicht, muß ich in Erwägung ziehen, Sie einer Milchdiät zu unterwerfen. Kondensmilch, selbstverständlich.»

Ich zog meine Taschenlampe hervor und leuchtete ihm damit in die Augen.

«Natürlich», sagte ich in meinem unheilschwangersten beruflichen Tonfall. «Wie ich mir's dachte. Ziehen Sie das Lid herunter, Easter. Die Pupillen reagieren nicht auf Licht . . . Empfindungslosigkeit gegen Nadelstiche oberhalb der Nase . . . fehlende Abdominal-Reflexe . . . Ein klassischer Fall! Wir müssen Sie morgen selbstverständlich auf den Kanarischen Inseln ausschiffen.»

«Das werden Sie nicht tun! Ich verlasse weder Ihnen noch jemand anderem zuliebe mein eigenes Schiff!»

«Zum Teufel, Mensch! Kommen Sie doch zur Vernunft! Ihr Bein muß fachmännisch in Ordnung gebracht werden. Das kann ich hier nicht. Dazu sind Röntgenaufnahmen und dergleichen notwendig. Sie müssen in ein Spital damit. Wie ich höre, gibt es in Teneriffa ein paar ausgezeichnete Chirurgen.»

«Ich geh' nicht, Doktor.»

«Wenn wir der Gesellschaft kabeln und diese es anschafft, müssen Sie gehn.»

«Es ist kein Anlaß dazu vorhanden, zu kabeln. Ich bin noch immer imstande, das Kommando zu führen.»

«Das zu erwägen ist's schon ein bißchen zu spät. Das Kabel ist bereits abgegangen.»

«Abgegangen!» Er warf den Kopf aus dem Kissen hoch. «Ohne meine Erlaubnis dürfen keine Kabel vom Schiff abgehen!»

«Sie sind wirklich ein äußerst schwieriger Patient», sagte ich sanft. «Ich lasse Easter bei Ihnen, damit er Ihnen vorliest. In der Ecke finden Sie haufenweise Literatur, Easter.»

«Was, das da?» fragte Easter, indem er sich ein Buch aus der Bibliothek Kapitän Hoggs herausgriff. «Herrje! Schaut mir ein bißchen anrüchig aus, wie?» Er machte es sich neben dem Krankenbett bequem. «Ich mach' mal den Anfang mit ‹Ich war eine weiße Sklavin. Wahre Geständnisse eines französischen Mädchens, das aus einem Kloster entführt und in die berüchtigte Kasbah von Algier gebracht wurde›. Herrje», fügte er, zum Kapitän gewandt, hinzu, «Algier kenn' ich gut. Als ich letztesmal dort war, passierte mir was Komisches. Ich war mit dem Koch an Land gegangen, müssen Sie wissen, und er hielt grade Umschau nach ein bißchen Spaß, wie man so sagt, da ...»

Ich verließ sie mit dem Gefühl, daß ich über Kapitän Hogg ein Unheil, das für den ganzen Abend ausreichte, heraufbeschworen hatte.

Hornbeam saß in seiner Kabine und machte Eintragungen ins Logbuch.

«Hallo, Doc», sagte er vergnügt. «Wie geht's dem Patienten, Gott verdamm ihn?»

«So gut, wie man erwarten kann, fürchte ich.»

«Ich trag' das Ganze grad' ins Logbuch ein. Sie müssen es dann unterschreiben.»

«Wann laufen wir Teneriffa an?» fragte ich.

«Um die Mittagszeit. Gegen eins dürften wir im Hafen liegen.»

«Wir müssen Väterchen ausschiffen, wissen Sie. Ich kann eine Fraktur auf hoher See nicht fachmännisch behandeln. Peinlich ist nur, daß er sich nicht ausschiffen lassen will. Er sagt, ohne Anweisungen der Gesellschaft geht er nicht.»

Hornbeam schob mir ein Kabel zu.

«Grade hat's der Funker aufgenommen», sagte er. «Schauen Sie sich's nur an.»

Ich entfaltete das Papier. Es kam von der Zentrale der Fathom Line und lautete:

AN ERSTEN OFFIZIER SS LOTUS KAPITÄN IN TENERIFFA AUSSCHIFFEN FALLS ARZT ES RÄT UND SCHIFF UNTER IHREM KOMMANDO HEIMBRINGEN STOP BEREITHALTEN UNMITTELBAR NACH EINTREFFEN KOMMANDO SS PRIMROSE ZU ÜBERNEHMEN INFOLGE RÜCKTRITT KAPITÄN BARSETTS.

«Na, Doc», sagte er lächelnd. «Raten Sie es?»

«Und ob! Ja, Sir! Ja, gewiß!» Ich packte seine Hand. «Ja, Kapitän Hornbeam!»

19

AM NÄCHSTEN TAG ERREICHTEN WIR DIE FELSIGEN, VULKANISCHEN KANARISCHEN Inseln, segelten ein Stück unter ihrem Winde und glitten kurz nach Mittag in den ordentlichen und sauberen Hafen von Teneriffa. Archer und Trail faßten auf Bug und Heck Posten, Schlepper mit rauchgeschwärzten rot-gelben spanischen Flaggen wendeten uns, und wir legten an der Mole zwischen einem eleganten Blue-Star-Dampfer, der nach Rio in See ging, und einem die Flagge Panamas tragenden ramponierten Schiff an, das Kühe an Deck führte.

Anfangs hatte Kapitän Hogg sich dem Ausschiffen widersetzt. Wir zeigten ihm das Kabel, doch er bezichtigte uns der Fälschung. So setzte ich ihn unter Morphium und ließ ihn in tiefen Schlaf sinken.

Die Matrosen trugen ihn, an einem Ladebaum angehängt, auf ihren Schultern wie weiland Nelsons Bahre; zwischen zwei Ballen Kuhhäuten liegend, wurde er von den Dampfwinden ausgeladen.

«In diesem Brief erfahren Sie die ganze Geschichte», sagte ich zu dem freundlichen und hübschen Ambulanzarzt, als ich ihm den Krankenbericht übergab. «Der britische Konsul hat alles andere in die Hand genommen.»

Der Doktor schüttelte mir die Hand, die Türen des Ambulanzwagens schlugen zu, und damit entschwand Kapitän Vincent Hogg aus meinem Leben.

«Haben Sie ihn endlich angebracht?» fragte Easter, als ich oben am Laufsteg einlangte.

«Scheint der Fall zu sein. Ich glaub' nicht, daß er in einem spanischen Spital große Aussichten hat, aufzutrumpfen. Und schon gar nicht nach dem Brief, den ich mitgeschickt hab'.»

«Ich hätt' nichts dagegen, hier ein Weilchen an Land zu gehn», sagte Easter versonnen. «Hab' hier schon einigen Spaß mitgemacht, das kann man sagen. Ich erinner' mich, wie ich einmal auf einem Südafrika-Trip mit dem Schiffsfriseur . . .»

«Schon gut, Easter. Später einmal.»

«Die haben hier ein paar fesche Mädels», fuhr Easter fort. «Die hübschesten von der ganzen Welt, mein' ich. Schauen Sie sich mal die da unten an. Sehn Sie sie? Die haben hier dasselbe mitgekriegt wie unsre Mädels daheim, aber sie tragen's besser herum.» Er wies auf ein schlankes, dunkles Mädel, das längs des Kais mit einer Anmut dahinschritt, die auf den kalten englischen Parkwegen und Asphaltstraßen unseligerweise in Vergessenheit geraten ist.

«Sapperlot, da gibt's tolle Weibsbilder!» sagte Easter hingerissen. «Aber, wissen Sie, vorsichtig muß man schon sein. Möchten Sie ein Tischtuch haben?»

«Ein Tischtuch? Wozu sollte ich ein Tischtuch benötigen?»

«Dort ist der richtige Ort, sie zu kaufen.» Er deutete seitwärts, wo in einem Tümpel schwarzen Heizöls eine ausgedehnte Rohrleitung auf das Schiff zulief. Auf dem Kai wurde ein improvisierter Markt abgehalten, auf dem dicht bestickte Tischtücher, Schals mit grellen Stierkampfdessins, Kanarienvögel in Käfigen, metallene Schmuckstücke und über einen Meter große Puppen feilgeboten wurden.

«Feine Stücke, diese Puppen», beriet Easter mich. «Hab' sie seinerzeit massenhaft gekauft.»

«Ich freue mich zu hören, Easter, daß Sie die Kinder nicht vergessen.»

«Herrjemine, so war das nicht gemeint! Hab' sie hier eingekauft und in Pernambuco verschachert. War ein gutes Geschäft, das kann man wohl sagen. Auch Kanaris. Bei den Kanaris kann man ein schönes Stück Geld verdienen. Außer die kleinen Biester gehn einem ein, oder man wird angeschwindelt. Einige von ihnen werden mit Chinin aufgefüttert.»

«Na ja, ich sollte wohl ein paar Geschenke kaufen. Aber ich bin nicht gerade glänzend bei Kasse.»

«Die nehmen hier allen möglichen Trödel an. Alte Kleider, ein Paar abgetragene Schuhe, wenn Sie so was haben. In erster Linie aber Zigaretten. Sie kriegen alles für ein paar hundert Woods.»

Ich tauschte fünfhundert Schiffs-Woodbines gegen zwei Schals, ein dünnes Armband und ein reich verziertes Bildnis General Francos ein. Ich hatte das Gefühl, ich sollte die Heimfahrt mit ein bißchen Seemannshabe antreten.

Acht Stunden blieben wir in Teneriffa; dann segelten wir unter Hornbeams Kommando weiter, nächster Haltepunkt: England.

Die Entfernung Kapitän Hoggs vom Schiff hatte zur Folge, daß sich der chronisch gewordene Angstzustand löste. Sämtliche Matrosen schritten munter dahin, verrichteten ihre Arbeit bereitwillig und setzten sich mit doppelter Energie dahinter.

«Man muß die Lotus für daheim nett herausputzen», sagte der Bos'n und warf einen kritischen Blick auf den Trupp, den er angewiesen hatte, die Aufbauten zu streichen. «Wir können Mister Hornbeam doch nicht im Stich lassen, was?»

Hornbeam versetzte sich mit Leichtigkeit in seinen neuen Rang. Er übernahm die Kabine des Kapitäns und seinen Platz bei Tisch. Unsere Mahlzeiten waren nun von lebhafter Konversation begleitet, mit dem Ergebnis, daß jedermann mit mehr Ruhe aß und die Dyspepsiefälle unter den Offizieren stark abnahmen. Sogar Archer begann sich widerstrebend wohler zu fühlen, und er gestand, daß er seit einer Woche keine Magenpulver mehr eingenommen habe.

Die einzige Aufregung bedeutete für uns eine Verständigung Hornbeams, daß wegen eines drohenden Hafenarbeiterstreiks unser Ziel statt Liverpool London sein müsse. Diese Order erregte unter den Liverpoolern der Besatzung Mißbilligung; Easter zauberte sie jedoch rasch durch den Hinweis auf den Spaß, den er verschiedentlich in London gefunden hatte, hinweg.

«Tolle Sache, dieses London!» rief er. «Wartet nur, bis ihr West Ham gesehn habt!»

Die See wurde bewegter, die Temperatur kühler; wieder einmal wurde der Bug der Lotus von Sprühregen überstäubt. Das aufgewühlte Wasser nahm die grüngraue Färbung der Küsten Europas an und das Schiff begann in den Januarwogen zu ächzen und zu schwanken. Doch nun konnte mir die See nichts mehr anhaben, und ich stand unbeschadet an Deck und sah zu, wie der Oberteil der Back sich in der Dünung hob und senkte, wie die Mastspitzen große, unregelmäßige Kreise gegen den Himmel beschrieben. Rundumher gab's schon Anzeichen, daß wir uns der Heimat näherten. Koffer und Pappkartons lagen in jedermanns Kabine, die Schiffszeit deckte sich mit der von Greenwich, drei Pfund «Kanalgeld» wurden der gesamten Besatzung vorausbezahlt, das «Leichte Programm» der BBC erreichte uns ohne Störungen, und das Wetter blieb andauernd trübe.

Eines Abends steckte Easter seinen Kopf durch meine Türe und rief fröhlich herein: «Wollen Sie den Leuchtturm von Ushant[1] sehn, Doktor? Steigt grad steuerbord auf.»

Wir standen in der eisernen Schottentüre, die zum Deck führte. Ich folgte seinem auf das Blinklicht weisenden Zeigefinger.

«Na also, da haben wir wieder das alte Europa», sagte Easter. «Alles in allem nicht so schlimm, unser alter Kontinent. Dort biegen wir um die Ecke. Das nächste Zeichen ist bei Casquettes, dann geht's schon auf Beachy Head zu. Herrjemine, hab' ich schon viele bei diesem Licht heulen sehn! Wenn sie lang weg waren, nämlich.»

«Ja, ich stell' mir vor, von jetzt an wird jeder aufgeregt sein.»

«Na, passen Sie auf, die haben alle morgen die Kanalitis.»

«Die Kanalitis?»

[1] Ushant: englische Bezeichnung für die Ile d Ouessant, eine Insel an der westfranzösischen Küste.

«Ach, 's ist schon ein Jammer, was Sie alles nicht wissen, Doktor. Alle Leute schnappen da ein bißchen über, sozusagen. Warten Sie nur bis morgen.»

Easter hatte recht. Die «Kanalitis» ist ein klinischer Zustand, der zwar in die medizinischen Lehrbücher noch nicht Eingang gefunden hat, jedoch so leicht wahrnehmbar ist wie Scharlach. Am nächsten Morgen hopste die Besatzung auf den Decks umher wie frühlingstrunkene Lämmlein. Jedermann ließ sich zu einem munteren Wort an seinen Maat, zu einem Gruß an den Kapitän herbei, und sogar ein paar «Sirs» fielen für mich ab. Die Arbeit wurde so vergnügt verrichtet, daß es dem Bos'n ein Stirnrunzeln der Mißbilligung abnötigte; er hatte schon so oft den Kanal befahren, daß er gegen dieses Leiden immun geworden war. Easter wiederholte seine erfolgreichsten Kartenkunststücke und vermeinte einen tollen Witz zu tun, als er mir fälschlich meldete, das Schiffslazarett stehe drei Fuß tief unter Wasser. Ich verzieh ihm bereitwilligst, denn auch ich schritt das Deck ab und murmelte die Schlagzeilen *Every turn of the screw brings me nearer to you*[1] vor mich hin. Wem brachte sie mich näher? fragte ich mich. Egal – das konnte ich arrangieren, sobald wir daheim waren.

Beachy Head – das Vorgebirge tauchte weiß und in einem kurzen Sonnenstrahl wie unter einem wirkungsvollen Scheinwerferlicht erglänzend vor einer verdunkelten Szenerie auf. Ich betrachtete es mit einem Gefühl der Zärtlichkeit, in das sich Mißvergnügen darüber mischte, daß der erste Blick des Reisenden auf England Eastbourne gelten sollte.

Wir näherten uns dem Land, um das Lotsenschiff vor Dungeness anzusteuern. Die Brecher des Atlantik hatten sich im seichteren Wasser besänftigt, doch ging die See immer noch hoch genug, um das Boot des Lotsen erbarmungswürdig umherzuschleudern. Er fuhr leewärts heran und verfehlte zweimal die Jakobsleiter, die Trail und der Bos'n vom Vorderdeck herabbaumeln ließen; beim dritten Versuch erwischte er eine Sprosse, gerade als das Boot ihm unter den Füßen wegrutschte. Er kletterte an Bord, das Wasser lief in Strömen an seinem schwarzen Ölzeug hinab; er schüttelte sich wie ein nasser Pudel, rief mir ein fröhliches «Schöner Morgen heute!» zu und klomm zur Brücke empor. Die rot-weiße Lotsenflagge flatterte vom Ruderhaus, und die Lotus segelte unter jener Führung weiter, die im Logbuch stets mit der Formel «unter Befehl des Kapitäns, unter Beistand des Lotsen» verewigt wird.

An diesem Tag ging's im Kanal lebhaft zu. Wir passierten – oder sie passierte uns – eine ganze Revue des Lloyd-Schiffsverzeichnisses. Da gab es Tanker mit dem Ziel Tameshaven, die so tief im Wasser lagen, daß sie bis zur Brücke in den Wellen verschwanden; ramponierte Frachter, die sich furchtlos auf eine Reise

[1] Deutsch: Jede Schraubendrehung bringt mich dir näher.

begaben, die länger als die unsere war; kleine Küstenschiffe, denen eine stürmische Fahrt um Kap Land's End bevorstand; durchnäßte Fischerboote; Frachtdampfer aller Größen und Reparaturstadien, britische, norwegische, schwedische und holländische; eins der unvermeidlichen City-Schiffe mit schwarz-lachsrotem Schornstein, vollbeladen vom australischen Woll-Ausverkauf heimwärts strebend; ja sogar Kriegsschiffe: ein paar Korvetten, die munter hintereinander ausgerichtet den Kanal hinunterdampften. Diese Begegnung hatte einen lebhaften Tätigkeitsdrang am Fuß des Großmastes zur Folge, als der Leichtmatrose den Schiffen des Königs mit unserer Flagge Salut entbot. Die korrekte Begrüßung hätte darin bestanden, daß wir dippten, dann abwarteten, daß die weiße Flagge als Erwiderung flatterte, und ihrer Rückkehr zum Topp Folge leisteten. Doch das Pech wollte es, daß der Wind unsere regennasse Flagge erwischte und in die Takelage verfitzte, so daß wir die Flotte in Trauer passierten. Doch der gute Wille war da, und die Royal Navy wäre die letzte gewesen, das nicht zu verstehen.

Ein großer P. & O. fuhr an uns vorüber, Indien und Australien und einem Sonnenschein entgegen, der mir für immerdar entschwunden schien.

«Die bleiben jetzt gute vier Monate weg», bemerkte Easter. «Werfen noch einen letzten Blick auf ihr altes England.»

«So lang?»

«Dort unten in Australien ziehn sich die Hafenarbeiterstreiks furchtbar in die Länge. 's ist schon ein Prachtleben, in Sydney oder Melbourne Kaimeister zu sein – da kriegt man sein gutes Geld und legt fast den ganzen Tag die Füße auf den Tisch. Ein Leben wie von einem Lord. Oder – wenn ich so frei sein darf – wie von einem Schiffsarzt.»

«Sie haben wohl recht», gab ich trübselig zu. «Bis auf das eine: die Dockarbeiter kriegen mehr Lohn. Die an Bord sind wahrscheinlich recht aufgeregt – erste Nacht auf See, und so weiter.»

«Das will ich meinen. Hab's oft genug auf den großen Passagierdampfern mitgemacht. All die Kerle, die im Speisesalon noch einen letzten Blick auf die Mädels werfen! Herrje, ich hab's erlebt, wie diese süßen Dinger, die Augen noch voll Tränen vom Abschiednehmen von ihren Männern und Burschen, sich gleich einen aufzwickten. Wir waren kaum noch aus der Themse draußen.»

Die roten Lampen leuchteten auf den Spitzen der hohen Radarmasten, als wir an der Innenseite der Goodwin-Sandbänke kriechend uns Dover näherten. Die Lichter von Ramsgate und Margate blieben backbords zurück, und wir fuhren auf The Nore[1] zu, wo wir Anker werfen und die Flut abwarten mußten. Irgend jemand gab mir die Morgenzeitung, die der Lotse an Bord gebracht hatte. Ich schlug sie auf und las die Titelseite mit dem nachlässig-belu-

[1] The Nore: Sandbank inmitten der Themsemündung.

stigten Interesse eines Urlaubers, der sich die Lokalnachrichten im ländlichen Wochenblättchen zu Gemüte führt. Wir hatten drei Monate mehr oder weniger ohne Zeitungen gelebt, doch die Geschehnisse, die meinen Frühstückstisch zu erschüttern pflegten, erregten nicht länger meine Anteilnahme. Ein Artikel am Fuß der Seite fesselte meine Aufmerksamkeit; er trug die Überschrift

BÜRGERMEISTER WEIST TANZLUSTIGE ZURECHT

und lautete: «Der Bürgermeister von X., Alderman Y., hat gestern das Ansuchen eines Radfahrerklubs, dessen Tanzkränzchen über Mitternacht ausdehnen zu dürfen, abschlägig beschieden. Er erklärte, daß er von den Klagen über unsittliches Verhalten, die dem vorjährigen Tanzkränzchen gefolgt waren, höchst beunruhigt gewesen sei. ‹Junge Männer und Mädchen›, sagte er zu seinem Sekretär, ‹gehören um Mitternacht in ihr häusliches Bett.›»

Da wußte ich, daß ich wieder in England war.

20

AM NÄCHSTEN MORGEN DAMPFTEN WIR IN DIE THEMSE. DAS LAND RAFFTE sich als Willkommgruß zu schwachem Sonnenschein auf, doch diese Anstrengung schien seine Kräfte zu übernehmen, und so verfiel die Atmosphäre wieder in den üblichen Regen.

Wir passierten den langen Finger des Southend Pier, der von der entgegengesetzten Seite als ein weitaus würdevollerer Bau erscheint, signalisierten unseren Schiffsnamen und fuhren den Kanal in Richtung Tilbury hinunter. Die nassen, ordentlichen englischen Felder an den immer näher tretenden Ufern, durch die ein ernsthafter englischer Zug londonwärts zuckelte, hatten nach der wild wuchernden Vegetation der südamerikanischen Küste das Aussehen eines winterlichen Gartens. Vor dem Landeplatz Tilburys warfen wir Anker, um den Londoner Hafenarzt an Bord zu nehmen. Er war ein mächtiger, freundlicher Mann in Felduniform und Dufflecoat.

«Gute Fahrt gehabt, Alter?» fragte er, indem er seinen Zeigefinger die Seiten meines Logbuchs entlanglaufen ließ.

«Danke, recht gut.»

«Machen Sie noch ein zweites Mal mit?»

«Ach nein. Ich glaub' nicht, jedenfalls.»

«Gehn zurück zur lieben Krankenkasse, was?»

«Jawohl. Falls ich mich noch schwach ans Medizinische erinnern kann.»

Er lachte. «Sie sind doch noch imstande, Ihre Unterschrift zu setzen, was? Na also, dann ist Ihre Praxis garantiert.»

Wir fuhren weiter themseaufwärts, und ich wurde von Heimweh gepackt, als ich einen Londoner Autobus vorbeirollen sah.

In Gallions Reach nahmen sich die Schlepper unser an und wendeten uns zu den Schleusen des Royal Albert Dock.

«Ist das der ganze Platz, den wir kriegen?» fragte ich Easter, als wir auf die schmale Einfahrt zusteuerten. Da ich stets mit Schwierigkeiten zu kämpfen hatte, sooft ich in einer verkehrsreichen Straße parken sollte, war ich jedesmal von Bewunderung für die Maate und Schleppmeister erfüllt, wenn die Lotus in einen Hafen einlief.

«Da gibt's massenhaft Platz für uns», sagte Easter. «Die bringen auch die großen Neuseeland-Dampfer noch leicht genug durch. Sehn Sie sich mal die prima Burschen an, die uns helfen.»

Ich beobachtete, wie ein Trupp froststarrer Hafenarbeiter wartend dastand, um unsere Seile zu fangen, als wir in die Schleuse einfuhren: trübselige, triefende Engländer, die die Mantelkrägen bis zu den durchnäßten Mützen hochgeschlagen hatten.

«Der eine da ist schon jahrelang bei diesem Job», sagte Easter. «Wir nennen ihn den Knöchel-Harry.»

Er deutete auf einen schwermütig dreinblickenden Mann mit einem langen Schnurrbart; er stand unbeweglich da und hielt einen Taufender über den Rand der Mole.

«Ist das aber ein komischer Name! Was haben seine Knöchel mit der ganzen Sache zu tun?»

«Knöchel heißt das, worauf er steht. Passen Sie mal auf.»

Als sich die Lotus der Hafenmauer näherte, rief der Lotse von der Brücke: «Halt sie vom Knöchel weg, Harry!» Der Mann griff an seine Mütze und manipulierte mit seinem Fender, um unseren Anstrich zu schonen. Dann nahm er im dichten Regen wieder seine unbewegliche Haltung ein.

Wir passierten den Knöchel, die Schleusen, die Hafeneinfahrt; langsam zogen uns die Schlepper zu dem uns bestimmten Ankerplatz; weitere Männer mit Mützen und alten Regenmänteln machten unsere Taue am Kai fest; die Schiffsflagge wurde von der Gaffel niedergeholt und traditionsgemäß am Göschstock des Hecks gehißt.

«Laufsteg herunterlassen!» rief Hornbeam von der Brücke.

Zufrieden schmiegte sich die Lotus ans Dock, und wir waren nach drei Monaten weniger fünf Tagen wieder daheim.

Allenthalben herrschte die prächtigste Schlußrundenstimmung. Jedermann packte seine Habe und benahm sich mit der Unbekümmertheit jemandes, der keine Konsequenzen mehr zu gewärtigen hat.

Am Morgen nach unserem Eintreffen wurden wir abgemustert. Mr. Cozens und seine Kollegen kamen an Bord und behandelten uns voll herzlicher Überlegenheit, und wir blickten voll gutgelaunter Verachtung auf sie herab. Cozens befragte mich persönlich eingehend über den Abgang Kapitän Hoggs.

«Ausgezeichnet, Doktor», sagte er. «Ich glaube, Sie haben vollkommen korrekt gehandelt. Unsere *Sunflower* ist in drei Wochen in Teneriffa fällig und wird ihn zurückbringen. Wir haben schon Ihren Nachfolger für die nächste Fahrt – einen Dr. Gallyman. Kennen Sie ihn?»

«Leider nein.»

Cozens seufzte. «Ich fürchte, er ist ein bißchen zu sehr vom alten Schlag», sagte er. «Hat sich schon vor einigen Jahren von der Praxis zurückgezogen. Ich glaub', es gab da auch irgendwelche Schwierigkeiten mit den medizinischen Behörden... Na, hoffen wir trotzdem das Beste. Es ist dermaßen schwer, gerade jetzt Ärzte für diese Art Schiffe zu bekommen.»

Von der Besatzung abgesehen, wimmelte die Lotus von Taxichauffeuren, Gepäckträgern, Wäschern, Putzereiangestellten, Marineschneidern und Friseuren, die alle dem Personal ihre Dienste aufdrängten, bevor es auseinanderging. Ich schloß die Türe meiner Kabine, betrachtete verzweiflungsvoll meine leeren Kisten und meine merkwürdig angeschwollenen Habseligkeiten und fragte mich, wie ich das alles packen sollte. Ich begann mit den Bänden von «Krieg und Frieden». Über die erste Seite war ich nicht hinausgekommen, doch hatte ich einhundertzweiunddreißig Küchenschaben damit erlegt. Zögernd zwängte ich sie in eine Kiste, da kam Easter herein.

«Ein Brief für Sie, Doktor.»

Es war erst der zweite, den ich seit meiner Abreise von Liverpool erhielt. Auch er stammte von der Wäscherei. Er lautete:

«Sehr geehrter Herr Doktor, auf unsere Mitteilung vom 28. November zurückkommend, teilen wir Ihnen mit, daß wir Ihre Wäsche zur Bestreitung der Reinigungskosten verkauft haben. Der hierfür erhaltene Betrag war 6 Shilling 3 Pence, welcher um 1 Shilling 9 Pence geringer ist als unsere Faktura. Wir wären Ihnen verbunden, wenn Sie den Fehlbetrag so bald als möglich erlegen wollten.»

Traurig steckte ich den Brief in meine Rocktasche.

«Haben Sie Ihr Beutegut schon verpackt, Doktor?» fragte Easter.

«Ich wünschte, ich könnt's.»

«Die Burschen vom Zoll sind hier ziemlich scharf», fuhr er fort. «Nicht so wie in andern Häfen, die ich nennen könnt'. Dort wär' es möglich, auch einen Elefanten unverzollt durchzuschmuggeln, vorausgesetzt daß man Karten für den Polizeiball kauft.»

«Was für ein Polizeiball?»

«Ich erinner' mich, wie einmal so ein Arm der Gerechtigkeit seinen Kopf zu meiner Kabinentür heringesteckt und gesagt hat: ‹Sicher möchten die Herrn gern zum Polizeiball kommen.› Na, ich kenn' mich in solchen Dingen aus, wissen Sie, und sag': ‹Und wie! Die ganze Fahrt haben wir an nichts andres gedacht!› So gibt er mir Karten zu einem Dollar das Stück – aber man muß sie ja nicht nehmen. Ich schau' mir meine an und sag': ‹Tut mir aber leid, Constable, doch da hab' ich schon eine frühere Verabredung.› Drauf nimmt er die ganzen Karten wieder zurück und verschachert sie noch einmal in der nächsten Kabine. Aber die fünf Shilling steckt er natürlich ein.»

«Nun, ich glaub' kaum, daß sich bei mir eine derartige Investition lohnt. Außer dem Kram, den ich mir in Teneriffa zugelegt hab', besitze ich nur etwas Corned beef und ein paar Nylonstrümpfe.»

«Das ist das Richtige, Doktor! Die Mädels da herum tun alles für eine Dose Corned beef. Wenn Sie ihnen auch noch die Nylons zeigen – herrje! Dann fallen alle über Sie her.»

«Ich versichere Ihnen, die sind für Verwandte in den mittleren Jahren bestimmt.»

«Während des Kriegs hab' ich mit Nylons ein ganz hübsches Leben geführt. Ein paar Burschen, die im Westen drüben waren, haben sich beim Verschachern in Southampton ein Vermögen damit gemacht. Wo sie die überall versteckt haben! Meist drunten im Kettenkasten von der Back. Einer von den Kerlen hat eine Rohrattrappe übers Deck gelegt und sie mit Nylons und Zigaretten angefüllt. Hat sie prima bearbeitet, sie so angestrichen, als ob sie echt wär'. Aber die Zollerer haben ihn doch erwischt. Oh, die sind gerissen, das kann man wohl sagen. Ich werd' Ihnen vom Chefsteward eine leere Bierkiste besorgen.»

«Danke, Easter.»

Erschöpft saß ich inmitten des entmutigenden Durcheinanders. Das also war das Ende der Reise. Was hatte sie mir eingetragen? Ein bißchen Corned beef, einige Nylonstrümpfe, Heilung meiner Kopfschmerzen, sechseinhalb Kilo Gewichtszunahme und einen starken Sonnenbrand. Doch, mehr als all dies, ich hatte zum ersten Mal entdeckt, daß die Menschen nicht einfach in zwei Klassen zerfallen – in Ärzte und Patienten. Drei Monate auf See hatten mich mehr gelehrt als sechs Jahre medizinisches Studium. Ich hatte gelernt, Duldsamkeit auszuüben und zu erfahren, grotesken Situationen die Stirn zu bieten, anzuerkennen, daß in allem und jedem etwas Gutes versteckt liegt, daß das Leben in Wirklichkeit gar nicht so todernst ist und daß letzten Endes die Ärzte gar nicht so verdammt wichtige Leute sind.

Der Zollbeamte – ein beflissener junger Mann – trat ein und durchstöberte meine Kabine. Er benahm sich dabei wie ein altmodischer Arzt, der mit der aufreizenden Miene berufsbedingter Unbeteiligtheit nach einer Diagnose sucht.

«Woher haben Sie das?» fragte er und hob meinen besten Pyjama empor.

«Von Swan and Edgars.»

«Soso. Haben Sie Alkohol?»

«Eine Flasche Whisky.»

«Geöffnet?»

«Klar.»

«Soso. Haben Sie eine Uhr?»

«Nein.»

«Was, überhaupt keine?»

«Hab' sie eines Nachts in B. A. verloren.»

Er faßte mich scharf ins Auge.

«Nehmen Sie sich in acht, Doktor», sagte er und verließ mich.

Ich brachte es zustande, meine Sachen fertig zu packen, bevor die Abmusterung im Schiffssalon begann. Sie war eher eine Zeremonie als eine geschäftliche Transaktion. Theoretisch hatten wir bis zum Ende der Reise keinen Anspruch auf eine Entlohnung, wenn wir auch nach Ermessen des Kapitäns ausländische Zahlungsmittel beziehen konnten. Auf einem langen, schmalen Blatt waren unsere Gehälter, mit Sonderzuteilungen für die Urlaubs- und Sonntage auf See, und Abzüge für Vorschüsse, Kanalgeld, Getränke- und Proviantrechnungen sowie sonstige Dinge verzeichnet, von denen der Chefsteward annahm, daß er sie ohne unseren Protest hinzufügen könnte.

Die Auszahlung wurde von Angestellten der Fathom Line unter Aufsicht des Kapitäns vorgenommen. Sie saßen am großen Tisch hinter aufreizenden Stapeln von Fünf-Pfund-Noten; es ging wie beim Totalisator zu, wenn der Favorit ausgezahlt wird. Auf dem Tisch lagen auch die Kontrakte sowie ein Stoß Dienstbücher – das Personaldokument des Seemanns –, die der Kapitän wie bei einem Schulzeugnis mit einem Führungsvermerk des Betreffenden signiert hatte.

In die Sonntagsanzüge gekleidet, nahm die Besatzung eifrig Aufstellung. Es fiel mir nicht leicht, die sauberen, bescheiden aussehenden Männer in flotten blauen und grauen Anzügen in die halbnackten rauhen Gesellen zurückzuversetzen, die in den Tropen mit Farbtöpfen in der Hand auf den Decks herumgestreift waren. Der Zimmermann setzte mich ganz besonders in Verwirrung: er war in dunklen Fischgräten-Tweed gekleidet, trug einen steifen weißen, fünf Zentimeter hohen Kragen und eine künstliche Rosenknospe im Knopfloch und sah aus wie ein maßvoll liberal eingestellter Geistlicher, der sich in Sandown auf Urlaub befindet.

Nichts gibt einem ein ähnlich angenehmes Gefühl falscher Besitzerfreude wie das Abgemustertwerden auf einem Schiff. Nachdem mein Gehalt durch die Abzüge reduziert worden war, besaß ich weniger als ein Monatseinkommen in der allgemeinen Praxis, doch ich stopfte die Banknoten in meine Rocktasche und kam mir wie ein Lord vor. Dann setzte ich meine Unterschrift im Kontraktbuch gegenüber der Rubrik ein, wo ich vor drei Monaten bei meiner Aufnahme unterzeichnet hatte. Nun war mein Vertrag mit dem Kommandanten der Lotus gelöst: ich war der Verpflichtungen enthoben, seinen legalen Befehlen Folge zu leisten, im Notfall Seemannsarbeit zu verrichten, vom Mitbringen eigenen Alkohols an Bord Abstand zu nehmen und mir in seiner Anwesenheit Zurückhaltung im Äußern schmutziger Reden aufzuerlegen. Er hingegen war der Mühe enthoben, mich vorschriftsmäßig zu verpflegen, es zu vermeiden, mich in arktische oder antarktische Breitengrade zu führen, und mich innerhalb eines Zeitraums von achtzehn Monaten in mein Heimatland zurückzuschaffen. Ich war wieder frei – arbeitslos, aber frei.

Ich verabschiedete mich von so vielen Mitgliedern der Besatzung, als mir unterkamen; ein Seemanns-Lebewohl ist kurz und knapp, denn ihr halbes Leben besteht daraus. Easter schüttelte mir herzlich die Hände und legte mir feierlich und dringendst ans Herz, auf Raschheit bedacht zu sein, wann immer ich Gelegenheit hätte, den Drei-Karten-Trick vorzuführen. Fast jedermann verließ das Schiff – entweder um auf Urlaub zu gehen oder ihm endgültig den Rücken zu kehren, oder um in Canning Town rechtzeitig einzutreffen, wenn die Wirtshäuser aufmachten. Der Regen verhinderte ein Verladen der Fracht, und die Lotus war nicht nur menschenleer, sondern auch still – so kläglich wie eine Schule, wenn die Kinder heimgegangen sind.

Da mein Taxi erst später eintreffen sollte, ging ich aufs Deck hinauf, um einen Blick auf die Docks ringsum zu werfen. Die Lagerschuppen und Kräne verschoben die Proportionen der Lotus in seltsamer Weise: hatte sie sich auf hoher See allein und unbehindert aus dem Wasser erhoben, war ihr so etwas wie eine leise Würde zu eigen gewesen. Nun, da sie neben anderen Gebilden aus Holz und Stahl lag, schrumpfte sie ein und wurde lächerlich. Das lange Bootsdeck, auf dem ich spazierenzugehen pflegte, hatte kaum die Größe von vier Eisenbahnwaggons, und das zauberhafte Plätzchen, wo ich nachmittags Sonnenbäder genommen und den Fliegenden Fischen zugesehen hatte, war nur noch ein rußiges Stück nasser Beplankung. Wie ich so im Regen dastand, erkannte ich klar, doch bedauernd, daß immerdar das Land die See beherrscht.

Ich erblickte Hornbeam, der in seinem blauen Regenmantel allein die paar Fuß trockenen Decks unterhalb der Brücke auf und ab schritt.

«Hallo, Doc», sagte er, als ich auf ihn zutrat. «Verlassen Sie uns nun?»

«In ein paar Minuten. Ich warte nur noch auf mein Taxi.»

«Na, ich seh' Sie ungern ziehn. Alles in allem haben wir keine üble Reise gehabt. Haben uns schon ein bißchen Spaß geleistet.»

«Das haben wir wohl.»

Ein oder zwei Minuten schritten wir schweigend dahin.

«Was werden Sie jetzt unternehmen, Doc?» fragte er.

«Keine Ahnung. Wahrscheinlich irgendwo eine Praxis suchen.»

«Glauben Sie, daß Sie wieder zur See zurückkehren?»

«Eines Tags will ich's tun. Das nehm' ich mir fest vor.»

«Das sollten Sie.»

«Und was ist mit Ihnen?» fragte ich. «Gehn Sie auf Urlaub?»

«Für mich gibt's keinen Urlaub, Doc. Heut' nacht fahr' ich nach Liverpool zur *Primrose*. Die segelt morgen nach Neuseeland ab.»

«Natürlich, das vergaß ich ganz. Wissen Sie, für mich bedeutet unsere Ankunft das Ende eines für sich stehenden Abenteuers. Doch für Sie und die andern ist sie wahrscheinlich nur wieder einmal ein Aufenthalt in einem Hafen.»

«So ist's, Doc. Immer in Bewegung. Wie ein Maßkrug, was? Aber irgendeiner muß es schließlich sein.»

Da kam mein Taxi. Ich winkte Hornbeam vom Dock aus zu und sah nach ihm zurück, als ich wegfuhr. Wieder schritt er im Regen auf dem Deck auf und ab, eine einsame, nicht mehr dazugehörige Gestalt.

Die erste Person, die ich in London aufsuchte, war der Psychiater.

«Hallo!» sagte er. «Wann fahren Sie eigentlich los?»

678/1